Título original: *Second Sight*

Traducción: Magdalena Palmer

1.ª edición: noviembre 2008

© 2006 by Jayne Ann Krentz
© Ediciones B, S. A., 2008
   para el sello Zeta Bolsillo
   Bailén, 84 - 08009 Barcelona (España)
   www.edicionesb.com

Printed in Spain
ISBN: 978-84-9872-075-4
Depósito legal: B. 40.938-2008

Impreso por LIBERDÚPLEX, S.L.U.
Ctra. BV 2249 Km 7,4 Polígono Torrentfondo
08791 - Sant Llorenç d'Hortons (Barcelona)

AMOR A SEGUNDA VISTA

AMANDA QUICK

A Cathie Linz:
gran escritora, gran fotógrafa, gran amiga

Prólogo

A finales de la era victoriana...

El esqueleto yacía sobre una cama tallada, en el centro de un antiguo laboratorio que se había convertido en la tumba del alquimista.

La osamenta, de doscientos años de antigüedad, seguía envuelta en una túnica harapienta, que antaño habría estado confeccionada con los terciopelos y sedas más costosos. Guantes y zapatillas bordados con hilo de oro y plata amortajaban los huesos de manos y pies, confiriéndoles una extraña apariencia de carne y sangre.

—Su sastre debía de estar encantado con él —dijo Gabriel Jones.

—Que el cliente fuese alquimista no implica que careciese de buen gusto en el vestir —replicó Caleb Jones.

Gabriel echó un vistazo a las ropas de su primo y después a las propias.

Los pantalones y las camisas que llevaban estaban cubiertos de polvo y suciedad, pero habían sido confeccionados a mano y les sentaban como un guante.

—Un atributo familiar, por lo que parece.

—Algo agradable que añadir a la leyenda de los Jones —asintió Caleb.

Gabriel se aproximó a la cama y elevó la lámpara para distinguir los crípticos símbolos alquímicos del mercurio, la plata y el oro que adornaban el amplio remate de la túnica del esqueleto. En la cabecera aparecían tallados símbolos similares.

Junto al lecho había una pesada caja fuerte. Aunque en los lados de la caja se habían incrustado dos siglos de óxido, la puerta estaba chapada con una fina lámina de metal impenetrable a la corrosión.

«Oro», pensó Gabriel.

Usó un pañuelo inmaculado para retirar parte del polvo que cubría la puerta de la caja fuerte. El farol iluminó la decoración de hojas y algunas palabras en latín grabadas en el revestimiento de oro.

—Es asombroso que a lo largo de doscientos años nadie haya descubierto ni saqueado este lugar. Sin duda, el alquimista tuvo en vida numerosos rivales y enemigos, por no hablar de los miembros de la Sociedad Arcana y de la familia Jones, que han buscado este sitio durante décadas —juzgó Gabriel.

—El alquimista tenía una bien merecida fama de inteligente y reservado —agregó Caleb.

—Otro atributo de nuestra familia.

—En efecto —dijo Caleb, con un tono resueltamente lúgubre.

Gabriel pensó que él y su primo eran diferentes en muchos aspectos. Caleb era dado a la reflexión y a enfrascarse en largos silencios; prefería pasar el tiempo solo en el laboratorio y no tenía paciencia con los invitados, las visitas ni con nadie que esperase un mínimo civismo de él.

Gabriel siempre había sido más abierto y menos taciturno, pero últimamente se aislaba en su biblioteca durante largos períodos de tiempo. Era consciente de que con el estudio no sólo buscaba conocimiento, sino también evasión.

Ambos huían, cada uno a su modo, de aquellos aspectos de su naturaleza que sólo podían clasificarse como «no normales», pensaba Gabriel. Sin embargo, creía que no encontrarían lo que buscaban ni en un laboratorio ni en la biblioteca.

—Necesitamos ayuda para empaquetar estas reliquias —dijo Caleb mientras examinaba un libro antiguo.

—Podemos contratar a los hombres de la aldea —sugirió Gabriel.

Automáticamente empezó a elaborar un plan de acción para embalar y enviar por barco el contenido del laboratorio-tumba del alquimista. Establecer planes de acción era algo que se le daba bien. En más de una ocasión, su padre le había dicho que su facilidad para la estrategia estaba íntimamente relacionada con unas inusuales dotes psíquicas. Sin embargo, Gabriel prefería considerarla una manifestación no de su parte paranormal, sino de la «normal». Desesperadamente, quería creer que él era un hombre lógico y racional de la era moderna, no un ejemplar primitivo e incivilizado de un estadio temprano de la evolución.

Dejó de lado estos pensamientos perturbadores y se concentró en su plan para transportar las reliquias. La aldea más cercana se encontraba a varios kilómetros de distancia. Era muy pequeña y, con toda seguridad, debía su supervivencia secular al negocio del contrabando. Era una comunidad que sabía guardar sus secretos, sobre todo cuando había dinero en juego. La Sociedad Arcana podía permitirse comprar el silencio de los aldeanos.

La remota localización costera elegida por el alquimista como pequeño laboratorio fortificado era una zona desolada, incluso en la actualidad. Doscientos años antes habría sido aún más salvaje y remota, seguramente. La tumba-laboratorio se hallaba bajo tierra, oculta por las ruinas de un antiguo castillo.

Cuando poco antes él y Caleb habían conseguido abrir la puerta del laboratorio, un vendaval espantoso, que olía a muerte, los había obligado a retroceder, tosiendo y con la respiración entrecortada. De mutuo acuerdo habían decidido esperar a que la brisa del océano refrescara el ambiente de la cámara antes de entrar.

Una vez en el interior, habían descubierto una habitación amueblada como estudio de un erudito. En las estanterías se apilaban volúmenes encuadernados en piel, de lomos agrietados y gastados, y dos candelabros esperaban sus correspondientes velas.

Los artefactos que el alquimista había utilizado en sus experimentos se hallaban pulcramente dispuestos en una larga mesa de trabajo. Las cubetas de cristal estaban empañadas por la suciedad y los artilugios de metal, el quemador y los fuelles estaban oxidados.

—Si aquí hay algo de gran valor, estará en la caja fuerte —dijo Caleb—. No veo ninguna llave. ¿Forzamos la cerradura ahora o esperamos a llegar a Arcane House?

—Mejor descubramos ahora de qué se trata —replicó Gabriel, agachándose para examinar el cerrojo de hierro—. Si dentro de la caja hay una fortuna en gemas o en oro, habrá que tomar precauciones extraordinarias para proteger el contenido en el viaje de regreso.

—Necesitaremos herramientas para forzarla.

Gabriel miró el esqueleto. Una de sus manos enguantadas ocultaba parcialmente un objeto de oro.

—Creo que veo la llave.

Alzó los dedos enguantados con sumo cuidado para retirar la llave. La mano se separó de la muñeca con un leve crujido y Gabriel se encontró sujetando un guante lleno de huesos.

—¡Qué horror! Creía que esto sólo pasaba en las novelas —murmuró Caleb.

—Es solamente un esqueleto. Un esqueleto de doscientos años —dijo Gabriel, depositando el guante y su morboso contenido en la vieja cama.

—Ah, pero éste resulta ser el esqueleto de Silvester Jones, el Alquimista, nuestro antepasado y fundador de la Sociedad Arcana. Era un hombre muy astuto y también muy peligroso; quizá no le guste que hayamos descubierto su laboratorio después de tantos años.

Gabriel volvió a agacharse junto a la caja fuerte.

—Si su privacidad hubiera sido tan importante para

él, no habría dejado pistas sobre la localización de este lugar en la serie de cartas que escribió antes de morir.

Las cartas habían estado criando moho en los archivos de la Sociedad hasta que Gabriel las había desempolvado unos meses antes y había descifrado el código privado del alquimista.

Metió la llave en la cerradura. Supo de inmediato que no funcionaría.

—Demasiado óxido. Trae las herramientas.

Tras diez minutos de trabajo conjunto, lograron abrir la caja fuerte. Los goznes chirriaron y la puerta se abrió con dificultad, pero no se produjeron explosiones, llamaradas ni otras sorpresas desagradables.

Gabriel y Caleb se asomaron al interior.

—Adiós a la montaña de oro y joyas —dijo Caleb.

—Afortunadamente no emprendimos esta expedición con la esperanza de encontrar un tesoro —concedió Gabriel.

El único objeto que contenía la caja era un pequeño cuaderno con tapas de piel.

Gabriel lo recogió para abrirlo con sumo cuidado.

—Sospecho que contendrá la fórmula que el alquimista menciona en sus cartas y papeles. La consideraba mucho más importante que el oro o las joyas.

Las páginas amarillentas estaban cubiertas por la precisa caligrafía en el latín cifrado del alquimista.

Caleb se aproximó para examinar el aparente galimatías de letras, números, símbolos y palabras que llenaban la primera página.

—Está escrito en otro de sus dichosos códigos privados —afirmó, meneando la cabeza.

Gabriel pasó una página.

—El amor por el secretismo y los códigos es una tradición que los miembros de la Sociedad Arcana han mantenido con gran entusiasmo durante dos siglos.

—Nunca me he topado con tantos excéntricos obsesivos y solitarios como en la Sociedad Arcana.

Gabriel cerró el cuaderno con cuidado.

—Más de uno diría que nosotros dos somos tan excéntricos, si no más, que cualquier miembro de la Sociedad.

—Excéntrico no es el calificativo adecuado para nosotros, pero no intentaré dar con el término más apropiado.

Gabriel no discutió. Cuando eran jóvenes, habían disfrutado y sacado partido a sus «excentricidades», pero con la madurez habían adquirido una perspectiva diferente, mucho más cautelosa.

Y para hacer la vida aún más complicada, pensaba Gabriel, tenía que vérselas con un padre de ideas modernas que se había convertido en seguidor entusiasta de las teorías del señor Darwin. Hippolyte Jones estaba decidido a que su heredero se casara lo antes posible, según Gabriel para descubrir si las excepcionales dotes paranormales de su hijo eran hereditarias.

No iba a permitir sentirse coaccionado a participar en un experimento sobre la evolución. Cuando llegase el momento de encontrar esposa, lo haría a su manera.

—¿No te preocupa que seamos miembros de una Sociedad poblada de tipos raros obsesionados con lo arcano y lo misterioso? —preguntó Gabriel.

—No es responsabilidad nuestra; al ser iniciados simplemente cumplimos con nuestras obligaciones filiales —declaró Caleb, mientras estudiaba uno de los artilugios de la mesa—. Sabes tan bien como yo que nuestros padres se habrían indignado en caso de negarnos a formar parte de su preciosa Sociedad. Además, no tienes derecho a quejarte, pues fuiste tú quien me convenció para que me sometiese a la maldita ceremonia.

Gabriel bajó la vista hacia el anillo de ónice negro y dorado que llevaba en la mano derecha. La piedra estaba grabada con el símbolo alquímico del fuego.

—Lo sé muy bien.

—Comprendo que te sintieras muy presionado a unirte a la Sociedad, dadas las circunstancias.

—Sí, así es. —Gabriel cerró la pesada puerta de la caja y estudió las crípticas palabras grabadas en la chapa de oro—. Espero que estas palabras no sean una maldición alquímica, como «quien abra esta caja fuerte morirá antes del amanecer», o algo similar.

—Seguramente será una maldición, o al menos algún tipo de advertencia. Los antiguos alquimistas eran famosos por ello. Pero nosotros pertenecemos a la era moderna, ¿verdad? Y no creemos en esas tonterías.

El primer hombre murió tres días después.

Se llamaba Riggs. Era uno de los aldeanos que Gabriel y Caleb habían contratado para embalar el contenido de la tumba del alquimista y supervisar el transporte de las cajas.

El cadáver fue descubierto en un antiguo sendero, cerca del muelle. Riggs había recibido dos puñaladas: la primera le había atravesado el pecho y la segunda lo había degollado. Un gran charco de sangre seca cubría las piedras de los alrededores. Había sido asesinado con su propio cuchillo, que estaba a su lado con la hoja impregnada de sangre.

—He oído que Riggs era un tipo solitario dado a la bebida, los burdeles y las broncas tabernarias —dijo Caleb—. Según dice la población local, tarde o temprano iba a acabar mal. Se supone que se enzarzó en una pelea con un oponente que fue más rápido o más afortunado que él.

Caleb observó a Gabriel y se dispuso a esperar.

Resignado ante lo inevitable, Gabriel se agachó junto al cadáver y cogió el cuchillo por la empuñadura. Se concentró en el arma del crimen, preparándose para el estallido de conciencia que lo aguardaba.

El cuchillo todavía conservaba una energía considerable, pues el crimen se había producido tan sólo unas horas antes. Las intensas sensaciones que seguían en la hoja le causaron una profunda conmoción interna.

Todos sus sentidos se agudizaron, como si repentinamente estuviera más alerta de un modo indefinible, metafísico. La parte turbadora era el deseo elemental de cazar que le bullía en la sangre.

Soltó rápidamente el arma y se puso en pie.

—¿Y bien? —preguntó Caleb, observándolo con atención.

Sin percatarse, Gabriel cerró el puño de la mano que había utilizado para sujetar el cuchillo. Fue un gesto automático, un intento fútil de exorcizar el rastro de maldad y el deseo de cazar que había provocado en él.

—A Riggs no le asesinó un extraño presa del pánico o de la cólera. Quienquiera que lo encontrase en este callejón, vino aquí con la intención de asesinarlo. Un crimen a sangre fría.

—Un marido engañado o quizás un antiguo enemigo.

—Es la explicación más probable —concedió Gabriel, aunque no pudo evitar sentir un estremecimiento. Aquella muerte no era un hecho casual—. Dada la reputación de Riggs, sin duda las autoridades llegarán a tal conclusión. Sin embargo, creo que tenemos que hacer inventario del contenido de las cajas.

—¿Crees que Riggs pudo robar algún objeto e intentar vendérselo a alguien que lo asesinó? —preguntó Caleb, sorprendido.

—Puede ser.

—Creía que ambos opinábamos que en el laboratorio del alquimista no había nada que valiese dinero, ni mucho menos una vida humana.

—Notificaremos la muerte a las autoridades locales y después abriremos las cajas —dijo Gabriel con voz calma.

Se volvió hacia la boca del callejón, deseando poner la mayor distancia posible entre él y el foco de violencia. El deseo de cazar seguía bajo control, pero continuaba susurrándole que se abriera a aquel otro aspecto de su naturaleza, la parte de él que temía fuese cualquier cosa menos moderna.

Les llevó algún tiempo cotejar cada una de las reliquias, envueltas minuciosamente para el transporte, con el listado que ambos habían elaborado. Sólo faltaba un objeto.

—Se llevó el maldito cuaderno. No será fácil explicar la pérdida a nuestros padres, por no hablar del Consejo —dijo Caleb, disgustado.

Gabriel contempló el interior vacío de la caja fuerte.

—Se lo pusimos fácil. Ya habíamos forzado la cerradura, hacerse con el cuaderno no entrañaba problema alguno. ¿Pero quién lo querría? No es más que un objeto lleno de las extravagancias de un anciano alquimista loco. Sólo tiene relevancia histórica para los miembros de la Sociedad Arcana, y únicamente porque Sylvester fue el fundador de la Sociedad.

—Puede ser que alguien creyera en esa fórmula; alguien dispuesto a matar para conseguirla.

—Hay algo indudable: acabamos de presenciar el inicio de una nueva leyenda de la Sociedad Arcana.

—¿La Maldición de Sylvester el Alquimista? —preguntó Caleb, con una mueca.

—Eso parece, ¿no crees?

1

Aquél era el hombre que había estado esperando, el amante destinado a ser su ruina. Pero antes quería fotografiarlo.

—No —dijo Gabriel Jones. Cruzó la lujosa biblioteca, tomó la botella de coñac y llenó generosamente dos vasos—. No la he traído a Arcane House para que me fotografíe, señorita Milton. La he contratado para que fotografíe la colección de reliquias y objetos de la Sociedad. Le pareceré un vejestorio, pero creo que aún no merezco la clasificación de antigüedad.

Gabriel no era ninguna vieja reliquia, pensó Venetia Milton. Mostraba la fuerza y la confianza de un hombre que se halla en la flor de la vida; tenía todo el aspecto de contar con la edad adecuada para arrastrarla al fuego de una pasión ilícita.

Ya había esperado lo suficiente para encontrar al hombre adecuado. Además, según las convenciones sociales, se le había pasado la edad de contraer matrimonio. Las responsabilidades se habían abatido sobre ella un año y medio antes, tras la muerte de sus padres en el accidente ferroviario que selló el destino de Venetia. Pocos caballeros respetables ansiaban tomar como esposa a una mujer de casi treinta años que mantenía a dos hermanos y a una tía soltera. De todos modos, debido a la conducta de su padre, Venetia recelaba profundamente de la institución del matrimonio.

Sin embargo, no deseaba pasar el resto de su vida sin conocer la auténtica pasión física. Pensaba que una dama en su situación tenía derecho a planificar la pérdida de su virtud.

El proyecto de seducir a Gabriel había supuesto un gran reto para ella, ya que carecía de experiencia práctica en el tema, a excepción de ciertos flirteos que no habían dado más resultado que algunos besos experimentales.

La verdad era que nunca había encontrado a un hombre por quien valiera la pena arriesgarse a una aventura ilícita. Tras la muerte de sus padres se había vuelto aún más necesario evitar el escándalo, pues la seguridad financiera de su familia dependía completamente de su carrera como fotógrafa y no debía hacer nada que pudiera comprometerla.

Pero aquella mágica estancia en Arcane House era un regalo caído del cielo, un regalo que nunca había esperado recibir.

Se había presentado de la forma más casual. Un miembro de la misteriosa Sociedad Arcana había visto su obra fotográfica en Bath y la había recomendado al consejo oficial de la Sociedad. Parecía que el Consejo había decidido registrar fotográficamente el contenido de su museo.

El lucrativo encargo le había proporcionado una oportunidad sin precedentes para dar vida a sus más secretas fantasías románticas.

—No le cobraré de más por su retrato; lo que se ha pagado por adelantado cubre todos los gastos —replicó Venetia con rapidez.

«Y mucho más», pensó, intentando no mostrar su satisfacción. Seguía asombrada por la increíble suma que la Sociedad Arcana había ingresado en su cuenta. La inesperada ganancia iba a cambiar literalmente su futuro y el de su pequeña familia. Pero no consideraba conveniente explicárselo a Gabriel.

La imagen lo era todo en su profesión, como tía Beatrice señalaba siempre. Debía dar al cliente la impresión de que su trabajo valía cada penique de la enorme suma que le habían pagado.

Gabriel le dirigió una de sus misteriosas sonrisas y le tendió un coñac. Cuando sus dedos se rozaron, Venetia sintió un estremecimiento. No era la primera vez que notaba aquella sensación.

Nunca había conocido a un hombre como Gabriel Jones. Tenía los ojos de un brujo ancestral, llenos de secretos oscuros e insondables. Las llamas que crepitaban en la gran chimenea de piedra bañaban de una luz dorada los planos y ángulos de un rostro que parecía tallado por poderosas fuerzas elementales. Se movía con una elegancia felina y lucía sumamente masculino y elegante, enfundado en su traje de etiqueta de corte exquisito.

Era perfecto para lo que Venetia tenía en mente.

—Como bien sabe, el precio no es el problema, señorita Milton —dijo Gabriel.

Avergonzada, Venetia tomó un trago de coñac y rezó para que la tenue luz ocultara su rubor. «Por supuesto que el precio no es el problema», pensó. A juzgar por los muebles que la rodeaban, era evidente que la Sociedad Arcana se sustentaba en una considerable fortuna.

Había llegado al destartalado amasijo de piedra llamado Arcane House seis días antes, en un moderno carruaje que Gabriel había enviado a la estación ferroviaria de la aldea.

El corpulento cochero apenas le había hablado después de comprobar su identidad. Había cargado los baúles que contenían su ropa, así como las placas secas, el trípode y los productos químicos para el revelado, como si fueran ligeros como plumas. Venetia había insistido en llevar personalmente la cámara.

El trayecto desde la estación duró casi dos horas. Mientras anochecía, Venecia advirtió con nerviosismo que estaba penetrando en las profundidades de un paisaje remoto y aparentemente deshabitado.

Cuando el taciturno cochero se detuvo ante una antigua mansión construida sobre las ruinas de una abadía aún más antigua, Venetia apenas podía ocultar el miedo que sentía. Incluso empezaba a preguntarse si habría cometido un gran error al aceptar aquel encargo sumamente lucrativo.

Todos los trámites se habían efectuado por correo. Amelia, su hermana menor y ayudante, tendría que haberla acompañado, pero poco antes de partir contrajo un fuerte resfriado. A tía Beatrice le preocupaba que Venetia realizase el encargo sola, pero finalmente las necesidades financieras ganaron la partida. En cuanto el dinero se hubo depositado en el banco, Venecia no se planteó ni una sola vez rechazar el proyecto.

El aislamiento de Arcane House le había generado muchas dudas, pero su primer encuentro con Gabriel Jones las evaporó de inmediato.

Aquella primera noche, cuando la silenciosa ama de llaves la había conducido ante su presencia, la embargó una arrolladora sensación de conciencia. Aquel estado de suma intensidad excitó todos sus sentidos, entre ellos una visión muy especial que guardaba en secreto para todos, a excepción de los miembros de su familia.

Fue entonces cuando le sobrevino la idea de su gran plan de seducción.

Aquél era el hombre adecuado, el lugar adecuado y el momento adecuado. Cuando se marchara de Arcane House, era muy improbable que volviera a cruzarse con Gabriel Jones. Incluso si se encontraban casualmente en el futuro, intuía que Jones sería lo bastante caballeroso para mantener el secreto. Venetia sospechaba que no había muchos como él.

La familia, los clientes y los vecinos de Bath nunca sabrían de lo acaecido aquí, pensó Venetia. Mientras se hallase en Arcane House estaba libre de ataduras sociales, una oportunidad que no volvería a presentarse.

Hasta aquel día había sentido que, a pesar de su falta de experiencia, la seducción de Gabriel Jones marchaba bien. Venetia lo sabía por los ocasionales destellos de pasión que sorprendía en los ojos de Gabriel y por el aura de energía que los envolvía cuando se hallaban en la misma habitación.

Durante los últimos días habían compartido cenas íntimas y estimulantes conversaciones junto al fuego. Habían desayunado juntos por la mañana, servidos por la reservada ama de llaves, y también discutido extensamente los planes fotográficos del día. Gabriel parecía disfrutar de su compañía tanto como ella de la de él.

Sólo había un problema. Aquélla era su sexta noche en Arcane House y Gabriel ni siquiera había intentado abrazarla, ni mucho menos llevarla a uno de los dormitorios de la mansión.

Sin embargo, se habían producido numerosas intimidades sutiles: la vigorosa mano de Gabriel en su codo, cuando la guiaba a una habitación; un roce en apariencia casual, o una sonrisa sensual que prometía mucho más de lo que aparentaba.

Todo muy fascinante, sin duda, pero no podía considerarse una señal definitiva de que él la deseaba lo suficiente para hacerle el amor apasionadamente.

Venetia empezaba a preocuparse por el posible fracaso de su plan. Al cabo de unos días dejaría Arcane House para siempre; si no actuaba con rapidez, sus sueños continuarían sin hacerse realidad.

—Su ritmo de trabajo ha sido excelente. ¿Cree que acabará en el plazo previsto? —preguntó Gabriel, dirigiéndose a la ventana para contemplar la noche iluminada por la luna.

—Es muy posible —respondió Venetia. «Por desgracia», añadió para sus adentros—. Hemos disfrutado de muchos días soleados y apenas he tenido problemas con la iluminación.

—La luz es siempre la principal preocupación de un fotógrafo, ¿verdad?

—Así es.

—En la aldea dicen que el tiempo se mantendrá relativamente estable.

«Malas noticias», pensó Venetia con tristeza. El mal tiempo era la única razón que se le ocurría para prolongar su estancia.

—Qué bien —respondió educadamente.

El tiempo se le echaba encima y se sentía desesperada. Quizá Gabriel la deseara, pero parecía demasiado gentil para pasar a la acción.

Sus planes de experimentar al menos una noche de pasión ilícita se desvanecían ante sus ojos. Tenía que hacer algo.

Venetia apuró su vaso de coñac. Le ardió por dentro, pero también le infundió el valor que necesitaba para ponerse en pie. Dejó el vaso con tal determinación que éste tintineó sonoramente sobre la mesa.

Era ahora o nunca. ¿Se horrorizaría Gabriel si se echaba en sus brazos? Sin duda. A cualquier caballero le sorprendería un comportamiento tan indecoroso. Tampoco a ella le agradaba la idea. ¿Y si la rechazaba? La humillación sería insoportable.

La situación exigía sutileza.

Venetia buscó inspiración. En el exterior, la luz de la luna iluminaba la terraza con un aura sumamente romántica.

—Hablando de las condiciones atmosféricas, aquí dentro hace calor, ¿verdad? Creo que tomaré un poco el aire antes de acostarme. ¿Me acompaña, señor?

Con fingida despreocupación, Venetia se dirigió a las cristaleras con un contoneo que esperaba fuese de lo más insinuante.

—Sí, por supuesto —respondió Gabriel.

Animada, Venetia pensó que su plan funcionaría.

Jones la siguió y abrió las cristaleras. Al salir a la terraza, el frío aire nocturno la asaltó con una intensidad inesperada. Su optimismo se esfumó de inmediato.

Adiós a su brillante estrategia, pensó Venetia. Aquel

clima no era el ideal para encender la pasión de Gabriel.

—Tendría que haber traído algo de abrigo —dijo en voz alta, cruzando los brazos bajo el pecho para entrar en calor.

Gabriel apoyó una bota en el murete bajo que rodeaba la terraza y examinó la noche estrellada con mirada experta.

—Este frío ambiente nocturno es otra prueba de que mañana disfrutaremos de un día soleado.

—¡Oh! Genial.

Gabriel le dirigió una rápida ojeada. A la luz de la luna, Venetia pudo entrever la misteriosa sonrisa de Jones.

Dios mío, ¿estaría burlándose de su patético intento de seducción? Aquello la turbaba aún más que el miedo a que la rechazase.

Venetia se abrazó con fuerza e imaginó la fotografía que habría tomado de Gabriel si él se lo hubiese permitido. La imagen final habría tenido zonas de sombras intensas, reflejos de la energía, invisible y oscura, que emanaba de él.

Tal conocimiento no la alarmaba. Sabía que la oscuridad metafísica que rodeaba a Gabriel era una evidencia de su fuerza de voluntad y de su autodominio; no era la energía perturbadora que emanaba de un cerebro agitado. En ocasiones había observado esas desagradables tonalidades entre quienes posaban para ella. La experiencia siempre le provocaba una sensación de repulsión y miedo.

Gabriel Jones era distinto, muy distinto.

Venetia se replanteó su fallido intento de seducción. No ganaba nada quedándose ahí fuera, temblando. Sería mejor que admitiese la derrota y retrocediera al calor de la biblioteca.

—Tiene frío; permítame —dijo Gabriel.

Ante la sorpresa de Venetia, Jones se desabrochó la chaqueta de corte impecable, se la quitó con elegancia masculina y se la puso sobre los hombros.

La lana conservaba el aroma de Jones y la calidez de su cuerpo. Le dio calor de inmediato.

«No saques grandes conclusiones de este detalle galante», pensó Venetia. Gabriel sólo se había comportado noblemente.

No obstante, la intimidad de la situación era de lo más estimulante. Venetia quiso agarrarse a aquella prenda y no soltarla más.

—Debo decirle que este trabajo fotográfico me ha parecido muy interesante, tanto desde un punto de vista artístico como formativo —admitió Venetia, arropándose con la chaqueta—. Antes de venir aquí, ni siquiera conocía la existencia de la Sociedad Arcana.

—Como norma general, los miembros de la Sociedad evitan cualquier tipo de publicidad.

—Ya me lo había advertido —respondió Venetia—. Sé que no es de mi incumbencia, pero no dejo de preguntarme por qué la Sociedad muestra tanto interés en mantenerse en secreto.

—Culpe a la tradición —replicó Gabriel, sonriendo de nuevo—. La Sociedad fue fundada hace unos doscientos años por un alquimista obsesionado por el secretismo y, a lo largo de los años, sus miembros han mantenido la misma actitud.

—Sí, pero nos hallamos en la era moderna. Ahora nadie se toma en serio la alquimia. Incluso a finales del siglo XVII se consideraba más una rama de magia negra que una verdadera ciencia.

—La ciencia siempre ha sido algo negra en sus límites, señorita Milton. La frontera entre lo conocido y lo desconocido es muy imprecisa. Actualmente, quienes estudian tales límites dicen dedicarse a la investigación psíquica o metafísica, aunque, en realidad, no son más que meros alquimistas modernos navegando bajo una nueva bandera.

—¿Se dedica la Sociedad Arcana a la investigación de fenómenos paranormales? —preguntó Venetia, perpleja.

Por un instante, la joven creyó que Jones no respondería a su pregunta. Pero entonces Gabriel inclinó, una sola vez, la cabeza.

—Eso es correcto.

Venetia frunció el ceño.

—Perdóneme, pero en tal caso la obsesión por mantenerse en secreto es aún más extraña, si cabe. A fin de cuentas, la investigación de los fenómenos paranormales es un campo de estudio de lo más respetable. Se dice que en Londres se producen sesiones espiritistas todas las noches y existen numerosas publicaciones eruditas dedicadas a la investigación psíquica.

—Los miembros de la Sociedad Arcana consideran que la mayoría de los que afirman tener poderes paranormales son unos charlatanes y unos estafadores.

—Comprendo.

—Los investigadores de la Sociedad Arcana se toman su trabajo muy en serio. No quieren que se los asocie con impostores y embusteros —explicó Gabriel.

El tono de su voz dejaba claro que Jones opinaba exactamente lo mismo. No era el mejor momento para que Venetia confesara su secreto: que podía ver auras.

La joven se arropó aún más dentro de la chaqueta y se retiró a la seguridad y la privacidad de sus propios secretos. Lo último que deseaba era que el amante de sus fantasías la tomase por una charlatana o una embaucadora. Sin embargo, se negaba a abandonar el tema sin más.

—Personalmente, prefiero mantener una actitud más abierta. No creo que todos aquellos que dicen poseer dotes paranormales sean unos mentirosos.

Gabriel se volvió para mirarla.

—No me ha interpretado bien, señorita Milton. Los miembros de la Sociedad están más que dispuestos a creer en la existencia de tales individuos. Dicha posibilidad es la razón de que la Sociedad Arcana siga existiendo.

—Si el objeto de la Sociedad es de naturaleza psíquica, ¿por qué ha adquirido los extraños artefactos que conserva en el museo de Arcane House?

—Se cree que las antigüedades de la colección tienen cierta importancia metafísica, sea real o imaginaria. Creo que, en la mayoría de los casos, se trata de lo segundo. De todos modos, para la Sociedad cada reliquia tiene importancia histórica y es digna de investigación.

—Debo confesarle que algunos de los objetos me han parecido muy desagradables e incluso turbadores.

—¿Ah, sí, señorita Milton? —preguntó Gabriel muy suavemente.

—Le pido disculpas; no pretendía ofenderlo, ni tampoco a ninguno de los miembros de la Sociedad —replicó Venetia con celeridad.

—No tema, señorita Milton, no es tan fácil ofenderme —dijo Gabriel, divertido—. Es usted una mujer muy perspicaz. Los artefactos que se conservan en Arcane House no fueron reunidos por sus virtudes artísticas, sino como objetos de estudio científico.

—¿Por qué decidió la Sociedad fotografiar la colección?

—Muchos miembros de otras zonas del país o del mundo desean examinar las reliquias, pero no pueden desplazarse hasta Arcane House. El Maestro de la Sociedad decretó que un fotógrafo registrase las reliquias para aquellos que no podían verlas personalmente.

—¿La Sociedad pretende distribuir álbumes fotográficos entre sus miembros? —quiso saber Venetia.

—Ésa es la intención, en efecto. Pero la Sociedad no desea que las fotografías lleguen a manos de los curiosos ni del público en general. Es por ello que, según lo acordado, me quedaré con los negativos. De esta forma el número de copias estará estrictamente controlado.

—Ya sabe que nuestro acuerdo no es nada habitual. Hasta este encargo, siempre he conservado todos los negativos de mis fotografías.

—Comprendo que le desagrade alterar sus costumbres laborales, pero creo que la Sociedad ha hecho que, en este caso, le salga a cuenta.

—Sí —replicó Venetia, ruborizándose.

Gabriel se desplazó levemente entre las sombras, retirando la bota del murete. Se trataba de un movimiento casual, pero en cierto modo cerró el espacio entre ellos y aumentó la sensación de intimidad de una forma que aceleró el pulso de Venetia.

Jones extendió el brazo y le rozó la solapa de la chaqueta.

—Me alegro de que esté satisfecha con nuestro acuerdo económico.

Venetia se quedó inmóvil, muy consciente de la proximidad entre su cuello y los fuertes dedos de Gabriel. Aquello no era un movimiento casual, pensó.

—Espero que a usted también le satisfaga mi trabajo.

—Durante estos días he visto lo suficiente para saber que es usted una fotógrafa excelente, señorita Milton. Sus fotografías son muy claras y detalladas en todos los aspectos.

Venetia tragó saliva e intentó dar la imagen de una mujer de mundo.

—Dijo que quería ver todas las inscripciones y los grabados de cada objeto.

—El detalle y la claridad son esenciales.

Gabriel la sujetó de las solapas y la acercó hacia él. Venetia no intentó resistirse. Aquello era lo que había deseado durante los últimos días y noches, no pensaba acobardarse ahora.

—He encontrado mi trabajo aquí muy... estimulante —susurró a Gabriel, mirándole la boca.

—¿De verdad?

—Oh, sí —respondió Venetia, que apenas podía respirar.

Gabriel se acercó un poco más.

—¿Sería presuntuoso concluir que también yo le he parecido algo interesante? ¿O he interpretado mal la situación entre nosotros?

A Venetia se le secó la boca y le recorrió el cuerpo una

sensación más deslumbrante que las cintas de magnesio que solía utilizar para iluminar sus objetivos.

—Me parece usted fascinante, señor Jones —susurró Venetia con los labios entreabiertos, invitándolo a besarla.

Gabriel respondió por fin. Su boca se cerró lentamente en la de Venetia, quien, tras oírse gemir, lo abrazó rodeándole el cuello como si le fuese la vida en ello.

La chaqueta le resbaló de los hombros, pero la joven no prestó atención. Ya no necesitaba aquella prenda. Gabriel la abrazaba con fuerza y la calidez de aquel cuerpo, así como la energía invisible de su aura, la envolvían.

Aquel beso sobrepasó todos sus sueños y fantasías. Muchas cosas de Gabriel seguían siendo un enigma para Venetia, pero al menos sabía que el deseo que sentía por ella era muy real.

Su plan de seducción había sido todo un éxito.

—Creo que es hora de que entremos —le susurró Gabriel, rozándole el cuello.

La tomó en sus brazos como si fuera ingrávida y cruzó la puerta hacia la invitadora calidez de la biblioteca.

2

La depositó en pie junto al fuego y, sin dejar de besarla, empezó a desabrocharle los corchetes delanteros del rígido corpiño que llevaba puesto. Venetia se estremeció a pesar de la calidez de las llamas, y se alegró de contarse entre las mujeres que opinaban que los corsés eran malsanos e incómodos. Habría sido muy raro permanecer ahí de pie mientras Gabriel se afanaba con las tiras del corsé.

Desorientada y con problemas para mantener el equilibrio, se apoyó en los hombros de Jones. Al sentir los músculos de él bajo la tela de la camisa, sintió en su interior un calor desconocido.

—Ah, mi dulce señorita Milton, creo que esta noche me volverá usted loco —murmuró Gabriel, sonriendo lentamente.

El pesado vestido granate cayó al suelo antes de que Venetia advirtiese que estaba desabrochado. Gimió cuando la mano de Gabriel se posó en su pecho; a través de la fina tela de su ropa interior, sintió los dedos de Jones acariciándole el pezón.

De pronto el cabello le cayó sobre los hombros. Supuso que Gabriel le había retirado las horquillas.

Entonces cayó en la cuenta de que, a pesar de ser la seducción de ella, era Gabriel quien hacía todo el trabajo. Sin duda, una mujer de mundo debía tener una actitud más activa.

Tomó un extremo de la corbata de lazo que llevaba Gabriel y tiró con fuerza.

Con excesiva fuerza.

Gabriel se echó a reír.

—¿Pretende estrangularme antes de que hayamos concluido este asunto, señorita Milton?

—Lo siento —murmuró Venetia, horrorizada.

—Permítame.

Gabriel se desabrochó hábilmente la corbata. La sostuvo unos instantes entre sus dedos antes de anudarla alrededor del cuello de la asombrada Venetia. A la luz de la lumbre, su mirada se oscureció con una emoción que Venetia identificó como deseo.

Poco después, lo único que Venetia llevaba encima era aquella cinta de seda negra. La joven cerró los ojos al advertir que estaba completamente desnuda ante el amante de sus sueños.

—Eres muy hermosa —murmuró Gabriel.

Venetia sabía que no era del todo verdad, pero de pronto se sintió atractiva, tal era el poder de aquella voz y el ambiente de la habitación.

—Tú también —espetó ella, embelesada.

Jones sonrió, la tomó en brazos y la depositó en el sofá de terciopelo. Venetia cerró los ojos, cegada por las sensaciones que la embargaban. El extremo del sofá cedió bajo el peso de Gabriel. La joven oyó que una de las botas, y después la otra, golpeaban el suelo.

Gabriel se puso en pie. Venetia abrió los ojos cuando él se quitaba la camisa y observó su complexión fuerte y elegante.

Entonces Jones se desprendió de los pantalones y los echó a un lado. Cuando se volvió, Venetia se quedó petrificada al ver el cuerpo excitado de Gabriel.

También él se quedó inmóvil.

—¿Qué sucede? —le preguntó.

—Nada —consiguió responder Venetia. No podía decirle que era la primera vez que veía a un hombre adulto desnudo y con una erección. Para una mujer de mundo, aquélla debía ser una visión normal, se recordó.

—¿Te parezco desagradable? —preguntó él, todavía inmóvil.

Venetia soltó un largo suspiro y le dirigió una sonrisa trémula.

—No, me pareces muy... estimulante —susurró.

—Estimulante. —Parecía que Gabriel no sabía cómo interpretar aquella respuesta. Entonces le dirigió una de sus misteriosas sonrisas—. Creo que ya utilizaste ese término para describir tu trabajo aquí, en Arcane House. ¿Significa eso que te gustaría instalar la cámara antes de que prosigamos?

—¡Señor Jones!

Gabriel se acercó a ella con una carcajada sonora y masculina. Deslizó un muslo entre sus piernas, mientras le susurraba palabras soeces y seductoras contra la piel desnuda del pecho. Venetia respondió impulsivamente; no con palabras, pues apenas podía hablar, sino con el cuerpo. Se retorció y arqueó bajo el cuerpo de Gabriel, abrazándolo con todas sus fuerzas.

Jones cesó de hablar muy pronto y su respiración se volvió ronca. Las manos de Venetia notaron que aquellos músculos se tensaban. Venetia sentía unos estremecimientos tan intensos que apenas pudo asombrarse cuando Gabriel bajó la mano y le acarició el sexo.

Ella necesitaba que Gabriel la tocase así. En realidad, necesitaba más, mucho más.

—Sí... Sí, por favor —murmuró.

—Lo que quieras, todo lo que quieras. Sólo tienes que pedirlo —respondió él con voz ronca.

Gabriel la acarició hasta que ella le rogó una liberación que no sabía cómo describir, hasta que se sintió atenazada por el deseo. Cuando él deslizó un dedo en su interior, la urgencia se hizo insoportable para Venetia.

Él se hallaba en un estado similar. Gabriel gemía como si algo le doliese muy adentro; ya no la tocaba con la exquisita ternura de un amante delicado, sino que luchaba con ella, la desafiaba. Venetia, exultante, respondió al desafío de aquella batalla sexual.

—Estás hecha para mí —dijo Gabriel repentinamente, como si le hubieran arrancado las palabras—. Eres mía. —Era una afirmación, no una muestra de cariño. La declaración de un hecho indiscutible. Gabriel le tomó el rostro entre las manos y añadió—: Dilo. Di que eres mía.

—Soy tuya.

«Esta noche», añadió Venetia para sus adentros, mientras le arañaba la espalda.

La energía giraba a su alrededor. Su propia aura, pensó Venetia desde una parte distante de su mente, se había mezclado con la de Gabriel para crear una invisible tormenta metafísica que los engullía a ambos.

Al entrecerrar los ojos, la joven advirtió que su visión paranormal enfocaba y desenfocaba. La luz y las sombras se sucedían una y otra vez.

Gabriel usó una mano para unirse a ella. Después la penetró profundamente con un único movimiento.

El dolor que la atravesó rompió en pedazos el trance sexual.

Gabriel permaneció inmóvil, con todos los músculos petrificados.

—Maldición. —Jones alzó la cabeza y la miró con una mirada tan peligrosa como su aura—. ¿Por qué no me lo has dicho?

—Porque sabía que te detendrías si te lo decía y no quiero que te detengas —susurró Venetia, acariciándole el cabello.

—Venetia —gimió Gabriel.

Pero la energía generada entre ellos volvía a crecer. Gabriel le dio un beso con el que sellaba su declaración de posesión y de pasión.

Cuando liberó su boca, Venetia se movió levemente, para intentar ajustarse a aquella invasión íntima.

—No —dijo Gabriel, con la respiración entrecortada—. No te muevas.

Venetia sonrió levemente, le rodeó el cuello con sus brazos y lo atrajo hacia sí.

—Te das cuenta de que pagarás por esto —murmuró Gabriel.

—Eso espero.

Jones empezó a retirarse, muy despacio.

Venetia lo sujetó, intentando mantenerlo dentro de ella.

—No.

—No voy a ninguna parte.

Las palabras de Gabriel eran tanto una promesa como una deliciosa amenaza. Volvió a entrar en ella, llenándola hasta colmar sus límites. Venetia lo deseaba desesperadamente, pero no podía soportarlo por más tiempo.

De improviso la gran tensión que la embargaba se liberó en oleadas de placer tan intensas que bordeaban el dolor.

Con un gemido exultante, Gabriel la penetró una última vez. Su clímax provocó que el fuego psíquico ardiese con tal intensidad que a Venetia le sorprendió que toda Arcane House no acabase en llamas.

3

Mucho después, Venetia notó que Gabriel se movía.

Jones se sentó despacio, con una mano posada en el pecho de Venetia. La estudió largo rato a la luz de la lumbre antes de besarla suavemente y ponerse en pie.

Le tendió la ropa interior y después se puso los pantalones.

—Creo que me debes una explicación.

—Estás disgustado porque no te he dicho que nunca había hecho esto antes —dijo Venetia, estrujando su camisola.

Gabriel se quedó pensativo, con una expresión casi divertida.

—«Disgustado» no es la palabra adecuada. Estoy encantado de que no hayas hecho esto antes con otro hombre, pero tendrías que haberlo aclarado al principio.

—Si lo hubiera hecho, ¿habrías seguido adelante? —preguntó ella, mientras forcejeaba para ponerse la camisola.

—Sí, cariño. Sin la menor duda.

Venetia alzó la cabeza con expresión de asombro.

—¿Es eso cierto?

—Es cierto —sonrió Gabriel—. Pero quiero pensar que habría sido más delicado.

—Ya… comprendo.

—¿Te sorprende?

—No estoy segura. Creo que sí.

—¿Por qué? ¿Me tomabas por todo un caballero?

—Bueno, sí —admitió ella.

—Y yo te tomaba por una dama con cierta experiencia del mundo. Parece que ambos hemos partido de una premisa equivocada.

—¿Una premisa equivocada?

—No es que importe ahora —dijo Gabriel, mientras se abrochaba los pantalones—. Dime: ¿por qué decidiste seducirme?

Venetia se avergonzó de su falta de sutileza y de haber sido tan obvia.

—Debido a mi edad y mis circunstancias, es poco probable que me case. Con franqueza, señor, no vi por qué debía negarme el derecho a experimentar lo que es la pasión. Si fuera un hombre, nadie esperaría que me mantuviese célibe para siempre.

—Estás en lo cierto. En algunos aspectos, la sociedad impone reglas diferentes a los hombres y a las mujeres.

—Pero son reglas, al fin y al cabo, y burlarse de ellas implica sus riesgos. Tengo ciertas responsabilidades para con mi familia. Debo evitar cualquier escándalo que pueda arruinar mi carrera como fotógrafa, pues es nuestra única fuente de ingresos.

—Pero cuando llegaste a Arcane House se te ocurrió que la situación te ofrecía la oportunidad de experimentar una pasión ilícita, ¿no es así?

—Sí. —Venetia ya estaba abrochándose el vestido—. No pareció que le molestase, señor. En realidad, parecía muy deseoso de seguir adelante con el experimento.

—Es cierto, muy deseoso.

—Bueno, pues ahí está. —Aliviada de haber probado la lógica de su argumento, Venetia esbozó una sonrisa—. Ninguno de nosotros debe preocuparse por lo sucedido esta noche. Pronto se separarán nuestros caminos y cuando haya regresado a mi casa, en Bath, parecerá que todo fue un sueño.

—Creo que necesito un poco de aire fresco —dijo Gabriel, con una repentina expresión torva.

—Sin ofender, señor, pero ¿todos los hombres están tan raros después de hacer el amor?

—Resulta que soy una persona muy delicada.

Gabriel la tomó de la mano y la condujo a la terraza. La chaqueta que le había cedido antes estaba en el suelo. Jones la recogió, se la puso de nuevo en los hombros y la sujetó de las solapas.

—En lo que respecta a esa teoría tuya de que lo sucedido esta noche no será pronto más que un sueño…

—¿Y bien?

—Tengo que darte una noticia, querida. La situación entre nosotros es algo más complicada de lo que crees.

—No comprendo —murmuró Venetia.

—Eso ya lo sé. Pero considero que esta noche no es el momento adecuado para explicaciones. Lo dejaré para mañana.

Gabriel inclinó la cabeza para besarla, pero en aquella ocasión Venetia no pudo abandonarse. La atenazaba la incertidumbre. A fin de cuentas, quizás había cometido un terrible error.

Gabriel parecía tener un humor inconstante, incluso voluble. Para ser un hombre que acababa de participar en un acto de pasión, se comportaba de una forma muy extraña. Pero ¿qué sabía ella de cómo actuaban los hombres después de tales circunstancias?

La boca de Gabriel cubrió la suya.

Venetia abrió los ojos y lo empujó con fuerza. Fue como intentar apartar una montaña. Gabriel no se movió, pero alzó la cabeza.

—¿Vas a negarme un beso de buenas noches?

Venetia no respondió. Primero quería verle el aura; quizá le diese alguna pista de sus verdaderas emociones.

Durante unos instantes su visión pasó del estado normal a paranormal. La luz y la sombra se invirtieron. La noche adquirió el aspecto del negativo de una fotografía.

El aura de Gabriel se hizo visible. Pero Venetia también vio la de alguien más.

Sorprendida, miró la oscuridad del bosque, al fondo del jardín.

—¿Qué sucede? —preguntó Gabriel.

Venetia advirtió que Gabriel había comprendido de inmediato que algo andaba mal.

—Hay alguien en el bosque.

—Uno de los criados —sugirió Gabriel, volviéndose para mirar.

—No.

Había pocos criados en Arcane House y la curiosidad que el lugar despertaba en Venetia la había empujado a visualizar todas sus auras. Quienquiera que estuviese entre la espesura, era un desconocido para ella.

Apareció una segunda aura, que seguía de cerca a la primera. Era inútil intentar describir a Gabriel lo que veía, así que optó por hacerle creer que tenía muy buena vista, algo que, en cierto modo, era verdad.

—Son dos —susurró la joven—. Se mueven entre las sombras y creo que se dirigen a la puerta del invernadero.

—Sí, los veo.

Venetia lo miró, sorprendida. Las auras de los intrusos eran visibles para ella gracias a su sentido paranormal, pero no creía que Gabriel pudiera distinguir a los hombres a simple vista. La luna apenas iluminaba el bosque que rodeaba Arcane House.

Pero no tuvo tiempo de preguntar. Gabriel ya se había puesto en marcha.

—Ven conmigo —ordenó, tomándola del brazo.

La joven sujetó la chaqueta para evitar que le resbalase de los hombros y se dejó conducir de nuevo a la biblioteca.

—¿Adónde vamos?

—No hay forma de saber quiénes son ni lo que buscan. Quiero que salgas de este lugar cuanto antes —dijo Gabriel.

—Mis cosas…

—Olvídalas; no hay tiempo para hacer el equipaje.

—Mi cámara; no puedo dejarla —insistió Venetia, intentando detenerse.

—Puedes comprar otra con el dinero que has ganado en este trabajo.

Era verdad, pero le disgustaba abandonar su querido equipo, por no hablar de la ropa. Había llevado a Arcane House sus mejores vestidos.

—¿Qué le sucede, señor Jones? Creo que está exagerando. Si avisa a los criados, seguro que esos ladrones no lograrán entrar en la casa.

—Dudo mucho que sean vulgares ladrones. —Gabriel se detuvo junto al escritorio y tiró tres veces de la cinta de terciopelo que conectaba con el timbre—. Esto alertará a los criados. Tienen instrucciones para este tipo de emergencia.

Gabriel abrió el cajón inferior del escritorio e introdujo la mano en su interior. Al sacarla, llevaba una pistola en la mano.

—Sígueme —ordenó a la joven—. Primero quiero que salgas de aquí; después me encargaré de los intrusos.

Venetia tenía muchas preguntas en mente, pero era imposible ignorar el tono autoritario de Gabriel. Fuera lo que fuese lo que sucedía, era evidente que Jones lo consideraba algo más que un mero intento de robo.

Recogió todo lo que pudo y se apresuró a seguirlo. Creía que se dirigían a la puerta que daba al pasillo, pero Gabriel se detuvo ante la estatua de un dios griego que estaba junto a una estantería y movió uno de sus brazos de piedra.

Se oyó el inequívoco chirrido de unos goznes dentro de la pared. Toda una sección del revestimiento de madera se abrió para dejar al descubierto una estrecha escalera, de la que Venetia sólo lograba vislumbrar los primeros peldaños; el resto se hundía en la oscuridad.

Gabriel recogió un farol que había al pie de la escalera e iluminó aquel pozo oscuro. Una vez Venetia hubo pisado cautelosamente el primer escalón, cerró la pared a sus espaldas.

—Presta atención. Estos escalones son muy viejos, pertenecen a la época más antigua de la abadía.

—¿Adónde conducen?

—A un pasadizo secreto que en tiempos pasados se utilizaba como salida de emergencia en caso de ataque.

—¿Qué te hace pensar que esos dos intrusos son algo más que unos vulgares rufianes?

—Muy pocas personas, a excepción de los miembros de la Sociedad, saben que Arcane House existe, y muchos menos conocen su localización exacta. Recordarás que te condujeron aquí de noche, en un carruaje cerrado. ¿Podrías encontrar el camino de regreso?

—No —admitió Venetia.

—Todas las visitas que llegan a Arcane House lo hacen de forma similar. Sin embargo, es evidente que estos villanos saben perfectamente adónde se dirigen y lo que buscan, por lo que asumo que son algo más que simples rateros que han pasado ante una casa y han entrado a robar.

—Comprendo.

Gabriel llegó al final de la escalera y Venetia apenas pudo evitar toparse con él.

El farol iluminó un túnel de piedra que olía a humedad y a podredumbre. Entre las sombras se oían unos movimientos rápidos y desagradables. La luz alumbró brevemente un par de ojillos malévolos.

«Ratas», pensó Venetia. Lo que faltaba para completar el cuadro de terror gótico. Se alzó un poco la falda, para ver mejor dónde pisaba.

—Por aquí —ordenó Gabriel.

Lo siguió por el largo túnel abovedado, teniendo mucho cuidado en no separarse de él. Gabriel avanzaba con la cabeza inclinada para evitar golpearse con la piedra.

Venetia sintió una opresión desagradable, como si el pasadizo se estrechara cada vez más. Tuvo que enfrentarse al pánico que la atenazaba y se concentró en seguir a Gabriel.

—¿Te encuentras bien?

—Es muy estrecho.

—No falta mucho —le prometió Gabriel.

La joven no pudo responder. Estaba demasiado ocupada en sujetarse la falda y el hatillo de ropa que amenazaba con hacerle perder el equilibrio.

El túnel dobló varias veces a izquierda y derecha. Venetia apenas podía contener las ganas de gritar cuando el pasadizo terminó repentinamente ante un grueso muro de piedra.

—Oh, Dios mío. Te advierto que no me veo capaz de volver a recorrer este horrible túnel.

—No hace falta volver atrás. Ya hemos llegado a nuestro destino.

Gabriel tiró de una palanca de hierro que estaba empotrada en la pared y una parte del muro se hizo a un lado.

Una fría brisa nocturna penetró en el pasadizo. Venetia aspiró el aire, temblando de alivio.

Pistola en mano, Gabriel salió a la intemperie.

—¿Willard? —susurró.

Una figura voluminosa salió de entre las sombras.

—Aquí, señor.

Venetia reconoció al cochero que la había recogido en la estación y la había llevado a Arcane House. Lo había visto varias veces en los días anteriores.

—Excelente. ¿Tienes tu pistola?

—Sí, señor.

—¿Está la señora Willard a salvo?

—Está en el carruaje, señor. Scanton y Dobbs lo esperan en la entrada de la gran cámara acorazada, según lo acordado.

—Llevarás a la señorita Milton y a la señora Willard a la aldea. Quédate con la señorita Milton hasta que suba al tren de la mañana.

—Sí, señor.

Gabriel se volvió hacia Venetia y bajó la voz.

—Adiós, querida. Te encontraré cuando este asunto

haya terminado. Recuerda lo que me has dicho esta noche, cuando estabas en mis brazos. Eres mía.

Venetia apenas podía creer lo que oía. ¿Él deseaba verla de nuevo? Asombrada, abrió la boca para preguntar dónde y cuándo se encontrarían.

Pero Gabriel no le dio la oportunidad. La besó una sola vez, intensamente. Era el beso de un hombre que establece sus derechos.

Antes de que Venetia pudiera recuperarse, Gabriel Jones ya se había dado la vuelta para encaminarse a la oscuridad del pasadizo. Venetia se concentró; el mundo se convirtió en una imagen en negativo. Echó un último vistazo al aura negra y potente de Gabriel antes de perderlo de vista.

El muro se cerró, dejándola a solas con Willard, sin apenas darle tiempo a recuperar la compostura.

—Por aquí, señorita Milton.

—¿Estará bien? —preguntó Venetia, mirando el muro de piedra.

—El señor Jones sabe cómo cuidar de sí mismo.

—Quizás usted debería acompañarlo.

—Al señor Jones no le gusta que desobedezcan sus órdenes, señorita Milton. He trabajado aquí el tiempo suficiente para saber que es mejor hacer lo que dice. Vamos, el trayecto hasta la aldea es largo.

Sin entusiasmo alguno, Venetia permitió que Willard la ayudase a subir al carruaje. El ama de llaves, que ya estaba dentro, no le dirigió la palabra cuando se sentó frente a ella.

Willard cerró la portezuela y se encaramó al pescante, haciendo que el vehículo se balanceara a causa de su peso. Después se oyó el chasquido del látigo.

El movimiento de los caballos al iniciar la marcha lanzó a Venetia a las profundidades de su mullido asiento. Descorrió la cortina para mirar el muro de piedra por el que había desaparecido Gabriel hasta que el carruaje dobló el recodo.

Poco después cayó en la cuenta de que todavía llevaba la chaqueta de Gabriel. Se acurrucó en su interior y buscó consuelo en el aroma que impregnaba la prenda.

«A eso se le llama sentido de la oportunidad», pensó Gabriel. La irritación incrementaba sus deseos de caza a medida que corría por el antiguo túnel. La noche estaba siendo perfecta; había disfrutado enormemente seduciendo a Venetia, a pesar de las sorpresas que se habían presentado durante el transcurso de los acontecimientos. Si hubiese algo de justicia en el mundo, en aquellos momentos estaría acompañando a Venetia Milton a un acogedor dormitorio.

Lamentaba haberla obligado a marcharse, pero la gravedad de la situación no le dejaba otra opción. Aún no sabía lo que buscaban los intrusos o cuán peligrosos eran, pero que hubiesen encontrado Arcane House y parecieran conocer el terreno era muy mala señal.

Llegó a la escalera secreta y subió con rapidez. Se detuvo a escuchar antes de abrir el panel de madera.

Ahora todos sus sentidos estaban plenamente alerta. En aquel estado de máxima percepción, podía detectar a su presa y anticiparse a sus acciones como si fuera un auténtico depredador.

Le contrariaba que su ansiedad por decidir cómo y cuándo explicar a Venetia su verdadera situación le hubiese impedido advertir la presencia de los intrusos. Que Venetia los hubiera detectado antes le parecía embarazoso. Era evidente que su concentración y su atención habían estado en otra parte.

No obstante, era asombroso que ella los hubiese distinguido en la oscuridad del bosque que rodeaba Arcane House. Tendría que preguntárselo la próxima vez que se viesen.

El lado paranormal de su naturaleza le sería muy útil para enfrentarse a lo que sucediera aquella noche. Sin embargo, le parecía insoportable que, para utilizar sus poderes, debiese sucumbir a la aterradora fiebre depredadora que ya le bullía en la sangre.

Su padre estaba convencido de que los sentidos paranormales representaban un nuevo avance del ser humano, pero Gabriel se preguntaba en secreto si, en su caso, no sería más bien lo contrario. Quizás él constituyese, en realidad, un retroceso, un paso hacia atrás.

Cuando se hallaba en tal estado, su miedo más profundo era que, bajo aquellas ropas costosas y el lustre de su educación y sus modales refinados, no hubiese alguien completamente opuesto a un hombre moderno. Se preguntaba si no estaría mostrando rasgos y características que sólo podían describirse como primitivos.

Si las teorías del señor Darwin eran correctas, ¿en qué lo convertían?

Había querido alejar a Venetia de aquel lugar por dos razones. La primera era garantizar su seguridad, así como la de la única otra mujer que allí se encontraba, la señora Willard.

Pero la segunda razón era evitar que Venetia lo viese presa de la fiebre.

No era el tipo de comportamiento que causaría buena impresión a la futura esposa de uno.

4

Bath: Una semana después...

«El señor Jones ha muerto.»

Venetia se quedó mirando, horrorizada, la pequeña nota del periódico. Se sentía como si la hubiesen vuelto del revés.

—Imposible. No puede ser verdad.

Su tía Beatrice Sawyer, su hermana de dieciséis años Amelia y su hermano Edward, de nueve años, levantaron la vista del desayuno.

Era una pequeña noticia, que Venetia casi había pasado por alto.

Conmocionada, la leyó de nuevo en voz alta para quienes la acompañaban en la mesa.

INCENDIO Y ACCIDENTE MORTAL
EN EL NORTE

Entre los restos del incendio que devastó la mansión conocida localmente como la Abadía se ha encontrado el cuerpo sin vida de Gabriel Jones. El trágico suceso tuvo lugar el día 16 del presente mes. El cadáver fue hallado entre una colección de antiguas reliquias; parece que uno de los pesados objetos le cayó en la cabeza, causándole la muerte.

Se supone que, en el momento de su fallecimiento, la víctima intentaba salvar las antigüedades del incendio que se extendía por el edificio. Muchos de los objetos fueron destruidos por el fuego.

El ama de llaves y su esposo identificaron el cadáver. La pareja comunicó a las autoridades que el señor Jones se había mudado a la Abadía poco antes de que tuviese lugar el terrible incendio que había acabado con su vida. Ninguno de los criados sabía mucho de su patrón. Ambos declararon que era sumamente reservado y excéntrico.

Venetia bajó el periódico y miró a su familia.

—La noche del día 16 me marché de Arcane House. No es posible. Me dijo que volveríamos a vernos, que teníamos que hablar de ciertos asuntos.

El bonito rostro de Amelia se iluminó de curiosidad.

—¿En serio? ¿De qué querría hablar contigo?

Con un enorme esfuerzo, Venetia regresó a aquel instante.

—No lo sé.

—¿Te encuentras bien? —preguntó Beatrice, frunciendo el ceño por detrás de las gafas.

—No. Estoy conmocionada.

—Tranquilízate, Venetia —replicó su tía, con una mezcla de preocupación y reproche en el rostro—. Comprendo que te sobresalte perder a un cliente exclusivo y adinerado, pero sólo trataste al caballero unos días. Y te pagó por adelantado.

Venetia dobló el periódico con sumo cuidado. Le temblaban los dedos.

—Gracias, tía Beatrice. Como siempre, sabes cómo apreciar las cosas en su justo valor.

Beatrice había ido a vivir con la familia Milton después de jubilarse como institutriz y de inmediato se había dedicado a una serie de interminables proyectos artísticos. Estaba con ellos cuando dieron a Venetia, Amelia y Edward la noticia del terrible accidente ferroviario que había acabado con la vida de sus padres. La presencia de

Beatrice había sido un sostén durante la tragedia y el subsiguiente desastre financiero.

—Nunca dijiste que sintieras algo especial por el señor Jones. Sólo pasaste con él unos días, apenas una semana, y nos aseguraste que se había comportado como todo un caballero —exclamó Amelia, con ojos como platos.

Venetia decidió no responder a eso.

—Lo que dicen los criados en el periódico coincide con lo que explicaste de él. El señor Jones parece haber sido reservado hasta el extremo de la excentricidad.

—No emplearía el término excéntrico para referirme a él —replicó Venetia.

A Edward pareció interesarle aquella cuestión.

—¿Qué palabra usarías?

—Extraordinario. Enigmático. —Venetia guardó silencio, mientras buscaba el término adecuado—. Atrayente. Misterioso. Fascinante.

Sólo al ver las expresiones de asombro de los otros comprendió cuánto había revelado.

—Haces que el señor Jones parezca una de las extrañas reliquias que fotografiaste en su museo, querida —dijo Beatrice, con un tono que denotaba incomodidad.

—¿Estaba el señor Jones cubierto de inscripciones ilegibles y vestido de códigos como las antigüedades que nos describiste? —preguntó Edward mientras se servía mermelada.

—Sí, en cierta forma. Era un hombre lleno de misterio.

Venetia cogió la cafetera que estaba junto a la tetera. Prefería el té al café, pero cuando se sentía ansiosa bebía café porque tenía la teoría de que le reforzaba los nervios.

—Veo que estás muy afectada por la noticia, pero tía Beatrice está en lo cierto. Recuerda que el señor Jones sólo era un cliente, Venetia —dijo Amelia.

—Puede que sea verdad, pero os diré algo: si ha muerto, lo más probable es que lo asesinaran y no que fuese víctima de un accidente. Os expliqué lo de los dos intrusos que intentaron entrar en la casa la noche de mi partida; pues bien, sospecho que ellos provocaron el incendio y, muy probablemente, la muerte del señor Jones. Tendrían que investigar lo sucedido.

Beatrice titubeó antes de puntualizar:

—No se menciona a ningún intruso en el artículo, sólo un incendio y un accidente relacionado con una antigüedad. ¿Estás segura de que las personas que viste aquella noche en el bosque eran ladrones?

—No tramaban nada bueno, eso seguro —dijo Venetia con calma—. Es más, el señor Jones opinaba lo mismo. En realidad, estaba más preocupado por esos hombres que yo misma. Por eso insistió en acompañarme fuera del edificio a través de un túnel secreto.

—Me encantaría haber visto ese túnel —exclamó Edward, con la boca llena de tostada.

Nadie le hizo el menor caso.

—De haber indicios de violencia o robo, las autoridades locales habrían iniciado una investigación criminal —indicó Beatrice.

Venetia removió su café con expresión ausente.

—No entiendo por qué el periódico no menciona a los intrusos.

—¿Y los criados que identificaron el cadáver del señor Jones? —preguntó Edward, con expresión taimada—. Ellos tendrían que haber explicado lo de esos malvados a las autoridades... Si en realidad había malvados mezclados en el asunto, claro está.

Todas se lo quedaron mirando.

—Hum..., bien pensado, Edward. Me pregunto por qué los criados no mencionaron a los intrusos —dijo Venetia.

—Recuerda que en el periódico sólo ofrecen un pequeño relato de lo sucedido. Dada la naturaleza de la prensa, es muy probable que haya unas cuantas inexactitudes en ese artículo —replicó Beatrice, con un bufido de desprecio.

Venetia suspiró.

—En cuyo caso nunca sabremos con seguridad lo que sucedió aquella noche.

—Bueno, al menos podemos asegurar que el señor Jones ya no se encuentra en este mundo —declaró Beatrice—. Seguramente es lo único en lo que la prensa ha acertado. Dudo que obtengas más encargos lucrativos de esa procedencia.

Gabriel Jones no podía estar muerto, pensó Venetia. En tal caso, ella lo sabría.

¿O no?

Empezó a sorber el café. Una idea repentina hizo que la taza que sostenía en las manos quedase a medio camino, suspendida en el aire.

—¿Qué habrá sucedido con los negativos y las copias que hice para el señor Jones cuando estaba en Arcane House?

—Los destruiría el incendio —respondió Amelia.

Venetia reflexionó antes de añadir:

—Y otra cosa. En el periódico no mencionan que una fotógrafa había estado en la mansión la noche que mataron al señor Jones.

—Por lo cual debemos estar sumamente agradecidos —dijo Beatrice, con un estremecimiento de alivio—. Lo último que necesitamos es que te veas mezclada en una investigación criminal, sobre todo ahora que nuestra situación financiera empieza a estabilizarse.

—Gracias a Gabriel Jones y al pago que nos hizo por adelantado.

—Por supuesto. Venetia, comprendo que la noticia de lo sucedido al señor Jones haya sido un golpe para ti, pero debes olvidarte del asunto. Nuestro futuro está en Londres. Tenemos planes y debemos seguir adelante.

—Claro —respondió Venetia, con expresión ausente.

—Los clientes vienen y se van, Venetia —añadió Amelia—. Una fotógrafa profesional no puede permitirse encariñarse con ninguno de ellos.

—Además, ese hombre está muerto —dijo Beatrice, yendo directa al grano—. Sea lo que sea lo sucedido en Arcane House, no nos concierne. Ahora tratemos asuntos más urgentes. ¿Ya has decidido el nombre que adoptarás cuando abramos la galería en Londres?

—Yo sigo apostando por «señora Ravenscroft», me parece muy romántico —respondió Amelia.

—Yo prefiero «señora Hartley-Pryce» —anunció Beatrice—. Tiene un tono más serio.

Edward hizo una mueca.

—Pues yo diría que «señora Lancelot» es el mejor nombre de todos.

—Has estado leyendo demasiadas historias artúricas —replicó Amelia, arrugando la nariz.

—Ja, mira quién habla. Sé muy bien que has sacado ese estúpido nombre de «señora Ravenscroft» de una novelita romántica.

Venetia se dispuso a zanjar la discusión:

—El problema es que no me veo viviendo con ninguno de esos nombres. No encajan, no sé si me explico.

—Tienes que decidirte, y pronto. No puedes llamarte «señora Milton»; no cuando tu hermano y tu hermana se llaman igual. La gente pensaría que Amelia y Edward son tus hijos, no quedaría bien.

—Ya lo hemos discutido, no tienes más remedio que meterte en el negocio como viuda —añadió Amelia.

—Una dama soltera de menos de treinta años tendría muchos problemas para atraer a la clientela adecuada —le recordó Beatrice—. Además, te sería difícil hacer negocios con hombres sin dar pie a malentendidos. El estado civil de viuda te dará cierta respetabilidad que, de otra forma, sería imposible de conseguir.

—Lo entiendo. He estado pensando largo y tendido sobre el asunto de mi nuevo nombre y he tomado una decisión.

—¿Qué nombre has elegido? —preguntó Edward.

—Me llamaré señora Jones.

Amelia, Beatrice y Edward se la quedaron mirando, boquiabiertos.

—¿Vas a adoptar el nombre de un cliente muerto? —preguntó Beatrice, perpleja.

—¿Por qué no? —replicó Venetia, cuya melancolía iba en aumento—. ¿Quién sospecharía que un tal señor Jones fue mi inspiración? A fin de cuentas, es un apellido de lo más corriente.

—Eso es verdad; habrá cientos, e incluso miles, de Jones en Londres —concedió Amelia.

—Precisamente —prosiguió Venetia, cada vez más convencida de su idea—. A nadie se le ocurrirá relacionarme con el caballero de Arcane House que fue mi cliente durante unos días. Sólo tenemos que inventarnos una buena historia que explique el motivo de que nuestro señor Jones no se encuentre entre los vivos, como que expiró en un clima exótico y distante.

—Supongo que es bastante coherente. Después de todo, a no ser por Gabriel Jones y la enorme suma de dinero que pagó por adelantado, no estaríamos planeando nuestra aventura financiera —reconoció Beatrice.

Venetia sintió que se le llenaban los ojos de lágrimas. Parpadeó varias veces, pero la sensación volvió a aparecer. Se levantó de la mesa y dijo bruscamente:

—Perdonadme, acabo de recordar que tengo que encargar unas placas nuevas.

Vio las miradas de preocupación que le dirigía su familia, pero nadie intentó detenerla.

Subió a su diminuto dormitorio, entró y miró el armario que se hallaba en el otro extremo de la habitación. Se aproximó despacio, abrió la puerta y extrajo la chaqueta de noche de caballero que guardaba allí.

La dobló sobre el brazo y acarició la costosa tela, como siempre había hecho desde que se fue de Arcane House.

Llevó la chaqueta a la cama, se acostó y dejó que fluyeran las lágrimas.

Pasado algún tiempo, sus emociones se extinguieron hasta el punto de apenas sentir nada. Se levantó y se enjugó los ojos.

Ya era suficiente. No podía permitirse sentimientos inútiles ni sueños románticos. Ella era el único sostén económico de su familia. Sus futuros dependían por completo de su capacidad para forjarse una carrera como fotógrafa en Londres y no debía perder de vista los atrevidos planes que ella y su familia habían hecho. Llevarlos a cabo requería mucho trabajo, astucia y atención minuciosa a los detalles.

Tía Beatrice tenía razón, pensó mientras recogía la chaqueta humedecida de lágrimas. No había motivo para ponerse tan sentimental por un cliente muerto. Había tratado a Gabriel durante sólo unos días; había hecho el amor con él una sola vez.

Gabriel era una fantasía, nada más.

Devolvió la chaqueta al armario y cerró la puerta.

5

Tres meses después...

—No pretendo comprender cómo ha sucedido, pero parece que ahora tengo una esposa —dijo Gabriel.

Caleb cruzó la biblioteca con paso impaciente y se detuvo al otro lado del escritorio.

—¿Es ésta tu idea de una broma, primo?

—Creo que me conoces lo suficiente para saber que no hago bromas en lo que respecta a mi futura esposa.

Gabriel había leído el artículo en el escritorio. Se incorporó y dio la vuelta al periódico para que Caleb pudiese ver la breve reseña.

Caleb leyó en voz alta:

EXPOSICIÓN FOTOGRÁFICA EN NOCTON STREET

La noche del jueves numerosas personas se congregaron en las nuevas salas de exposición de Nocton Street. Todos los presentes consideraron que la obra expuesta constituía uno de los ejemplos más brillantes y extraordinarios del arte de la fotografía. Se hallaban representadas varias categorías tradicionales, como paisaje, naturaleza muerta, arquitectura y retrato.

Todas las obras eran de una belleza excepcional y merecían el apelativo de obra de arte. No obstante, este crítico considera que las más brillantes eran las cuatro listadas en el catálogo como las primeras de una serie denominada «Sueños».

Aunque expuestas en la categoría de arquitectura, las fotografías destacaban por su combinación de retrato, arquitectura y una cierta cualidad metafísica que sólo podría describirse como onírica. Una de las fotografías obtuvo, merecidamente, el primer premio de la exposición.

La señora Jones, autora de la fotografía ganadora, se encontraba entre los presentes. Recién llegada a la escena londinense, su obra fotográfica ha sido acogida con gran entusiasmo y su lista de clientes incluye a algunos de los miembros más distinguidos de la sociedad.

La elegante viuda vestía de luto, como es habitual. Su refinado vestido negro resaltaba su brillante cabello castaño y sus ojos ambarinos. Varios de los presentes comentaron que la fotógrafa tenía un aspecto tan dramático como el de sus fotografías.

La entrañable devoción de la señora Jones por su difunto marido, fallecido trágicamente durante la luna de miel de la pareja, es bien conocida en los círculos fotográficos. La dama ha afirmado repetidamente que ha perdido al gran amor de su vida y que nunca volverá a amar. Toda su atención, sensibilidad y emoción están ahora concentradas en perfeccionar su arte, para el bien de *connoisseurs* y coleccionistas.

—Maldición —dijo Caleb, alzando la vista del artículo. Sus rasgos, que ya eran severos, se endurecieron aún más—. ¿De verdad crees que es la misma fotógrafa que contrataste para que registrara la colección de Arcane House?

Gabriel se detuvo ante las ventanas palladianas de la biblioteca. Cruzó las manos detrás de la espalda mientras observaba el jardín bañado por la lluvia.

—Podría ser una coincidencia.

—Sé lo que opinas de las coincidencias.

—Debo ser realista —dijo Gabriel—. ¿Cuántas opciones hay de que tres meses después de contratar a la señorita Milton para fotografiar la colección de Arcane House, otra dama con el mismo color de cabello y ojos se haya introducido en el mundo de la fotografía londinense? Sé que la señorita Milton estaba muy emocionada por la suma de dinero que recibió del Consejo. Era evidente que tenía planes para ese dinero, grandes planes, aunque no me los confió.

—No puedes estar seguro de que se trate de la misma fotógrafa.

—Has leído esos comentarios. El crítico dice que la obra es magnífica y que posee cierta cualidad metafísica, lo que describe con bastante precisión las fotografías de la señorita Milton. Es una fotógrafa espléndida, Caleb. Y luego está el asunto del nombre.

—Si estás en lo cierto ¿qué la habrá inducido a cambiar su nombre por Jones?

Gabriel pensó en la posibilidad de que estuviera embarazada de un hijo suyo.

La idea lo conmocionó e hizo surgir de su interior instintos de posesión y de protección que hasta entonces no había advertido.

Aquella posibilidad trajo otra que le hizo sentirse profundamente mal. Si Venetia había adoptado su nombre para dar respetabilidad a un embarazo, debía de estar aterrorizada.

Decidió no mencionar a Caleb aquel posible problema.

—Supongo que llegó a la conclusión de que le convenía adoptar el papel de viuda por el bien de su carrera profesional. Sabes lo difícil que es para una mujer dirigir un negocio o tener una profesión; será incluso más complicado para una mujer soltera y atractiva.

Se produjo un breve silencio a su espalda. Cuando se volvió, Caleb lo observaba con detenimiento.

—¿Es atractiva la señorita Milton? —preguntó en tono neutro.

—Diría que es fascinante, como mínimo.

—Comprendo —respondió Caleb—. Todavía no has respondido a mi pregunta: ¿por qué crees que eligió el apellido Jones cuando decidió hacerse pasar por viuda?

—Probablemente porque le pareció conveniente.

—Conveniente —repitió Caleb.

—Supongo que leyó la noticia aparecida en algunos periódicos después de los sucesos de Arcane House y concluyó que, puesto que yo ya no necesitaba el apellido Jones, ella lo tomaría prestado.

Caleb bajó la vista al periódico.

—Es algo desafortunado, dadas las circunstancias.

—Es más que desafortunado —completó Gabriel—. Es un desastre en potencia. Como mínimo, modifica nuestros planes tan meticulosamente previstos.

—Tampoco nuestro plan iba a la perfección, en cualquier caso —señaló Caleb—. No tenemos ninguna pista del ladrón.

—El rastro se ha enfriado —concedió Gabriel. Con una leve sensación de energía renovada, añadió—: Pero creo que las cosas van a cambiar.

—¿Podrás manejar esto solo, primo?

—No veo otra opción.

—Si puedes esperar un mes, me será posible ayudarte —apuntó Caleb.

Gabriel negó con la cabeza.

—Esto no puede esperar. No ahora, cuando Venetia está involucrada. Tú tienes tus propias responsabilidades que atender; ambos sabemos que son tan importantes como este asunto.

—Me temo que ése es el caso.

Gabriel se encaminó hacia la puerta.

—Saldré hacia Londres al amanecer. Me pregunto qué dirá mi acongojada viuda cuando descubra que su difunto esposo está bien vivo.

6

Nada como un marido muerto que regresa de la tumba para arruinar una bonita mañana de primavera.

Venetia se quedó mirando, paralizada, el titular de *The Flying Intelligencer*:

REAPARECE EL MARIDO, DADO POR MUERTO,
DE UNA CÉLEBRE FOTÓGRAFA

Para este corresponsal es un placer ofrecer la primicia del regreso a Londres, sano y salvo, del señor Gabriel Jones, a quien se dio por muerto durante su luna de miel en el Oeste estadounidense.

A los lectores les agradará saber que el mencionado Sr. Jones es el marido de la célebre fotógrafa de la sociedad londinense, la Sra. Venetia Jones.

El Sr. Jones conversó brevemente con este humilde corresponsal poco después de su llegada a nuestra ciudad. Explicó que, tras sufrir un grave episodio de amnesia a consecuencia de su accidente en el salvaje Oeste, estuvo desorientado varios meses, durante los cuales no pudo dar a conocer su identidad a las autoridades. Pero ahora, una vez restablecidas su salud y su memoria, ha declarado con ferviente entusiasmo que sólo ansía reunirse con su adorada esposa.

La Sra. Jones, muy conocida en el mundo de la fotografía, ha pasado casi un año sumida en la tristeza de la viudedad. Su devoción por la memoria del esposo que consideraba muerto ha conmovido a todos sus clientes y a aquellos que admiran su obra.

Es imposible llegar a imaginar la magnitud del júbilo que embargará el corazón de la dama cuando descubra que su marido está vivo y ha regresado.

GILBERT OTFORD

—Ha habido un terrible error —murmuró Venetia, horrorizada.

Beatrice se detuvo en el acto de untar una tostada con mantequilla.

—¿Qué te sucede, querida? Parece que acabas de ver un fantasma.

—No uses esa palabra, por favor —dijo Venetia, estremeciéndose.

—¿Qué palabra? —inquirió Amelia.

—Fantasma —respondió Venetia.

—¿Has visto un fantasma, Venetia? —preguntó Edward sin dejar de masticar.

—Por favor, Edward, no hables con la boca llena.

Edward se tragó obedientemente el resto de la tostada antes de proseguir su interrogatorio.

—Describe el fantasma, Venetia. ¿Era transparente? ¿Podías ver a través de él? ¿O era sólido, como una persona real?

—No he visto ningún fantasma, Edward —zanjó Venetia con mucha firmeza. Sabía que debía reprimir aquella noción de inmediato para contener la ilimitada curiosidad de su hermano—. Aparece un error en el periódico de la mañana, eso es todo. Los errores en la prensa son habituales.

Eso era todo, un lamentable error, pensó. Pero ¿cómo podía suceder algo así?

Amelia la observaba expectante.

—¿Qué has leído en el periódico que te ha turbado tanto?

—Hay una referencia al reciente regreso de un tal señor Gabriel Jones.

Amelia, Beatrice y Edward se quedaron de una pieza.

—¿Cómo es posible? —consiguió pronunciar Beatrice, bastante pálida.

—Dios mío, ¿estás segura del nombre? —preguntó Amelia.

—Léelo tú misma.

Amelia se hizo con el periódico que le tendía Venetia.

—Déjame ver —terció Edward, mientras saltaba de su silla para leer junto a su hermana.

—Oh, no. Tienes razón, esto es terrible —murmuró Amelia.

Edward parecía sumamente decepcionado.

—No dice nada de un fantasma. Dice que el señor Gabriel Jones, a quien se daba por muerto, está vivo. Eso no tiene nada que ver con ser un fantasma.

—No, en absoluto. —Venetia alargó el brazo hacia la cafetera. «Por desgracia», pensó para sus adentros. Un fantasma habría sido mucho más fácil de manejar.

—Es muy raro, ¿verdad? —prosiguió Edward—. Dice que este señor Jones murió en el lejano Oeste, como la historia que inventamos con nuestro señor Jones.

—Muy raro, sí —respondió Venetia, agarrando la cafetera.

—Dejádmelo leer, por favor.

Venetia observó a su tía leer que el señor Jones había regresado a Londres vivito, coleando y presa de un «ferviente entusiasmo».

—Santo cielo —musitó Beatrice cuando terminó. Devolvió el periódico a Venetia e, incapaz de pensar otro comentario, repitió—: Santo cielo.

—Tiene que ser un error. O tal vez una extraña coincidencia —propuso Amelia con escaso convencimiento.

—Puede que se trate de un error, pero de ningún modo es una coincidencia. Toda la sociedad sabe cómo enviudé.

—¿Crees que, por alguna asombrosa casualidad, se trata del verdadero señor Jones? —preguntó Beatrice.

Todos la miraron. La sensación de pánico de Venetia se intensificó.

—Si es el verdadero señor Jones, es muy probable que le moleste descubrir que te has hecho pasar por su viuda —observó Beatrice—. Ten cuidado con el café, querida.

Venetia bajó la vista. Había llenado excesivamente su taza y el café se había derramado, inundando el plato.

—Piensa en el escándalo que se formará si se descubre que has fingido ser la viuda de un caballero que nunca fue tu verdadero marido. Será peor que cuando descubrimos la verdad sobre papá. Al menos aquello conseguimos mantenerlo en secreto. Pero si esto se descubre, será noticia en todos los periódicos —dijo Amelia.

—El negocio se irá a pique —añadió Beatrice con voz sepulcral—. Volveremos a ser pobres y tú y Amelia os veréis obligadas a trabajar como institutrices.

—Basta —interrumpió Venetia, alzando una mano con la palma abierta—. No sigáis con esas especulaciones. Quienquiera que sea ese hombre, no puede ser el verdadero señor Jones.

—¿Por qué no? —preguntó Edward, con predecible lógica—. Quizá la noticia que decía que el señor Jones había muerto en un incendio cuando intentaba salvar una reliquia no era cierta.

La conmoción inicial iba debilitándose. Venetia descubrió que volvía a pensar con claridad.

—La razón por la que estoy segura de que no es el verdadero señor Jones es que durante el tiempo que lo traté descubrí que era un caballero muy solitario; incluso pertenecía a una Sociedad cuyos miembros estaban obsesionados con el secreto.

—¿Qué tienen que ver esas excentricidades con nosotros? —preguntó Beatrice sin tapujos.

Venetia se reclinó en la silla, satisfecha de su propio razonamiento.

—Confiad en mí si os digo que mantener una charla casual con un miembro de la prensa, sobre todo si se trata de un reportero de una porquería del cotilleo como *The Flying Intelligencer*, es lo último que haría el verdadero señor Jones. Es más, el caballero que conocí en Arcane House haría cuanto estuviera en su mano para evitar semejante encuentro. Imaginad que incluso se negó a que lo fotografiase.

—En tal caso, debemos asumir que alguien ha decidido hacerse pasar por nuestro señor Jones. La pregunta es por qué —dijo Amelia.

—Tal vez alguien de la competencia lo ha tramado con la esperanza de que provoque una situación embarazosa que perjudique nuestro negocio —sugirió Beatrice.

Amelia hizo una rápida señal de asentimiento.

—Tu éxito no ha sentado bien a todos los miembros de la comunidad fotográfica de Londres. Es una profesión muy competitiva y hay quienes no dudarían en reducir la competencia.

—Como ese desagradable hombrecillo llamado Burton, por ejemplo —dijo Beatrice con voz sombría.

—Sí —respondió Venetia.

—Sabes, ahora que lo pienso, no me extrañaría que Harold Burton inventase una historia grotesca para provocar que se rumoreara acerca de ti.

—Tía Beatrice tiene razón —terció Amelia—. El señor Burton es un personaje espantoso. Cada vez que pienso en las fotografías que dejó ante nuestra puerta, querría estrangularlo.

—Y yo también —añadió Edward.

—No sabemos con seguridad si fue el señor Burton quien dejó esas fotografías, aunque admito que llevan su sello. A fin de cuentas, es un fotógrafo muy bueno y tiene un estilo singular —dijo Venetia.

—Hombrecillo odioso —murmuró Beatrice.

—Sí, pero no lo imagino involucrado en algo de esta naturaleza.

—¿Qué crees que sucede? —preguntó Beatrice.

—Creo que quien haya decidido hacerse pasar por el señor Gabriel Jones tiene el chantaje en mente.

—¡Chantaje! —exclamó Beatrice, horrorizada.

—¿Qué vamos a hacer? —preguntó Amelia.

—¿Qué es chantaje? —preguntó Edward.

—Ya te lo explicaré más tarde —respondió Beatrice, antes de volverse hacia Venetia—. No tenemos dinero para pagar a un extorsionador, lo hemos invertido todo en esta casa y la galería. Si esto es un intento de chantaje, estamos perdidos.

Eso era verdad, pensó Venetia. Habían gastado casi hasta el último penique de la generosa cantidad avanzada por la Sociedad Arcana en alquilar la pequeña casa de Sutton Lane y montar la galería de Bracebridge Street.

Tomó otro sorbo de café, en busca de inspiración.

—Se me ocurre que quizá sea una de estas situaciones en que debemos luchar con sus mismas armas. Tal vez deba acudir yo misma a la prensa.

—Estás loca, nuestro objetivo es acallar los rumores, no avivarlos —dijo Amelia, asombrada.

Venetia volvió a revisar el artículo y memorizó el nombre del autor de aquella infamia.

—¿Y si explicase al señor Gilbert Otford que un impostor intenta engañar a una viuda desolada?

—Sabes, Venetia, es una idea brillante. ¿Quién va a desafiarte? Después de todo, tú eres la viuda de Gabriel Jones y lo conocías mejor que nadie. A menos que ese impostor pueda probar su identidad, el público estará de tu parte —razonó Beatrice.

Amelia reflexionó unos instantes.

—Puede que tengas razón. Bien manejada, la celebridad puede ser ventajosa para nosotros. Es posible que el caso genere la simpatía y el interés del público. Y la mera curiosidad atraerá a muchos clientes a la galería.

Venetia sonrió lentamente mientras su plan tomaba forma.

—Podría funcionar.

El amortiguado sonido de la aldaba resonó desde el recibidor. En respuesta acudieron los pasos de la señora Trench.

—¿Quién será a estas horas? —preguntó Beatrice—. El correo ya ha llegado.

La robusta silueta de la señora Trench se recortó en el umbral. Su ancho rostro estaba alterado, algo poco habitual en ella.

—Hay un caballero en la puerta. Dice ser el señor Jones y ha preguntado por su esposa, si pueden creerlo. Dice que se llama Venetia Jones. Yo no sabía qué hacer, solamente se me ocurrió decir que vería si la señora estaba en casa.

Venetia estaba perpleja.

—Qué atrevido es. Es increíble que tenga las agallas de presentarse en nuestra puerta.

—Dios mío. ¿Avisamos a la policía? —musitó Amelia.

—¿La policía? —La agitación de la señora Trench se convirtió en alarma—. Oigan, cuando acepté este trabajo no mencionaron a invitados peligrosos.

—Cálmese, señora Trench —replicó Venetia rápidamente—. Estoy convencida de que no será necesario avisar al guardia. Acompañe al caballero al despacho, por favor. Lo atenderé de inmediato.

—Sí, señora.

Amelia esperó a que el ama de llaves se hubiese marchado antes de decir en voz baja:

—No pretenderás enfrentarte sola a este chantajista, ¿verdad, Venetia?

—¿Cómo puedes siquiera considerarlo? —preguntó Beatrice.

—Debemos descubrir todo lo que podamos; siempre es importante conocer al enemigo.

—En tal caso, te acompañaremos a conocer a ese hombre —declaró Amelia, levantándose de la silla.

—Por supuesto —afirmó Beatrice.

—Yo también vendré para protegerte, Venetia —dijo Edward.

—Creo que lo mejor es que esperéis los tres aquí mientras me entrevisto con él.

—No puedes entrar ahí sola —insistió Beatrice.

—Fui yo quien creó este problema al elegir el apellido del señor Jones. —Venetia arrugó la servilleta y se puso en pie—. Es mi responsabilidad encontrar la solución a esta situación. Además, el impostor revelará en mayor medida sus verdaderas intenciones si cree que sólo trata con una persona.

—Eso es verdad —admitió Beatrice—. Según mi experiencia, cuando un hombre se encuentra a solas con una mujer suele pensar que lleva las de ganar.

—¿Por qué, tía Beatrice? —preguntó Edward.

—No tengo ni idea, cariño. Supongo que porque suelen aventajarnos en tamaño. Son pocos los que comprenden que lo importante es la inteligencia, no la fuerza.

—El problema —intervino Amelia— es que este hombre en concreto puede amenazar a tu persona, Venetia. Y, en tal caso, el tamaño sí importa.

Venetia se compuso la falda del vestido negro.

—No creo que intente hacerme daño. Sea quien sea, o cualesquiera sean sus planes, es muy improbable que intente asesinarme en esta casa.

—¿Qué te hace estar tan segura? —preguntó Edward con curiosidad.

—Bien, para empezar, no sacaría ningún provecho de semejante acto: no se puede chantajear a una persona muerta. —Venetia rodeó la mesa y luego se dirigió hacia la puerta—. Además, habría demasiados testigos de su crimen.

—Eso es verdad —concedió Beatrice a regañadientes.

—De todos modos, prométenos que gritarás si crees que va a hacerte algún daño —dijo Amelia.

—Me agenciaré un cuchillo de la cocina, por si acaso.

Edward salió a toda prisa hacia la puerta de la cocina.

—No vas a coger ningún cuchillo, Edward —le gritó Beatrice.

—Espero que no llegue a ser necesario —dijo Venetia, suspirando.

Cruzó rápidamente el recibidor con una mezcla de furia, miedo y determinación. Un chantajista era lo último que necesitaba, pensó. Ya tenía bastantes problemas sin él; las escalofriantes fotografías que le habían enviado de forma anónima no le dejaban conciliar el sueño.

Se detuvo ante la puerta cerrada del pequeño estudio. La señora Trench esperaba, incómoda.

—Lo he hecho pasar dentro, señora.

—Gracias, señora Trench.

El ama de llaves le abrió la puerta.

Venetia tomó aire, se concentró en la parte de su mente que le permitía ver más que la visión humana normal y entró en el estudio.

7

En el mundo en negativo en que se movía ahora, vio el aura del hombre mucho más claramente que su rostro.

Se detuvo, estupefacta.

Las auras eran únicas, y ninguna tanto como la de Gabriel Jones. Controlada, intensa y poderosa, la oscura energía resplandecía a su alrededor.

—La señora Jones, supongo —dijo Gabriel. Estaba junto a la ventana, con el rostro oculto entre las sombras.

El sonido de su voz hizo que Venetia perdiera la concentración. Parpadeó y el mundo volvió a sus colores y tonalidades normales.

—Estás vivo —murmuró.

—Así es. Veo que la noticia ha sido una desagradable sorpresa para ti. Perdona, pero por mi parte siento cierto alivio, dadas las circunstancias.

Todo en su interior la empujaba a echarse en sus brazos, tocarlo, olerlo; a deleitarse en la alegría de saberlo con vida. Pero estaba paralizada por la enormidad del desastre que se avecinaba.

—La noticia en la prensa...

—Contenía ciertos errores fácticos. Nunca crea todo lo que dice la prensa, señora Jones.

Con un enorme esfuerzo de voluntad, Venetia consiguió llegar al escritorio y sentarse en la silla. No podía desviar sus ojos de él. ¡Estaba vivo!

—Debo decirle, señor, que me alegra saber que se encuentra bien.

—Gracias. —Gabriel permaneció donde se encontraba, su silueta recortada contra la ventana—. Perdóneme, señora, pero dadas las circunstancias, debo preguntarle si usted se encuentra... bien.

A Venetia le sorprendió la pregunta.

—Sí, por supuesto. Estoy bien, gracias.

—Comprendo.

¿Por qué parecía decepcionado?, se dijo Venetia.

—¿Esperaba encontrarme indispuesta? —preguntó, perpleja.

—Me preocupaba que nuestra anterior asociación pudiera haber tenido ciertas repercusiones.

Venetia cayó en la cuenta de que Jones le había preguntado si estaba embarazada. Sintió una gran calidez y luego cierta frialdad.

—Supongo que se pregunta por qué tomé prestado su apellido —murmuró.

—Comprendo que decidiese iniciar su negocio haciéndose pasar por viuda —admitió Jones—. Fue una decisión inteligente, dada la actitud de la sociedad hacia las mujeres solteras. Pero sí, admito sentir cierta curiosidad por la razón que le llevó a elegir precisamente mi apellido. ¿Fue una simple cuestión de conveniencia?

—No.

—¿Fue porque pensó que Jones era un apellido tan común que nadie advertiría la conexión?

—No del todo. —Venetia agarró una pluma con todas sus fuerzas—. En realidad, mi elección se debió a motivos sentimentales.

Gabriel enarcó las cejas.

—¿Ah, sí? Pero creía que usted había dado a entender la necesidad de ocultar cualquier aspecto de naturaleza personal.

—Fue su decisión contratarme para que fotografiase la colección de Arcane House. La generosa retribución que recibí por el proyecto nos permitió abrir una galería en Londres. Pensé que adoptar su nombre sería un homenaje adecuado.

—Un homenaje.

—Un homenaje muy privado y personal. Nadie, aparte de la familia, sabe nada al respecto —se apresuró a matizar Venetia.

—Comprendo. No recuerdo que nadie me haya honrado antes por el mero hecho de pagar un encargo por adelantado.

Su voz grave y sonora hizo que Venetia se pusiera en guardia. Gabriel Jones no parecía divertido.

Venetia dejó la pluma en el tintero, se reclinó en la silla y cruzó las manos.

—Créame, señor Jones, lamento profundamente toda esta situación. Me doy perfecta cuenta de que no tenía ningún derecho a apropiarme de su apellido.

—Apropiar es una palabra interesante, dadas las circunstancias.

—No obstante, debo señalar que el problema no habría tenido más consecuencias de no haber concedido usted una detallada entrevista al corresponsal de *The Flying Intelligencer*.

—¿Otford?

—¿Puedo preguntarle por qué habló con él? Si no lo hubiese hecho, esta situación no habría tenido lugar. Pues hay muchos Jones en el mundo, nadie nos habría vinculado.

—Lamentablemente, creo que no podemos depender de esa suposición —dijo Jones.

—No sea ridículo. Si no hubiese hablado con la prensa, nadie habría prestado la menor atención a una coincidencia de apellidos. Por desgracia, le pareció adecuado declarar al reportero que esperaba con ferviente entusiasmo reunirse con su mujer, la fotógrafa.

—Sí, creo que dije algo por el estilo.

—¿Podría preguntarle, sin ánimo de ofenderlo, por

qué hizo algo tan estúpido, torpe y necio? ¿En qué estaba pensando?

Jones la observó unos instantes. Después cruzó la habitación, se detuvo frente a ella y se apoyó en el escritorio de forma amenazadora.

—Estaba pensando, señora Jones, en que ha complicado muchísimo mi existencia y, al mismo tiempo, posiblemente ha puesto en grave peligro la suya. En eso estaba pensando.

Venetia se echó rápidamente hacia atrás.

—No lo comprendo.

—¿Es la palabra complicado o el término peligro lo que no alcanza a entender?

—Entiendo perfectamente el significado de la palabra complicado, sobre todo en este contexto —replicó Venetia, ruborizándose.

—Excelente. Vamos progresando.

—¿Qué es eso de que estoy en peligro?

—Ese aspecto del asunto también es complicado —alegó él.

—Quizá tendrá usted la amabilidad de explicarse mejor, señor.

Gabriel Jones tomó aire, dio media vuelta y regresó junto a la ventana.

—Lo intentaré, aunque llevará cierto tiempo.

—Sugiero que vaya directo al grano —alegó Venetia.

Jones se detuvo y se asomó al pequeño jardín.

—¿Recuerda la noche que partió de Arcane House a través del pasadizo secreto?

—Es difícil olvidar el incidente. —Venetia cayó en la cuenta de algo que hasta entonces le había pasado inadvertido—. Dado que está usted vivo, ¿quién era el hombre cuyo cadáver se halló en el museo? ¿El que el ama de llaves y el jardinero identificaron como Gabriel Jones?

—Era uno de los intrusos que usted vislumbró en el bosque aquella noche. Lamento decir que el otro consiguió escapar, aunque no logró hacerse con la reliquia que planeaba robar. Era bastante pesada, ¿sabe? Hacían falta dos hombres para transportarla.

—La noticia del periódico mencionaba que se produjo un accidente en el museo, algo relacionado con un pesado objeto de piedra que cayó sobre la infausta víctima, creo recordar.

—Me parece que ésa fue la forma en que se comunicó la muerte, en efecto.

—No lo comprendo. ¿Por qué los Willard afirmaron que usted era el muerto?

—El personal de Arcane House es muy disciplinado..., y está muy bien pagado.

Los criados habían mentido, pensó Venetia. Sintió un escalofrío, como si estuviese penetrando en aguas muy negras y profundas. En realidad no deseaba conocer más secretos de la Sociedad Arcana, pero la experiencia le había enseñado que la ignorancia de un problema potencial acarreaba desagradables consecuencias.

—¿Debo asumir que no se produjo ningún incendio ni se destruyó objeto alguno?

—No hubo ningún incendio y las reliquias se encuentran en excelente estado, aunque muchas se han trasladado a la gran cámara acorazada por motivos de seguridad.

—¿Qué esperaba conseguir haciendo creer a la prensa que era usted el fallecido, señor Jones?

—Intentaba ganar algo de tiempo y confundir al villano que había enviado esos hombres a Arcane House. Es una estrategia ancestral.

—Creía que perseguir villanos era labor de la policía.

Gabriel Jones le dedicó una de sus misteriosas sonrisas.

—Sin duda, ya conocerá lo suficiente las excentricidades de la Sociedad Arcana para comprender que lo último que desean sus miembros es involucrar a la policía en los asuntos de la Sociedad. Perseguir al criminal es cosa mía.

—¿Y por qué la Sociedad le encomendaría a usted se-

mejante investigación? —preguntó Venetia con desconfianza.

—Podría decirse que he heredado el problema —respondió Gabriel con sorna.

—No lo entiendo.

—Créame, señora Jones, soy muy consciente de eso.
Por desgracia, para que comprenda el peligro al que se en-
frenta, tendré que explicarle algunos de los secretos mejor guardados de la Sociedad Arcana.

—Con franqueza, prefiero que no lo haga, señor.

—Ninguno de nosotros tiene otra opción. No ahora,
que ha decidido llamarse señora Jones. —Gabriel la escrutó con sus ojos de brujo—. Después de todo, somos
marido y mujer. No tendría que haber secretos entre nosotros.

Venetia sintió que se le cortaba la respiración y tuvo
que esforzarse para recuperar el habla.

—Éste no es el momento adecuado para dejarse llevar
por su retorcido sentido del humor, señor. Exijo una explicación y la exijo de inmediato. Creo que lo merezco.

—Muy bien. Como he dicho, en cierto modo he heredado esta situación.

—¿Cómo ha sucedido?

Gabriel empezó a recorrer lentamente la habitación,
hasta detenerse ante una de las dos fotografías enmarcadas que colgaban de la pared. Primero examinó la imagen
de la mujer morena y después se volvió hacia la del hombre muy grande y robusto.

—¿Su padre? —preguntó Jones.

—Sí. Él y mi madre fallecieron hace un año y medio
en un accidente ferroviario. Hice ambas fotografías poco
antes de que murieran.

—Mi más sentido pésame.

—Gracias. ¿Y bien?

Jones reanudó la marcha.

—Le he dicho que busco al hombre que envió los intrusos a Arcane House.

—Sí.

—No le he dicho lo que esos individuos pretendían robar.

—Alguno de los objetos más valiosos —supuso Venetia.

Gabriel se detuvo y se volvió hacia ella.

—Lo más extraño de este asunto es que la reliquia que intentaron robar no podría considerarse particularmente valiosa, ni desde un punto de vista museístico ni monetario. Era una pesada caja fuerte de hace doscientos años, quizá la recuerde: la tapa tenía una plancha de oro grabada con motivos florales y un pasaje escrito en latín.

Venetia hurgó entre sus recuerdos de los numerosos objetos turbadores que había fotografiado. Era difícil olvidarse de aquella caja fuerte.

—La recuerdo. Ha mencionado que no es particularmente valiosa, pero ¿qué me dice de la chapa de oro?

—Es sólo una fina lámina.

—No se ofenda, señor Jones, pero estas cosas son relativas. El oro es oro, a fin de cuentas. Quizá la caja no sea atractiva para usted u otros miembros de la Sociedad, pero sí para un ladrón pobre y necesitado.

—Un ladrón que sólo perseguía un beneficio material habría elegido uno de los pequeños objetos incrustados de piedras preciosas, no una caja fuerte tan pesada que se requerían dos hombres para transportarla.

—Sí, por supuesto —replicó Venetia, lentamente—. Bien, quizás el ladrón asumió que la caja fuerte guardaba algo de gran valor.

—La caja estaba vacía y sin cerrar porque el objeto que custodiaba había sido robado unos meses antes.

—Perdóneme, señor Jones, pero parece que la Sociedad Arcana tiene graves problemas para cuidar de sus antigüedades.

—Debo admitir que últimamente ése parece ser el caso siempre que yo estoy involucrado.

Venetia decidió pasar por alto el extraño comentario.

—¿Qué guardaba originariamente la caja fuerte?

—Un cuaderno.

—¿Eso es todo?

—Créame, estoy tan perplejo como usted. Permita que me explique. La caja y el cuaderno que custodiaba eran parte del contenido de un laboratorio secreto construido por un célebre alquimista que vivió a finales del siglo XVII. El alquimista murió en esa habitación secreta, cuya localización se desconoció durante dos siglos. Finalmente el laboratorio fue descubierto y excavado.

—¿Cómo fue descubierto?

—Dos miembros de la Sociedad lograron descifrar varias cartas que el alquimista escribió poco antes de desaparecer por última vez en su laboratorio. Las cartas contenían pistas e indicaciones que acabaron por encajar.

—Esos dos miembros de la Sociedad que acaba de mencionar... ¿fueron los que excavaron el laboratorio?

—Sí.

—Uno de ellos era usted, ¿verdad?

Jones detuvo su incesante merodear y se la quedó mirando.

—Sí. El otro hombre era mi primo. Nos decidimos a llevar a cabo el proyecto porque el alquimista es nuestro antepasado; también resulta ser el fundador de la Sociedad Arcana.

—Comprendo. Siga.

—El alquimista estaba convencido de poseer ciertos poderes sobrenaturales. Pasó años trabajando en una fórmula que aumentase tales habilidades. En realidad, estaba obsesionado con esta investigación. En sus últimas cartas indicó que estaba a punto de perfeccionar su fórmula. Mi primo y yo sospechamos que eso era lo que contenía el cuaderno robado.

—¿Qué persona con sentido común sería tan estúpida para creer que un alquimista que vivió hace doscientos años había desarrollado una fórmula para incrementar los poderes sobrenaturales?

—No lo sé, pero quienquiera que sea, está dispuesto a matar por esa dichosa fórmula.

Venetia sintió otro escalofrío. Preguntó:

—¿Han asesinado a alguien a causa de ese antiguo cuaderno?

—Uno de los trabajadores que nos ayudaron a embalar las cajas con el contenido del laboratorio fue sobornado para que sacase el cuaderno de la caja fuerte y se lo entregase a alguien. Más tarde su cadáver fue encontrado en un callejón. Lo acuchillaron.

—Qué espantoso.

—Mi primo y yo invertimos mucho tiempo en intentar descubrir quién había sobornado y asesinado al trabajador, pero pronto nos quedamos sin pistas. Sin embargo, hace tres meses dos hombres intentaron robar la caja fuerte en Arcane House.

—Es incomprensible. Si el ladrón ya tiene el cuaderno del alquimista, ¿por qué arriesgarse a enviar dos hombres a Arcane House para que roben la caja que lo custodiaba?

—Ésa es una excelente pregunta, señora Jones. Una pregunta para la que no tengo respuesta.

—Parece que aquí las preguntas sin respuesta son muchas, señor.

—En efecto. Y me temo que, a menos que encuentre pronto las respuestas, alguien más puede morir.

8

La noticia la había afectado, como evidenciaba su expresivo rostro. Estaba horrorizada. Gabriel lamentaba haber tenido que asustarla, pero era por el bien de Venetia. Tenía que hacerle entender la extrema gravedad de la situación.

—¿Dónde está su primo, la persona que lo ayudó en la excavación?

—Caleb tuvo que regresar al hogar de sus antepasados para tratar un problema familiar de suma importancia. Me temo que finalizar la tarea de recuperar el cuaderno y atrapar a quien lo robó depende de mí.

—Sin ánimo de ofenderlo, señor, ¿tiene usted algún tipo de experiencia en esta clase de asuntos?

—No mucha —respondió Jones—. No es el tipo de enigma que suele presentarse en Arcane House. Me he formado como investigador y erudito, no como detective.

—Comprendo —replicó Venetia, con un triste suspiro.

Era tan placentero estar de nuevo ante ella, pensó Gabriel. Estaba incluso más atractiva que en sus sueños de los últimos meses.

El elegante vestido negro que llevaba pretendía crear una barrera a la intimidad, pero a él le resultaba sumamente voluptuoso.

El ajustado corpiño del vestido, que resaltaba las curvas seductoras de la cintura y la cadera, tenía un escote cuadrado que le enmarcaba el busto. La falda dejaba vislumbrar el tobillo. El atrevido polisón añadía un discreto toque provocativo.

Jones advirtió que, a pesar de su gran sensibilidad fotográfica, afortunadamente Venetia no era consciente de la sensualidad que proyectaba vestida con los colores de la noche.

Algunos hombres se intimidarían ante la seguridad y la determinación femenina que irradiaba, pero esas características excitaban a Gabriel tanto como la visión del diminuto y bien torneado tobillo.

—¿Cuáles son sus progresos en lo que respecta al ladrón?

Gabriel pensó que Venetia desconfiaba de su capacidad en esa línea.

—Siento decirle que no estoy más cerca de su resolución ahora que la noche en que los ladrones intentaron robar la caja fuerte de Arcane House —admitió.

—Me lo temía.

—En los últimos tres meses, mi primo y yo hemos seguido la teoría de que el intento de robo fue planeado por un miembro de la Sociedad Arcana que ha logrado ocultar su identidad. Pero empiezo a cuestionarme incluso esa suposición. Por desgracia, si el implicado es alguien ajeno a la Sociedad, el número de sospechosos es mucho mayor.

—No tanto. Dudo que haya muchas personas que sepan de su alquimista y, de ellas, muy pocas estarán al corriente del descubrimiento y la excavación del laboratorio. Serán menos aún las que darían un penique por un cuaderno de doscientos años de antigüedad.

—Sólo me queda esperar que esté usted en lo cierto. —Gabriel le sostuvo la mirada, con la esperanza de hacerle entender la gravedad de la situación—. Debo decirle que no me alegra verla mezclada en esto, Venetia.

—Yo tampoco estoy encantada con la información que acabo de recibir —reconoció ella no sin acritud—.

Como habrá advertido, tengo un negocio que atender, señor Jones. No puedo permitirme acabar involucrada en un escándalo que mezcle la alquimia con el asesinato y un marido muerto que ha tenido el mal gusto de regresar de la tumba. Podría significar la ruina para mí. Y, si me arruino, también se arruina mi familia. ¿Me comprende, señor?

—Sí. Le doy mi palabra de que haré cuanto esté en mi mano para proteger su reputación hasta que concluya este asunto, pero no me pida que me aleje de usted o de esta casa. Es demasiado peligroso.

—¿Pero por qué precisamente yo estoy en peligro? —preguntó Venetia, claramente exasperada.

—Porque decidió presentarse en sociedad como la viuda de Gabriel Jones, Venetia.

—Si usted no hubiese hablado con ese reportero...

—Venetia, hablé con el reportero porque tenía que actuar rápido. Cuando me enteré de lo que usted había hecho, mi única opción era tomar medidas inmediatas para protegerla.

—¿De quién?

—De la persona que robó la fórmula e intentó robar la caja fuerte.

—¿Por qué iba a estar ese villano interesado en mí? —indagó Venetia.

—Porque —dijo Gabriel con meticulosa precisión—, si ese villano advierte su existencia y la relaciona conmigo, es probable que sospeche que no todo es lo que parece. Sin duda empezará a preguntarse si su caza continúa.

—¿Caza? —preguntó Venetia, frunciendo el ceño—. Es un término extraño el que ha elegido usted.

Gabriel notó que se le tensaba la mandíbula.

—El término es lo de menos. Lo que intento explicar es que tarde o temprano usted atraerá la atención de ese malvado. Es una cuestión de tiempo. Hay demasiadas pistas.

—¿Y qué querría él de mí? Sólo soy una fotógrafa.

—La fotógrafa que registró las reliquias de Arcane House. La fotógrafa que afirma haberse casado conmigo.

—Sigo sin comprender.

Pero Venetia empezaba a comprender, pensó Gabriel. Lo veía en sus ojos.

—Ese malvado quiere la caja fuerte por alguna razón. Sabe que, después de su intento fallido de robarla de Arcane House, lo más probable es que esté custodiada en la gran cámara acorazada. Sabrá que ahora le es casi imposible llegar hasta ella..., pero también que es muy probable que exista una fotografía de esa caja.

—Lógico —murmuró Venetia.

—Cuando llegue a la conclusión de que usted era la fotógrafa que tomó las fotografías de las reliquias, podría concluir también que tiene en su poder los negativos. La mayoría de los fotógrafos, como una vez me comentó, guardan los negativos de sus trabajos.

—Dios mío.

—¿Comprende ahora por qué puede correr peligro, señora Jones?

—Sí. ¿Qué propone usted?

—Si el ladrón ha decidido acecharla, como sospecho, es probable que se encuentre cerca, intentando determinar si en realidad es mi viuda y si sigo con vida.

—¿Cómo puede usted saberlo?

—Porque es lo que yo haría en su lugar. —Jones hizo caso omiso de la expresión de asombro de Venetia y prosiguió—: En cualquier caso, si mi razonamiento es correcto, seré capaz de identificar al villano antes de que reanude sus fechorías.

—¿Y qué hará, señor? ¿Apostar guardias en las puertas? ¿Interrogar a todo cliente que quiera un retrato? Por lo que más quiera, tales acciones desatarían toda clase de rumores y especulaciones. No puedo permitírmelo.

—Pretendo llevar a cabo un planteamiento más sutil —dijo Gabriel Jones.

—¿Considera un planteamiento sutil anunciar a un miembro de la prensa su sorprendente regreso y sus fervientes deseos de reunirse con su esposa?

—Le recordaré que ha sido usted quien ha precipitado esta situación en la que ahora nos encontramos.

—Ah, no intente colgarme el muerto, señor. ¿Cómo iba a saber que había falsificado su defunción? —Venetia se levantó para encararse con Jones—. ¡Ni se molestó en enviarme una carta o un telegrama para hacerme saber que estaba vivo!

Jones cayó en la cuenta de que Venetia estaba furiosa.

—Venetia...

—¿Cómo cree que me sentí cuando leí en el periódico que había muerto? —Venetia había alzado el tono de voz.

—No quería involucrarla en este asunto. No contacté con usted porque pensé que sería lo más seguro.

—Ésa es una excusa muy débil.

Gabriel empezó a encolerizarse. Afirmó:

—Usted fue la que dijo que no deseaba que nadie se enterase de nuestra noche juntos en Arcane House. Por lo que recuerdo, su plan era tener un breve encuentro y no mirar atrás.

Venetia volvió a sentarse.

—Esto es ridículo. Es increíble que estemos discutiendo por el hecho de que usted está vivo.

—Comprendo que esté conmocionada —dijo Gabriel con cautela.

—¿Qué quiere de mí en concreto, señor Jones?

—Que interprete el papel que ha inventado. Que me presente al mundo como su esposo.

Venetia no respondió. Tan sólo lo observó en silencio, como si se hubiese vuelto loco. Gabriel continuó:

—Es un plan simple y directo, no presenta complicaciones —le aseguró—. La prensa ya ha hablado de mi sorprendente regreso, basta que usted apoye esa historia. Como marido, me encontraré en una posición excelente no sólo para protegerla, sino también para cazar al ladrón que andará cerca.

—¡No presenta complicaciones! Dígame, señor, ¿cómo se hace para fingir que se tiene un marido vivo cuando se ha anunciado al mundo que el esposo en cuestión está muerto?

—Muy sencillo. Me instalaré aquí con usted y su familia. Nadie pondrá en duda nuestra relación.

—¿Pretende mudarse a esta casa? —preguntó Venetia, asombrada.

—Lo crea o no, hay personas que considerarían poco usual, e incluso escandaloso, que usted insistiese en que su marido se instalara en la otra punta de la ciudad.

Venetia se ruborizó.

—Sí, bien, pero en las presentes circunstancias no veo otra posibilidad. No puede mudarse aquí, señor Jones.

—Sea sensata, señora Jones. Ya sabe que, para un hombre, su casa es su castillo. La sociedad se escandalizaría si me obligase a vivir en otro lugar.

—Esta casa no es un castillo; en realidad, ya está bastante llena. Todos los dormitorios están ocupados.

—¿Y los criados? ¿Dónde duermen?

—Sólo tenemos un ama de llaves, la señora Trench; ocupa la pequeña habitación que hay junto a la cocina. No puede pedirme que la desocupe, se despediría de inmediato. ¿Sabe lo difícil que es encontrar una buena ama de llaves?

—Tiene que haber algún sitio donde pueda dormir. Le aseguro que no soy nada exigente, señora Jones. He pasado gran parte de mi vida viajando por climas exóticos, estoy acostumbrado a la falta de comodidades.

Venetia reflexionó largo rato.

—Bueno, hay una habitación que no está ocupada —dijo finalmente.

—Perfecto. —Jones miró hacia la puerta—. Bien, quizás ahora debería presentarme a los otros miembros de su familia. Creo que se encuentran en el recibidor; sin duda, estarán ansiosos por saber lo que sucede aquí.

—¿Cómo sabe que están ahí fuera?

Venetia se puso en pie, rodeó el escritorio y cruzó la

habitación. Cuando abrió la puerta, Gabriel vio un racimo de rostros preocupados: el ama de llaves, una mujer mayor con aspecto de tía soltera, una bonita joven de unos dieciséis años y un chico que aparentaba unos nueve o diez años.

—Éste es el señor Jones —dijo Venetia—. Se quedará con nosotros una temporada.

El grupo de caras observó a Gabriel con expresiones que iban del asombro a la curiosidad.

—Mi tía, la señorita Sawyer; mi hermana Amelia, mi hermano Edward y el ama de llaves, la señora Trench.

—Señoras... —Gabriel se inclinó educadamente. A continuación sonrió a Edward, que sujetaba un horrible cuchillo de cocina con ambas manos—. Ah, ya veo que eres todo un hombrecito.

9

—¿Lo has confinado al desván? ¡Pero si es tu marido! —exclamó Amelia, mientras dejaba en la mesa una bandeja de utensilios para retocar fotografías.

Venetia alzó un telón que representaba un jardín italiano.

—Aquí parece haber un grave malentendido. El señor Jones no es mi marido.

—Eso ya lo sé, pero se supone que la gente debe creerse que lo es —replicó Amelia con impaciencia.

—No es asunto mío —dijo Venetia, mientras colocaba el telón detrás de la silla del modelo.

Amelia empezó a rebuscar entre los numerosos accesorios y seleccionó un jarrón italiano. Dijo:

—Eso depende, si me permites que dé mi opinión. ¿Qué pensarán los vecinos si descubren que lo has metido en el desván?

—Tampoco tenía otra opción. —Venetia dejó el telón y retrocedió para estudiar el resultado—. No pienso dejarle mi dormitorio y mudarme al desván, ni tampoco permitiré que tú, Edward o tía Beatrice vayáis arriba. No estaría bien.

—Dudo que el señor Jones quiera causarnos ningún tipo de inconveniente, parece todo un caballero.

—Cuando le conviene —murmuró Venetia para sus adentros.

Todavía sentía la mezcla de enfado y consternación

que se había adueñado de ella una vez pasada la alegría inicial de saberlo con vida. No había tardado en comprender que Gabriel no había regresado por ella. Oh, no, pensaba Venetia. Gabriel Jones se había presentado aquella mañana ante su puerta porque estaba convencido de que ella había interferido en su plan para atrapar a un ladrón.

En esta ocasión, para Gabriel su relación era totalmente profesional, una cuestión de estrategia. Venetia no debía olvidarlo. No permitiría que Jones le rompiera el corazón por segunda vez.

—Los vecinos no tienen por qué descubrir que Gabriel vive en el desván; no creo que vengan de excursión a nuestra casa —razonó Amelia.

—Claro que no.

Venetia se dirigió hacia su cámara, que reposaba sobre un trípode, para comprobar el resultado de la escena.

Gracias a las dotes de Beatrice como pintora, el jardín italiano parecía real, desde la estatua clásica de Hermes hasta las elegantes ruinas del templo romano. Algunos detalles, como el jarrón, completaban el efecto deseado.

El alquiler de la galería, a la que podía desplazarse a pie desde Sutton Lane, era más elevado que el de la casa donde vivían, pues se hallaba ubicada en una calle mucho más selecta. Venetia y su familia lo consideraban un gasto necesario; la situación era esencial para lograr la imagen de elegancia que querían presentar al mundo.

El edificio elegido para su negocio había sido una distinguida casita de dos plantas, que el propietario había convertido en dos locales. Por el momento, la planta superior estaba desocupada.

Venetia, Beatrice y Amelia habían decidido destinar las habitaciones delanteras a las ventas. Las fotografías de Venetia estaban expuestas en las paredes para que los clientes pudieran examinarlas y adquirirlas.

El cuarto oscuro, un trastero y los vestidores ocupaban el espacio restante.

El estudio propiamente dicho había sido con anterioridad un pequeño invernadero. Las paredes y el techo de cristal dejaban entrar la luz natural cuando hacía buen tiempo. En los días brumosos o nublados, Venetia aumentaba la iluminación con lámparas de gas y polvos de magnesio.

Aunque se había planteado comprar una dinamo a gas para experimentar con la novedosa electricidad, la débil luz producida por las bombillas no la había impresionado y, además, eran bastante caras.

Entretanto, se consideraba sumamente afortunada con haber encontrado aquella casita y el invernadero de cristal. Muchos de sus colegas se veían obligados a trabajar en salas oscuras y otros espacios mal iluminados que perturbaban su negocio los días de mal tiempo.

Numerosos fotógrafos, desesperados, acudían al uso de polvos pirotécnicos elaborados con magnesio mezclado con otros componentes. A diferencia del fogonazo estable que se conseguía con los polvos de magnesio puro, estas mezclas eran peligrosas e impredecibles. En las revistas de fotografía eran habituales las noticias de casas destruidas, heridos graves y muertes accidentales debidas al uso de tales sustancias.

Para controlar la luz natural en el invernadero, Venetia, Amelia y Beatrice habían diseñado un complicado sistema de cortinas que se manejaba con cuerdas y poleas. Varios artilugios con forma de sombrilla y forrados de tela de colores, así como diferentes telones de fondo, ayudaban a difuminar la luz. Los espejos y otras superficies reflectantes posibilitaban la creación de interesantes efectos artísticos.

Aquel día había dos sesiones previstas. Ambas eran señoras adineradas a las que enviaba otra clienta satisfecha, la señora Chilcott. A pesar de los turbadores acontecimientos de la mañana, Venetia estaba decidida a hacer un trabajo impecable. Su reputación como fotógrafa aumentaba. No había nada como la recomendación de alguien bien relacionado en la alta sociedad para asegurarse futuros encargos.

—¿Está listo el vestidor de las señoras? —preguntó Venetia.

Amelia cruzó la estancia con el jarrón y lo depositó junto a la silla.

—Sí, ha sido limpiado esta mañana.

El vestidor había supuesto un gran desembolso, pero la mesa de mármol, las cortinas de terciopelo, las alfombras y los espejos hacían que el sacrificio hubiera valido la pena. Venetia sabía que varias de sus nuevas clientas habían encargado retratos por lo mucho que se hablaba de aquella joya de habitación.

—Me pregunto cuánto tardará el señor Jones en encontrar a ese villano —murmuró Amelia.

—Si contara únicamente con sus recursos, me temo que tardaría una eternidad. Ha admitido que carece de experiencia en estos asuntos y también que, por ahora, no ha tenido suerte, aunque lleva tres meses buscando al ladrón. Parece que tendré que ayudarlo.

Amelia alzó la cabeza como un resorte.

—¿Vas a ayudarlo en la investigación?

—Sí. Si no lo hago, nunca nos libraremos de él. No puede vivir en el desván para siempre.

—¿Sabe el señor Jones que planeas ayudarlo a encontrar a ese peligroso individuo?

—Aún no le he comentado mis planes —contestó Venetia—. Entre una cosa y otra, no he tenido la oportunidad de discutir el asunto en profundidad. Se lo mencionaré más tarde, cuando la exposición haya terminado. Ha insistido en acompañarme.

—Humm.

—¿Qué?

—Admito que acabo de conocer al señor Jones, pero tengo la impresión de que no le entusiasma aceptar consejos —opinó Amelia.

—Peor para él —replicó Venetia, mientras modificaba la posición de una sombrilla—. Él decidió instalarse en casa; si desea vivir con nosotros, está obligado a escuchar mi opinión.

—Hablando de la exposición de esta noche, supongo que estará muy concurrida. Todos sentirán mucha curiosidad por el milagroso regreso del señor Jones.

—Soy muy consciente de ello.

—¿Qué te pondrás? Todo tu guardarropa es negro porque teóricamente eras viuda, no tienes vestidos elegantes en otros colores.

—Llevaré lo que pensaba ponerme —dijo Venetia, ajustando un poco más la sombrilla—. El vestido negro con rosas de satén negro en el escote.

—Un esposo largo tiempo perdido regresa para instalarse en el desván y su supuesta viuda continúa vistiendo de luto. Me parece bastante raro —opinó Amelia.

—El señor Jones es bastante raro.

Amelia la sorprendió con una sonrisa de complicidad.

—Si la gente supiera de tus inusuales dones, llegaría a la conclusión de que la rara eres tú.

—Al menos tengo la decencia y la educación de ocultar al público mis rarezas.

10

Resoplando por el largo ascenso hasta la planta superior de la casa, la señora Trench abrió finalmente la puerta del desván.

—Espero que no lo tome a mal, señor. Estoy segura de que la señora Jones le ha instalado en esta horrible habitación porque no es ella misma en estos momentos; cambiará de opinión en cuanto se recupere.

Ayudado por Edward, Gabriel introdujo uno de sus baúles en el exiguo espacio.

—Ésa es una observación interesante, señora Trench. Después de hablar con la señora, la he encontrado tal y como la recordaba: con absoluto control de sí misma. Dejémoslo aquí —dijo a Edward, que sujetaba el baúl por el otro extremo.

—Sí, señor.

Edward depositó el baúl en el suelo, evidentemente complacido de que le hubieran pedido ayuda para llevar a cabo una tarea de adultos.

La señora Trench corrió las desvaídas cortinas de la única ventana de la habitación.

—Estoy convencida de que la señora Jones tiene los nervios destrozados por la impresión de su regreso, señor. Por lo que sé, era una recién casada cuando lo dieron por muerto durante la luna de miel. Esas cosas afectan mucho a la delicada sensibilidad de una dama. Dele un poco de tiempo para que se recupere.

—Aprecio su consejo, señora Trench. —Gabriel se limpió el polvo de las manos y se volvió hacia Edward—: Gracias por tu ayuda.

—De nada, señor —respondió el niño, con una tímida sonrisa—. No se preocupe por el desván, no hay arañas ni ratones. Lo sé porque a veces subo a jugar cuando llueve.

Gabriel colgó su gran abrigo gris en un gancho.

—Me tranquilizas mucho.

—Claro que no hay arañas ni ratones, ni los habrá mientras de mí dependa mantener limpia esta casa —refunfuñó la señora Trench.

—Tengo toda la confianza en usted, señora Trench.

—Gracias, señor. —El ama de llaves se puso en jarras e inspeccionó la estrecha cama. Después trasladó su mirada a Gabriel y lo examinó de la cabeza a los pies—. Me lo temía.

—¿Qué se temía, señora Trench?

—Esta cama es demasiado pequeña para usted, señor. Estará muy incómodo.

—Servirá de momento, señora Trench.

—Supogo que los anteriores inquilinos instalaron aquí a la institutriz. No está bien que el cabeza de familia duerma en el desván.

—A mí me gusta esta habitación. —Edward se dirigió a la ventana y señaló los tejados que se veían por la ventana—. Desde aquí, la vista llega hasta el parque. En los días de viento, el cielo se llena de cometas y, a veces, hay fuegos artificiales por la noche.

Gabriel extendió ambas manos y sonrió a la señora Trench.

—Aquí tiene la opinión de la mayor autoridad en la materia, señora Trench. Éste es sin duda el mejor dormitorio de la casa.

—No es nada adecuado, pero como nada puede hacerse al respecto, dejémoslo correr. Bien, el desayuno se sirve a las ocho, así la señora Jones puede empezar pronto en la galería; a la señora Jones le gusta trabajar con la luz de la mañana. Por la noche cenamos a las siete, para que el señorito Edward pueda comer con la familia. ¿Le parece bien este horario, señor?

—Muy bien, señora Trench —dijo Gabriel Jones.

Gabriel no deseaba presenciar la reacción de Venetia si modificaba algo tan esencial en la rutina doméstica como el horario de las comidas.

—De acuerdo. Si necesita algo, señor, hágamelo saber.

—Gracias, señora Trench.

El ama de llaves se marchó, dejando a Gabriel a solas con Edward.

—Sé que usted no es mi verdadero cuñado, señor. Venetia me lo ha explicado todo —susurró Edward en cuanto se hubo cerrado la puerta.

—¿Ah, sí?

Edward asintió con la cabeza.

—Mi hermana dice que mientras esté usted aquí jugaremos a aparentar.

—¿Te molesta?

—Oh, no. Será divertido tenerle aquí hecho realidad.

—¿Hecho realidad?

—Sí. Ayudé a Venetia a hacerlo desaparecer, ¿sabe? Ahora que está aquí, es como si se hubiera hecho realidad.

—Ya comprendo. —Gabriel se agachó para abrir el baúl—. ¿Qué parte de mi historia inventaste tú?

—Me inventé que se caía por un acantilado en el salvaje Oeste y le arrastraba la corriente de un río —explicó Edward con orgullo—. ¿Le gusta?

—Muy inteligente.

—Gracias. Venetia prefería que lo hubieran asesinado unos forajidos durante el asalto a un tren.

—Encantador. Dime: ¿caí luchando hasta quedarme sin balas, como todo un héroe del Oeste?

—No recuerdo que tuviese pistola —dijo Edward, frunciendo el ceño.

—¿Y Venetia pretendía que me enfrentase a los forajidos desarmado? Quería asegurarse a toda costa que no iba a sobrevivir —concluyó Gabriel.

—Me parecía una historia buenísima, pero tía Beatrice opinó que era demasiado truculenta para según qué compañías. Entonces Venetia propuso que lo aplastara una manada de caballos salvajes.

—Eso suena sumamente desagradable. ¿Qué me salvó de tal destino?

—Amelia dijo que si usted y Venetia estaban de luna de miel, debía morirse de un modo más romántico —dijo el niño con seriedad.

—Entonces es cuando inventaste que me caía por un acantilado.

—Sí. Me alegra mucho que le guste.

—Fue muy ingenioso. —Gabriel rebuscó en el baúl el estuche de piel que contenía sus enseres de afeitar—. Si unos forajidos me hubiesen matado a tiros o me hubiesen aplastado unos caballos salvajes habría sido más difícil explicar mi presencia en esta casa.

Edward cruzó la habitación corriendo para examinar el contenido del baúl. Dijo:

—Supongo que se nos habría ocurrido algo. Siempre lo hacemos.

Gabriel se puso en pie y colocó el estuche en el lavabo. Después se volvió para contemplar a Edward. No tenía que haber sido fácil para un niño, por muy inteligente que fuese, mantener la ficción de que su hermana mayor era viuda.

—Pareces todo un experto en jugar a aparentar.

—Lo soy.

—Quizá puedas darme algunos consejos al respecto.

—Por supuesto, señor —afirmó Edward—; a veces es difícil. Hay que ser muy cuidadoso cuando hay otras personas cerca, sobre todo con la señora Trench. Ella no debe conocer nuestros secretos.

Según la experiencia de Gabriel era imposible impedir que los criados se enterasen de los secretos de una familia. Le parecía asombroso que Venetia y los otros hubiesen logrado aquella hazaña desde que, hacía tres meses, se habían mudado a Londres. Dudaba que lograsen mantener el engaño indefinidamente.

—Iré con mucho cuidado —le prometió a Edward.

Gabriel extrajo una pila de camisas primorosamente planchadas y, agachándose para evitar el techo inclinado, las depositó en el desvencijado armario. Edward observaba fascinado todos sus movimientos.

—Algún día que no esté muy ocupado podríamos ir al parque y hacer volar una cometa.

—¿Disculpa?

—Es algo que bien podrían hacer un niño y su cuñado, ¿no? —añadió Edward, que empezaba a parecer ansioso.

Gabriel apoyó una mano en el techo inclinado.

—¿Cuándo fuiste al parque por última vez?

—Voy a veces con tía Beatrice, o Venetia, o Amelia, pero nunca he volado una cometa. Una vez, uno de los niños me preguntó si quería jugar con ellos, pero tía Beatrice dijo que no debía hacerlo.

—¿Por qué no?

—No debo hablar mucho con la gente, sobre todo con otros niños. Ellas temen que me descuide y cuente alguno de nuestros secretos.

Cada ocasión que Edward mencionaba la palabra secreto lo hacía en plural. ¿Cuántos guardaba el muchacho?

—Tiene que haber sido difícil fingir que tu hermana era viuda durante estos meses.

—¿Señorito Edward? —gritó la señora Trench desde el pie de la escalera que llevaba al desván—. Su tía me manda a decirle que no moleste al señor Jones. Baje a la cocina, le cortaré un pedazo de pastel de ciruela.

Edward hizo un gesto de exasperación, pero se encaminó hacia la puerta obedientemente, aunque sin entusiasmo. Antes de marcharse, se volvió hacia Gabriel.

—En realidad, no ha sido muy difícil fingir que Venetia es viuda, porque siempre viste de negro.

—Comprendo que su atuendo constituya una pista constante —dijo Gabriel.

—Creo que el otro secreto les preocupa más. El de papá.

Gabriel se quedó inmóvil, corbatas en mano, mientras Edward bajaba la escalera.

«Ésta es una casa llena de secretos. ¿Pero qué casa no tiene unos cuantos?», pensó.

11

Habían muerto dos peces más.

Flotaban justo por debajo de la superficie. Sus pálidos vientres desprendían un débil resplandor plateado a la luz de la lámpara de gas.

En comparación con las anteriores peceras, el nuevo acuario era gigantesco. Tenía el tamaño y la profundidad de tres bañeras juntas y paredes de madera y cristal, sostenidas por una robusta estructura metálica. La parte frontal era de cristal. Había instalado una jungla subacuática de plantas, que proporcionaba tanto alimento natural como escondrijos para depredadores y presas.

El asesino extrajo los peces muertos con una red. Tenía que examinar los cuerpos para descartar la muerte por enfermedad u otra causa natural aunque, por lo que parecía, las nuevas especies de plantas no producían el suficiente oxígeno. En los últimos dos días habían sucumbido la mitad de los peces del acuario.

Reproducir un mundo darwiniano en miniatura era más complicado de lo que había imaginado. Las leyes de la naturaleza parecían muy claras y evidentes consideradas en abstracto, pero en la práctica había abundantes variables. La temperatura, el clima, las enfermedades, el abastecimiento, e incluso la coincidencia y el azar entraban en juego cuando se trataba del mundo real.

No obstante, independientemente de las variables, las leyes eran inmutables. Y por encima de todas las demás, aba la ley más importante: sólo sobrevivían los me-

Al asesino le complacía particularmente el corolario
io. Sólo los mejores merecían sobrevivir y prosperar.

La naturaleza, claro está, había asegurado que las pre-
as tuviesen cierta protección; a fin de cuentas, era necesario mantener un equilibrio. ¿Dónde estarían los depredadores si no hubiese presas?

De lo que no había duda era qué grupo había sido creado y refinado por las implacables fuerzas de la selección
natural para gobernar al resto de las especies.

El conocimiento de que la naturaleza había determi-
nado la existencia de depredadores y presas era muy placentero. Era evidente que el más fuerte tenía todo el derecho —es más, la responsabilidad, el destino— a dominar
y controlar al débil. Mostrar compasión era rechazar el
orden natural.

Los mejores también tenían el deber de transmitir los
rasgos que los hacían destacar. Encontrar a la pareja adecuada, una mujer saludable que también poseyera unas características superiores, era una obligación.

Su primera elección de pareja había sido decepcionante, pensó el asesino. Pero ahora estaba convencido de que
había encontrado otra opción más apropiada: una mujer
dotada de los dones únicos que deseaba para ser la madre
de su descendencia.

Las ancestrales tradiciones de la Sociedad Arcana eran
bien conocidas entre sus miembros. Sabía que Gabriel
Jones no habría elegido a una mujer sin importancia como
la fotógrafa (una persona sin dinero ni conexiones sociales) a menos que poseyera dones sobrenaturales.

El asesino depositó los peces en la mesa de observación y cogió un cuchillo.

Unos ojos inhumanos, faltos de emoción, le observaban desde el interior de los terrarios repletos de helechos
que cubrían una pared de la habitación.

El mundo de los insectos, los reptiles y los peces pro-

porcionaba los ejemplos definitivos de las grandes fuerzas de la selección natural en su forma más pura, pensó el
asesino. Carecían de sentimientos, emociones y vínculos
familiares; en aquellas esferas no había pasión ni política. La vida se reducía a sus elementos más básicos. Matar
o morir.

Procedió a diseccionar los peces. Los experimentos fa-
llidos eran siempre molestos, pero no carecían de interés.

12

—Es indudable que Christopher Farley está en deuda con usted esta noche, señor Jones. —Adam Harrow removió el champán de su copa con un lánguido movimiento de su mano enguantada—. Estoy convencido de que hubiera sido una velada excelente incluso sin su presencia, gracias a las excelentes fotografías de su esposa. No obstante, sospecho que la noticia de su sorprendente regreso ha aumentado en gran medida el número del público asistente.

Gabriel desvió la atención de la fotografía que estaba observando al elegante joven que se le había aproximado.

Venetia le había presentado a Harrow al llegar a la sala de exposiciones, donde poco después había sido engullida por una multitud dividida a partes iguales entre colegas, admiradores y curiosos. Ahora Venetia recibía a su corte en el otro extremo de la sala. Gabriel pronto había advertido que aquella noche no contaría con su compañía. La exposición era un acontecimiento social en la superficie, pero por debajo de las conversaciones sobre el arte de la fotografía y los últimos cotilleos, su esposa tenía negocios que hacer.

Afortunadamente, Harrow era una compañía interesante. De voz grave y dicción culta, proyectaba un aire distante y divertido que lo distinguía como un caballero acostumbrado a lo mejor en todo, fuesen clubes y amantes o arte y vino. Sus pantalones y su camisa estaban cortados a la última moda. El cabello castaño claro, peinado hacia atrás, relucía gracias a una juiciosa aplicación de crema.

Harrow era de rasgos finos, casi delicados. A Gabriel le recordaban uno de los etéreos caballeros de los cuadros de Burne-Jones. Al recordar el nombre del pintor, Gabriel reparó de nuevo en lo habitual que era el apellido Jones. No era de extrañar que Venetia hubiese pensado que nadie notaría un Jones más en Londres.

—Supongo que Farley es el responsable de esta exposición —dijo Gabriel.

Harrow tomó un sorbo de champán y bajó la copa.

—Sí. Es un caballero con recursos que se ha convertido en una especie de mecenas de la comunidad fotográfica. Su generosidad hacia los que empiezan en la profesión es bien conocida e incluso tiene un cuarto oscuro en el edificio, para los fotógrafos que no pueden permitirse su propio equipo y productos químicos.

—Comprendo.

—Farley ha contribuido en gran medida a la noción de que la fotografía merece considerarse un arte. —Harrow arqueó una delicada ceja—. Desafortunadamente, es una opinión todavía controvertida en algunos círculos.

—Por la multitud aquí reunida, nadie lo diría —dijo Gabriel.

La bien iluminada sala estaba repleta de visitas elegantemente vestidas. Los invitados paseaban por la estancia, copa de champán o refresco en mano, haciendo alarde de que estudiaban las fotografías expuestas.

La obra a concurso era una colectiva de varios fotógrafos y se había dispuesto por categorías: pastorales, retratos, monumentos de Londres y otros temas artísticos. Venetia competía en dos categorías, las de retratos y monumentos.

Se le ocurrió a Gabriel que Harrow podía ser una útil fuente de información. Si el ladrón se movía en el círculo de Venetia, quizás estuviera presente esa noche. Dijo:

—Le agradecería que me aclarase la identidad de alguno de los presentes. Mi esposa parece relacionarse con buen número de ellos.

Harrow le dirigió una mirada especulativa y después se encogió de hombros.

—Será un placer. No conozco a todos, claro está, pero puedo señalarle a algunos de los más relevantes. —Dirigió la barbilla hacia una distinguida pareja de mediana edad—. Lord y lady Netherhampton. Se consideran expertos en arte; que estén aquí esta noche otorga cierta categoría a la exposición. Me han dicho que, hace años, lady Netherhampton era actriz. Todos en la alta sociedad han olvidado convenientemente tales orígenes, dado que ahora está casada con lord Netherhampton.

—Pero estoy seguro de que el arte de la interpretación ha sido una excelente escuela para moverse en la alta sociedad.

Harrow se echó a reír.

—Sin duda. Éste es, en realidad, un mundo de máscaras y falsas apariencias, ¿verdad? —Harrow señaló a otra mujer con la cabeza—. La mujer de rosa excesivamente arreglada que está en el otro extremo de la habitación es la señora Chilcott. Su marido tuvo el detalle de fallecer hace dos años, dejándole una fortuna. Fue una de las primeras clientas de su esposa y desde entonces le ha enviado a varias de sus amigas.

—Debo acordarme de ser muy educado con la dama si nos presentan.

Harrow examinó al público con una mirada escrutadora.

—¿Ve al anciano caballero del bastón? ¿El que parece que va a desplomarse de un momento a otro? Es lord Ackland.

Gabriel se volvió hacia el hombre encorvado, de cabello gris y barba poblada, que iba acompañado por una mujer más joven e increíblemente atractiva. Además del bastón, Ackland se sostenía en el brazo de la joven como si requiriese un apoyo adicional. La pareja admiraba un retrato.

—Lo veo.

—Ackland se retiró al campo hace años. No tiene herederos; creo que su fortuna irá a parar a algunos parientes lejanos.

—A menos que la encantadora dama en quien se apoya lo persuada para que se casen —dijo Gabriel.

—Sobre eso se especula. Se decía que Ackland estaba cada vez más senil y enfermo, pero parece que esa encantadora criatura lo ha arrancado de los brazos de la muerte.

—Es asombroso lo que una mujer hermosa puede hacer por un hombre cuando los médicos han perdido toda la esperanza —observó Gabriel.

—Por supuesto. La dama de notables poderes terapéuticos es la señora Rosalind Fleming.

Gabriel advirtió que el tono de Harrow se había alterado. El matiz divertido había desaparecido, dejando paso a una tonalidad fría y átona.

—¿Qué le sucedió al señor Fleming?

—Una pregunta excelente. La dama, evidentemente, es viuda.

Gabriel realizó su propio examen de la sala, su cazador interior en busca no de presa, sino de competencia; de otros que, bajo su capa de civilización, pudieran ser también depredadores.

—¿Qué me dice del hombre que está junto a la palmera? No parece estar aquí con la intención de entablar conversaciones mundanas.

—Ése es Willows. No puedo decirle mucho de él. Apareció en escena hace unos meses y es coleccionista de arte y antigüedades. Aunque es reservado, es evidente que tiene una fortuna. Creo que ha adquirido algunas fotografías de la señora Jones para su museo privado.

—¿Está casado?

—No. Al menos, eso creemos.

Gabriel se preguntó por ese uso del plural, «creemos», pero su instinto le dijo que era mejor no preguntar. Memorizó aquel nombre y buscó a otros que proyectasen una similar sensación de peligrosidad.

Poco después Gabriel había añadido tres nombres más a su colección privada mientras Harrow continuaba con sus comentarios. Jones prestó especial atención a aquellas personas que coleccionaban la obra de Venetia.

—Le felicito por su conocimiento de la alta sociedad.

—Se oyen cosas en el club. Ya debe saber de eso —replicó Harrow, tomando otro sorbo de champán.

—Llevo cierto tiempo fuera de la ciudad —le recordó Gabriel—. Me temo que no estoy al día.

Eso era verdad, pensó. A casi ninguno de los solitarios miembros de la familia Jones le interesaban los concurridos eventos sociales. Aquello tenía su lado práctico, pues le permitía moverse entre la alta sociedad sin riesgo a ser reconocido.

—Sí, por supuesto —dijo Harrow—. Además, ese horrible caso de amnesia que sufrió tras el accidente no habrá ayudado a su memoria, ¿verdad?

Gabriel pensó que Harrow iba demasiado lejos. Empezaba a resultar excesivamente curioso y eso no le convenía.

—No.

—¿Cuándo recordó por primera vez que tenía esposa?

—Creo que recuperé la memoria una mañana, cuando me sentaba a desayunar en un hotel de San Francisco —improvisó Gabriel—. De pronto caí en la cuenta de que no había una esposa que me sirviera el té. Tenía que haber una, en alguna parte. Me pregunté dónde estaría y de inmediato lo recordé todo; fue como un cegador fogonazo de memoria.

—Sólo una contusión muy grave podría hacer que un hombre se olvidase de la señora Jones —comentó Harrow.

—Siento decirle que caerse de cabeza por un acantilado tiene ese efecto, señor.

Gabriel volvió la vista hacia el otro extremo de la habitación, donde Venetia era el centro de atención de un buen número de personas. Su fotografía «Joven soñadora», la última de la serie «Sueños», colgaba en la pared, detrás de ella.

Era una imagen melancólica de una joven dormida, que vestía de blanco diáfano. Al observarla antes de cerca, Gabriel había reconocido a Amelia en la modelo. Una cinta que la señalaba como ganadora del concurso colgaba cerca de la fotografía.

Harrow siguió su mirada y observó:

—No he dejado de advertir que la señora Jones sigue vistiendo de negro, a pesar de su regreso al país de los vivos.

—Mencionó que no tenía ningún vestido adecuado en otro color. No hubo tiempo de adquirir uno nuevo para esta noche.

—Sin duda estará ansiosa por reemplazar todos esos vestidos de luto por otros de vivos colores.

Gabriel dejó pasar el comentario sin responder. Tenía la impresión de que Venetia no iba a apresurarse en ir a la modista para celebrar su regreso.

En aquel preciso instante, un hombre del corro que rodeaba a Venetia se inclinó para murmurarle algo al oído que la hizo sonreír.

Gabriel sintió el impulso de cruzar la habitación, agarrar al hombre del cuello y arrojarlo a la calle.

—Le habrá resultado decepcionante saber que su esposa tenía un compromiso para esta noche —dijo Harrow.

—¿Perdone? —preguntó Gabriel sin escuchar, con la atención aún puesta en el hombre que se había aproximado excesivamente a Venetia.

—Dudo mucho que un marido separado de su esposa durante tanto tiempo esté encantado de pasar su primera noche con ella soportando una exposición fotográfica.

Harrow había vuelto las tornas, pensó Gabriel. Ahora era él quien preguntaba.

—Afortunadamente para mí, las fotografías de mi esposa son asombrosas.

—Sin duda —dijo Harrow—. Lástima que no pueda decirse lo mismo de la mayoría de las fotografías aquí expuestas esta noche. —Fijó su atención en la fotografía que colgaba de la pared—. La obra de la señora Jones ejerce un sutil poder sobre el espectador, ¿verdad? Sus fotografías obligan a profundizar en la imagen que muestran.

Gabriel examinó la fotografía que admiraba Harrow y que pertenecía a la categoría de Arquitectura. A diferencia de las fotografías vecinas, en ella aparecía una figura humana. Una mujer —Amelia de nuevo, sujetando el sombrero con una mano enguantada— se hallaba ante la entrada abovedada de una antigua iglesia. La obra producía un efecto fantasmagórico.

—Es como si la dama fuese un fantasma que ha elegido hacerse visible ante nosotros. Realza el aspecto gótico de la arquitectura, ¿no cree? —comentó Harrow.

—Sí, es cierto —respondió Gabriel, mientras observaba a Willows encaminándose a la salida.

—La señora Jones consigue dotar a todas sus fotografías de una sensibilidad indefinible. Sabe, he observado su obra cientos de veces y sigo sin identificar el aspecto que me cautiva. En una ocasión le pregunté cómo consigue ese profundo efecto emocional en el espectador.

Willows desapareció. Gabriel se volvió hacia Harrow.

—¿Y qué respondió?

—Que era cosa de la iluminación.

—Una respuesta razonable. El arte del fotógrafo consiste en captar las luces y las sombras y conservarlas en papel —dijo Gabriel.

—Cualquier fotógrafo dirá eso y admito que en esa afirmación hay mucho de verdad —respondió Harrow, torciendo la fina boca—. Comprendo que la iluminación es una tarea muy difícil y compleja que requiere intuición y ojo artístico, pero en el caso de la señora Jones me inclino a pensar que hay otro factor involucrado.

—¿Qué clase de factor? —preguntó Gabriel, repentinamente intrigado.

Harrow miró la fotografía de la dama fantasmal.

—Es como si primero ella viese algo singular, una cualidad que no es evidente. Después utiliza todos los conocimientos de la ciencia y el arte de la fotografía para subrayar esa cualidad en la obra final.

Gabriel volvió a mirar la fotografía de Amelia ante la iglesia.

—Sus fotografías tratan de secretos —dijo.

—¿Qué ha dicho? —preguntó Harrow.

Gabriel pensó en las instantáneas que Venetia había tomado en Arcane House, en cómo había captado algo del misterio de cada objeto, creando al mismo tiempo un detallado registro gráfico.

—Las fotografías de mi esposa revelan algo que esconden. —Era asombrosa la naturalidad con que podía pronunciar las palabras «mi esposa»—. Eso es lo que llama la atención. A fin de cuentas, a la gente siempre le intriga más lo que se le prohíbe conocer.

—Ah, sí, por supuesto. La atracción de lo prohibido. No hay nada más interesante que un secreto bien guardado, ¿verdad?

—En efecto.

Harrow inclinó la cabeza y adoptó un aire reflexivo:

—Se trata precisamente de eso, tendría que haberlo visto antes. Su esposa fotografía secretos.

Gabriel miró de nuevo la fotografía y se encogió de hombros.

—Creía que era evidente.

—Todo lo contrario. Basta con leer algunas de las críticas que se han escrito de su obra para descubrir que las palabras no logran describir el hechizo que emana de sus fotografías. En realidad, en la prensa se la ha criticado porque sus temas no son claros.

—¿Venetia tiene detractores? —preguntó Gabriel.

Harrow se echó a reír.

—Parece usted bastante molesto, pero guárdese su tiempo y su energía. Donde hay arte, habrá críticos, las cosas son así. Tiene un ejemplo de esa raza junto a la mesa del bufet —añadió Harrow, dirigiendo la mirada al otro extremo de la sala.

—Ah, sí, el señor Otford de *The Flying Intelligencer*. Nos conocemos.

—Sí, es el autor de la inspirada historia de su regreso que apareció en el periódico de la mañana, ¿no es así? Podrá leer su recargada crítica de la obra de su esposa en la edición de mañana —informó Harrow.

—Me gustará leer sus observaciones.

—Bah, no pierda el tiempo —dijo Harrow con disgusto—. Le aseguro que posee usted más percepción en su meñique que ese hombre en todo el cerebro. Incluso me atrevería a decir que usted posee una intuición artística muy superior a la de la mayoría de los coleccionistas que conozco..., por no hablar de la vasta mayoría de los esposos.

—Gracias, pero creo no comprenderlo del todo, señor Harrow.

—Me refiero, señor Jones, a que la mayoría de los caballeros en su posición no estarían encantados de regresar a casa para descubrir que su esposa ha establecido un negocio.

«Es verdad», pensó Gabriel. La galería de Venetia, Beatrice y Amelia bordeaba el límite de lo permitido. El mundo había cambiado considerablemente en el curso de los últimos cincuenta años, pero ciertas cosas cambiaban más lentamente que otras. Seguía habiendo pocas profesiones abiertas a las mujeres. Llevar un negocio no se consideraba apropiado para una dama de los círculos respetables y, sin duda, Venetia y su familia procedían de tales círculos.

—Mi esposa es una artista.

Harrow se tensó.

—No es necesario que me enseñe los dientes, señor,

le aseguro que no pretendía ofenderlo. Soy un gran admirador del arte de su esposa.

Gabriel bebió un poco de champán y guardó silencio.

—Créame cuando le digo que soy sincero, señor —prosiguió Harrow—. Sólo quería mencionarle que estoy sorprendido por lo moderno de sus nociones. Pocos maridos son tan avanzados en su forma de pensar.

—Me gusta considerarme un hombre de la era moderna —replicó Gabriel.

13

Cuando se despedía de un grupo de fotógrafos aficionados que se había arremolinado en torno a ella, Venetia vislumbró de nuevo a Harold Burton.

Intentó seguirlo entre la multitud, pero no era fácil. Lo perdió de vista unos instantes y lo divisó otra vez. Estaba en el extremo más alejado de la sala de exposición, junto a una puerta lateral. Burton echó varios vistazos furtivos a su alrededor antes de escabullirse por la puerta.

«Oh, no, no escaparás de mí esta vez, pigmeo fastidioso», pensó Venetia.

Recogió rápidamente buena parte de sus faldas negras y se dispuso a abrirse camino hacia la puerta por donde Burton acababa de desaparecer.

Agatha Chilcott, toda de rosa, se materializó en su camino. Los pliegues de varias capas de faldas rosadas caían en cascada de un polisón lo bastante amplio para sostener un jarrón de flores. Un enorme collar de piedras rosas reposaba en la gran extensión de busto que dejaba al descubierto el escote del vestido.

El color de la trenza que llevaba recogida sobre la cabeza era de una tonalidad marrón mucho más oscura que la del resto de su cabello canoso. El postizo estaba firmemente fijado por numerosas horquillas con gemas engastadas.

Agatha era una mujer rica y bien relacionada, con mucho tiempo libre. Pasaba las horas coleccionando arte y distribuyendo los cotilleos más jugosos de los círculos selectos de Londres.

Venetia se sentía muy agradecida hacia ella. Agatha había sido una de sus primeras clientas importantes. La dama había quedado tan impresionada al verse retratada como Cleopatra que había recomendado a Venetia a todas sus amistades.

—Mi querida señora Jones, he leído la extraordinaria noticia del regreso de su marido en el periódico de la mañana. —Agatha se detuvo ante Venetia, cerrándole definitivamente el paso—. Habrá sufrido una considerable turbulencia emocional al saber que el señor Jones estaba vivo...

—Ha sido un acontecimiento de lo más sorprendente, sin duda —aseguró Venetia, intentando esquivar educadamente a Agatha.

—Estoy asombrada de que haya sido capaz de asistir a la exposición de esta noche —añadió Agatha, con aspecto preocupado.

—¿Por qué no iba a asistir? Mi salud es excelente. —Venetia se puso de puntillas para ver si Burton había regresado a la habitación—. Nunca dudé de mi asistencia.

La señora Chilcott se aclaró la garganta y le dirigió una mirada significativa.

—¿Es eso cierto? Creía que tras soportar semejante conmoción nerviosa, habría sentido la necesidad de guardar cama durante unos días para recuperarse.

—Tonterías, señora Chilcott. —Venetia se abanicó sin dejar de observar la puerta lateral—. No hay que permitir que unos nervios destrozados nos hagan incumplir nuestras obligaciones.

Agatha echó un vistazo al otro extremo de la sala, donde Gabriel charlaba con un hombre canoso y con gafas: era Christopher Farley, el mecenas de la exposición.

—Admiro su fortaleza, querida.

—Se lo agradezco. Una hace lo que debe. Ahora discúlpeme, señora Chilcott.

—Aunque usted se vea con fuerzas para cumplir sus compromisos, me imaginaba que el señor Jones tenía otros planes sobre cómo pasar la velada.

Venetia se detuvo, perpleja por el comentario. Era imposible que Agatha supiera que Gabriel estaba siguiendo la pista de un ladrón. Preguntó:

—¿Por qué iba a tener el señor Jones otros planes?

—Es lógico que un caballero tan sano y viril —respondió Agatha—, que se ha visto privado de los afectos naturales de una joven esposa durante un extenso período de tiempo, desee pasar su primera noche en Londres en casa.

—¿En casa?

—En el seno de su familia —Agatha cruzó las manos ante su impresionante seno—, reanudando la conexión íntima con su esposa.

Finalmente Venetia comprendió; fue como una sacudida eléctrica. Sintió calor en las mejillas y un repentino temor. ¿Estaban todos los presentes especulando sobre el estado de su conexión íntima con Gabriel y preguntándose por qué no estaban pasando la noche juntos en la cama?

Se hallaba tan concentrada en sus numerosas y diversas dificultades que ni se había planteado que la gente estaría fascinada por las implicaciones románticas de su situación.

—No necesita preocuparse por eso, señora Chilcott. —Venetia conjuró la misma sonrisa tranquilizadora que ya había utilizado con Agatha cuando le prometió que en el retrato acabado de Cleopatra no aparecería el gran lunar que tenía en el rostro—. El señor Jones y yo hemos compartido una amigable charla y nos hemos puesto al día.

—¿Una charla? Pero querida, en *The Flying Intelligencer* aseguraban que el señor Jones deseaba fervientemente reunirse con su esposa.

—Vamos, señora Chilcott, usted es una mujer de mundo. Sin duda sabrá que incluso las reuniones más fervientes no necesitan consumir un tiempo excesivo.

—Aunque así sea, señora Jones, no he dejado de advertir que el señor Jones se ha pasado la mayor parte de la velada en el otro extremo de la sala.

—¿Y?

—Pensaba que esta noche el señor Jones no querría separarse de su lado.

—Le aseguro, señora Chilcott, que el señor Jones es muy capaz de mantenerse ocupado —aseguró Venetia.

Agatha le dirigió una mirada acerada.

—Ah, ahora creo comprender el problema.

—No hay ningún problema, señora Chilcott.

—Tonterías, querida. No tiene que avergonzarse —dijo la señora Chilcott—. Es del todo razonable que exista cierta incomodidad entre dos personas casadas que han estado separadas tanto tiempo.

—Sí, por supuesto. Existe cierta incomodidad —replicó Venetia, aferrándose a aquella explicación.

—Sobre todo, dadas las circunstancias —comentó la señora Chilcott.

—¿A qué circunstancias se refiere?

—Creo recordar que el señor Jones desapareció durante su luna de miel.

—Es cierto —reconoció Venetia—. Desapareció inesperadamente. Se despeñó por un acantilado. Cayó en un cañón. Lo arrastró el río. Nunca se halló el cuerpo. Se le dio por muerto. Muy trágico, pero son cosas que pasan. Sobre todo en lugares como el salvaje Oeste.

—Lo que significa que apenas tuvo la oportunidad de acostumbrarse a sus deberes conyugales, querida.

A Venetia se le secó la boca.

—¿Mis deberes conyugales?

—Sin duda está usted bastante tensa y ansiosa esta noche —dijo Agatha, dándole palmaditas en la mano enguantada.

—No se lo puede ni imaginar, señora Chilcott.

—No me sorprendería que estuviera usted experimentando la misma turbación que sintió en su luna de miel.

—Sí, eso es. —Venetia mostró la mejor de sus sonrisas—. Afortunadamente, el señor Jones es muy respetuoso con mi sensibilidad.

—Estoy encantada de oír eso, señora Jones. No obstante, espero que acepte el consejo de una mujer de más edad y quizá más sabiduría.

—No creo que la situación requiera consejos, se lo agradezco mucho.

—Le aseguro, querida —dijo Agatha—, que un caballero sano y viril que acaba de reunirse con su esposa tras una larga ausencia tendrá ciertos impulsos naturales.

—¿Impulsos?

Agatha se aproximó y bajó la voz.

—Le aconsejo que atienda esos impulsos naturales sin dilación, querida. No querrá que el señor Jones busque alivio en otra parte.

—Santo cielo —acertó a decir Venetia, que sintió que se quedaba en blanco.

—Por la expresión de su rostro, veo que no tuvo demasiado tiempo para habituarse a sus deberes conyugales antes de la terrible caída del señor Jones. Debe creerme si le digo que cumplir con nuestras obligaciones conyugales como esposas no es tan censurable como algunos le harán creer. —Agatha le guiñó el ojo—. Y menos cuando el marido es alguien tan sano y viril como el señor Jones.

Con una sonrisa benigna, Agatha se dio media vuelta y desapareció entre la multitud.

Finalmente Venetia consiguió cerrar la boca. Con un esfuerzo de voluntad se recompuso.

Pero ahora era muy consciente de las miradas veladas y la curiosidad que despertaba. Seguro que los allí reunidos especulaban sobre los aspectos íntimos de su relación con Gabriel, pensó ruborizándose.

Lo irónico de la situación le hizo rechinar los dientes,

sobre todo al recordar las largas y solitarias noches de insomnio que había pasado rememorando su única noche de pasión y llorando en silencio la pérdida de lo que habría podido ser.

Ahora sabía que Gabriel Jones había seguido alegremente con sus asuntos de la Sociedad Arcana, sin considerar en ningún momento cuánto podría haberla afectado la noticia de su muerte.

¡Los hombres eran tan desconsiderados!

Cuando llegó a la puerta lateral por donde había desaparecido Burton, se volvió hacia donde Gabriel charlaba con Christopher Farley, pero ahora no lo vio. Quizás habría salido a tomar el aire. A ella no le importaría hacer lo mismo.

Sin embargo, tenía una tarea más importante que cumplir. Esperaba que Burton no se hubiera marchado mientras ella discutía sobre sus deberes conyugales con la señora Chilcott.

Abrió la puerta y pasó de la sala brillantemente iluminada a un sombrío pasillo.

Después de cerrar la puerta, permaneció inmóvil unos instantes, esperando que sus ojos se acostumbraran a la penumbra. La luz lunar que se filtraba por las ventanas de la escalera le permitió entrever una hilera de puertas cerradas.

Venetia aguzó el oído para captar los pasos de Burton, pero tan sólo oyó el rumor apagado del gentío que se hallaba al otro lado de la puerta. Empezó a caminar muy despacio, preguntándose por qué Burton habría entrado allí.

No era la primera visita de Venetia a las salas de exposición de Farley. Había estado allí en varias ocasiones para hablar de negocios. Farley se había interesado por su obra desde el principio, cuando ella le presentó algunas de sus fotografías. El mecenas le había aconsejado sobre los aspectos financieros de su profesión y le había presentado a sus primeros clientes importantes. A cambio,

Venetia le cedió algunas de sus fotografías para que las expusiera y vendiese.

Debido a sus reuniones con Farley, tenía un conocimiento general de la distribución de las habitaciones en aquella planta.

El pasillo en que se hallaba se cruzaba con otro donde estaba el gran despacho de Farley. Venetia se acercó con sigilo hasta la esquina y se asomó al segundo pasillo, donde reinaba una oscuridad casi absoluta. Los paneles de cristal del despacho de Farley no estaban iluminados. La luz de la luna que se filtraba por las ventanas de la estancia teñían de gris opaco los cristales que se recortaban contra la penumbra del pasillo. La habitación vecina, que tampoco estaba iluminada, la utilizaban los dos empleados de Farley.

Venetia regresó al pasillo principal. Sabía que allí había tres despachos, un gran almacén y un cuarto oscuro.

Los empleados de la firma usaban el cuarto oscuro para realizar copias adicionales de algunas de las fotografías que estaban a la venta. Farley también permitía que fotógrafos con talento y sin medios utilizasen las instalaciones. Venetia no imaginaba qué motivos podría tener Harold Burton para entrar en el almacén o en el cuarto oscuro, pues poseía galería y equipo propios.

Era posible que Burton hubiese decidido abandonar la exposición por la escalera que se hallaba al final del pasillo, pero habría sido mucho más rápido salir por la puerta principal, que daba directamente a la calle.

La escalera del final del pasillo salía al callejón trasero. Si Burton había abandonado el edificio por allí, Venetia ya podía despedirse de enfrentarse a él aquella noche.

Sin embargo, cabía otra posibilidad. Burton no era un hombre de grandes principios, se recordó Venetia. Quizás había entrado a hurtadillas en el despacho de Farley para echar un vistazo, pues allí se guardaba mucha información de los clientes de la firma. Burton bien podía intentar sacar provecho de aquella oportunidad.

Desplazándose en silencio para no delatar su presencia, se encaminó hacia el pasillo que llevaba al despacho de Farley.

Cuando llevaba unos pasos a oscuras, oyó que una puerta se abría en el otro pasillo. Volviéndose con rapidez, se apresuró hacia allí para interceptar a Burton, pero una súbita prevención hizo que titubeara.

Si se trataba de Burton, estaba actuando de un modo que sólo podía describirse como furtivo. Quizá valiera la pena descubrir qué tramaba y, para ello, necesitaba sacar partido de cualquier pequeña ventaja.

Decidió regresar a la intersección de puntillas y se detuvo poco antes de llegar al pasillo principal. De pronto, las voces amortiguadas de los asistentes a la exhibición parecían muy lejanas. Venetia se sintió terriblemente sola en la oscuridad.

Se oyeron pasos en el otro pasillo. Burton no avanzaba hacia ella, sino que se dirigía a la escalera trasera. En pocos segundos se habría marchado. Si no actuaba ahora, lo dejaría escapar.

Pero algo la retuvo. No temía al fotógrafo. Estaba furiosa por lo que Burton había hecho, pero no asustada. Entonces ¿por qué dudaba?

Tras hacer acopio de fuerzas y de sus faldas, avanzó un paso para asomarse a la intersección.

La luz de la luna iluminaba la silueta de un hombre vestido con un abrigo largo y un sombrero alto. Se alejaba silenciosa y rápidamente hacia la escalera.

No era Burton. Ese hombre era más alto y no se desplazaba con los movimientos nerviosos de Burton, sino con una elegancia y una facilidad sorprendentes, que denotaban fuerza y poder. «Muy parecidos a los movimientos de Gabriel», pensó Venetia.

Se concentró en la figura, como si se tratara de un modelo al que tuviera que fotografiar, e intentó vislumbrar su aura.

La luz y la sombra se invirtieron. El pasillo se convirtió en una imagen en negativo y un aura vibrante apareció alrededor de la figura. En la oscuridad resplandecieron sombras cálidas y frías de energía.

El miedo se apoderó de ella. A lo largo de los años había visto muchas auras distintas, pero ninguna la había alarmado tanto como aquélla.

De inmediato supo que contemplaba una energía furiosa, errática, derivada de una lujuria extraña y singular. Intuyó que ninguna mujer podría satisfacer aquel deseo malsano y rogó no llegar a conocer nunca la naturaleza de lo que requería aquella bestia para saciar su voracidad.

Venetia se sintió sumamente aliviada cuando la figura se apresuró escaleras abajo y desapareció.

Durante unos instantes permaneció inmóvil en el refugio del pasillo, demasiado conmocionada para moverse. Pero entonces recordó a Harold Burton.

Y sintió pánico.

Se obligó a salir del corredor y penetró en el pasillo que llevaba al cuarto oscuro. Llamó a la puerta.

—¿Señor Burton?

No hubo respuesta.

—¿Está ahí, señor Burton?

El silencio hizo que se le erizara el cabello.

No tenía sentido esperar más tiempo. Venetia intuía que en el cuarto oscuro había sucedido algo terrible y también que, por mucho que llamara, Harold Burton no iba a responder.

Giró el pomo y abrió la puerta muy despacio.

Alguien había descorrido la pesada cortina que cubría la ventanilla del cuarto oscuro. Un triángulo de luz lunar iluminaba la figura desmadejada e inmóvil de Burton. Estaba en el suelo, con la mirada vacía fijada en el techo.

—Dios mío.

Venetia se agachó a su lado y le buscó el pulso con dedos temblorosos. Ninguna vida latía en el cuello de Burton y su cuerpo ya empezaba a enfriarse.

Entonces distinguió la botella de coñac y el vaso volcado en el mostrador. El líquido derramado sobre aquella mesa salpicaba el suelo. La habitación olía a coñac.

—¿Qué sucede? —preguntó Gabriel con voz alta y amenazadora.

Venetia dio un respingo y se volvió, conteniendo un grito.

—¿Qué haces aquí?

—Vi que te habías marchado de la sala. Como no regresabas en un margen razonable de tiempo, decidí investigar qué era lo que te entretenía.

Una mano de Gabriel se aferraba con fuerza al pomo de la puerta. Allí sucedía algo extraño. Venetia se concentró brevemente y vislumbró una vibrante energía oscura alrededor de Jones.

—¿Te encuentras bien? —dijo Gabriel.

Cuando Venetia no respondió de inmediato, Gabriel soltó el pomo y la sujetó de la muñeca.

—Respóndeme —susurró—. ¿Te encuentras bien?

—Sí. Sí, estoy bien —respondió Venetia, haciendo un esfuerzo para recuperarse y enfocando de nuevo su visión normal.

Gabriel encendió la lámpara de gas que había en una mesa cercana y miró el cadáver.

—Dime quién es este hombre.

—Harold Burton. Era fotógrafo.

—¿Viniste aquí para encontrarte con él?

La pregunta era fría como el hielo.

—No —respondió Venetia, estremeciéndose—. Bueno, sí. No exactamente. No así. Sólo entré en el cuarto y lo encontré —concluyó, abandonando cualquier intento de explicación.

—¿Tiene heridas el cuerpo?

—No creo; no hay sangre —dijo Venetia.

—No ha muerto por causas naturales.

Venetia se preguntó por qué Gabriel estaba tan seguro de eso. Dijo:

—No, no lo parece.

—¿Qué sabes de este asunto?

—Alguien salió de esta habitación poco antes de que yo llegase. Creo que está relacionado con el caso; al menos, sabe lo que ha sucedido aquí.

—¿Has visto a esa persona? —preguntó Gabriel, con un tono más cortante.

—Sólo lo vislumbré cuando bajaba la escalera.

—¿Lo reconocerías?

—No.

—¿Te vio él?

Aquella pregunta parecía mucho más perentoria que la anterior.

—Estoy segura de que no advirtió mi presencia. Como he dicho, se alejaba y yo estaba en el otro pasillo, observándolo desde la intersección. No, no me vio. Ni siquiera se detuvo.

Gabriel avanzó hacia el mostrador donde se había derramado el coñac.

—No toques el líquido, ni tampoco el vaso —dijo Venetia rápidamente.

Gabriel se detuvo y se volvió para mirarla.

—¿Por qué no?

A la mayoría de hombres les hubiera molestado recibir instrucciones de una mujer en tales circunstancias. Lo que se esperaba de una dama que se enfrentaba a un cadáver era que sucumbiera a la histeria.

Sin embargo, Gabriel no cuestionaba su sentido común ni su buen juicio, pensó Venetia. Simplemente quería saber los motivos de aquella advertencia.

—Aquí sólo caben dos posibilidades. —La joven miró el vaso vacío y después el cuerpo desmadejado de Burton—. Podría tratarse de un suicidio, ésa es la explicación habitual en casos así. No obstante, por lo que sé de Harold Burton, me cuesta creer que acabase con su vida.

—¿A qué te refieres con eso de la explicación habitual en casos así?

—Sospecho que las autoridades descubrirán que Burton bebió un vaso de coñac envenenado con cianuro.

Gabriel cerró el puño y después lo abrió con un gesto rápido, como si intentase desprenderse de algo desagradable que tuviese en los dedos. A Venetia le pareció un gesto curioso en un hombre que solía controlarse en cualquier situación.

—Creo que deberías contarme exactamente qué hacías en esta habitación, Venetia.

—Es una historia algo complicada.

—Sugiero que me la expliques rápido, antes de que avisemos a la policía.

—Oh, cielos. La policía. Sí, claro.

Venetia pensó que ya se preocuparía por el potencial escándalo más tarde y explicó brevemente el asunto de las dos fotografías anónimas que había recibido.

—No estoy segura de lo que pretendía Burton, pero pensé que intentaba asustarme para que abandonase el negocio o algo peor.

—¿Peor? —preguntó Gabriel.

—Me preguntaba si aquellas fotografías no serían el preludio de un chantaje.

—¿Eran unas fotografías comprometidas?

—No, tan sólo eran... perturbadoras. Tendrías que verlas para entenderlo.

—Me las enseñarás más tarde. Entretanto, no mencionaremos esas fotos a la policía.

—Pero podrían ser pistas —dijo Venetia.

—También un motivo de asesinato, Venetia.

Las implicaciones de lo que Gabriel acababa de decir la dejaron aturdida. De pronto se sintió mareada.

—¿Crees que la policía podría llegar a la conclusión de que asesiné a Burton porque lo responsabilizaba del envío de esas horribles fotografías?

—No se preocupe, señora Jones. Vamos a tomar medidas para asegurarnos de que no se convierte en una sospechosa de este asunto.

Venetia tenía un nudo en el estómago.

—Pero aunque no mencione las fotografías a la policía, es evidente que estuve sola en el pasillo bastante tiempo. Yo descubrí el cadáver y no puedo probar que aquí había alguien más antes de mi llegada. ¿Cómo conseguiré que las autoridades no sospechen que envenené a Burton con cianuro?

—Aunque la policía decidiese que se trata de un caso de asesinato y no de un suicidio, creo poder afirmar con toda seguridad que no se cuestionará tu inocencia.

—¿Qué le hace estar tan seguro, señor? —preguntó Venetia, que empezaba a molestarse por la actitud tranquila y autoritaria de Jones.

—Porque hay alguien que puede proporcionarte una excelente coartada.

—¿Ah, sí? ¿Y quién es esa persona?

—Tu querido esposo, recién salido de la tumba.

—Pero yo no tengo... Ah, tú.

—Sí, señora Jones, yo —dijo el señor Jones—. Encontramos el cadáver juntos, cuando nos apartamos de la concurrida sala de exposiciones para lograr algo de intimidad. Estoy convencido de que todos lo comprenderán.

—¿Seguro?

—Ésta es mi primera noche aquí, tras el desafortunado accidente que sufrí durante nuestra luna de miel, si lo recuerdas. No me cabe duda de que un hombre en mis circunstancias desearía pasar unos minutos a solas con la esposa de la que ha estado tanto tiempo separado.

14

—La fotografía se ha considerado como una de las artes ocultas, o magia negra, por un buen motivo —dijo Venetia, mientras se desplomaba en una silla junto al fuego del hogar y se desprendía lentamente de sus guantes—. Dos buenos motivos, en realidad.

—¿El uso de cianuro es uno de ellos?

Gabriel arrojó el abrigo a un extremo del escritorio. Conservó la americana, pero se aflojó el nudo de la corbata y se desabrochó el botón del cuello de la camisa.

Venetia estaba asombrosamente tranquila, si se consideraba por lo que había pasado; no obstante, Jones advertía su ansiedad por la rigidez de los hombros.

—En efecto. Durante años, las revistas especializadas en fotografía han criticado la práctica de usar cianuro potásico como agente fijador, puesto que hay una alternativa no tóxica y perfectamente aceptable —continuó Venetia, depositando los guantes negros de cabritilla en una mesa.

—¿La sustancia química que utilizaste en Arcane House? Creo que la llamabas «hipo».

—Hiposulfito de sodio. Se usa desde los inicios de la fotografía, pero siempre ha habido quienes han opinado que el cianuro es mejor. Además, hace unos años, antes de que existieran las nuevas placas secas, el cianuro era muy útil para eliminar las manchas negras que los baños de plata dejaban en las alfombras y las manos.

—¿Esas manchas son la segunda razón de que se considerase a la fotografía como magia negra? —preguntó Gabriel.

Venetia asintió con expresión sombría.

—Hasta hace poco se decía que era fácil distinguir a un fotógrafo por sus dedos. Solían estar ennegrecidos por el nitrato de plata que se usaba para preparar las antiguas placas de colodión. Cuando empecé a trabajar como fotógrafa ya se habían introducido las placas secas, por lo que no tuve que vérmelas con el problema de las manchas de nitrato de plata.

—¿Hay quienes todavía utilizan el cianuro?

—Sí, por desgracia. Sigue siendo un producto básico en muchos cuartos oscuros. A nadie le extrañará que se encontrase a mano en las dependencias del señor Farley.

Gabriel se agachó junto al fuego.

—En los periódicos aparecen noticias de fotógrafos muertos a causa del cianuro.

—No sólo fotógrafos. Con frecuencia la víctima es otro habitante de la casa. Un niño que lo bebe por curiosidad, o una joven criada desesperada por un desengaño amoroso. A veces es el perro de la familia el que muere. No se sabe cuántos han fallecido, accidental o voluntariamente, a causa de este veneno.

Jones se levantó para dirigirse a la mesa donde se encontraba el coñac y dijo:

—Si Burton hubiera buscado una forma rápida de salir de este mundo, se hubiera tomado el cianuro solo, pero lo bebió mezclado con alcohol.

—Habrá quienes dirán que así era más fácil de tragar —fue la opinión de Venetia.

—Es cierto. —Gabriel reflexionó brevemente sobre la penetrante y perturbadora violencia que impregnaba el picaporte del cuarto oscuro de Farley—. Pero, como ya he dicho, estoy de acuerdo con tus conclusiones de lo sucedido esta noche. Burton fue asesinado.

—Bastaba con un trago. Una sola dosis de cianuro mata muy rápido —musitó Venetia.

Gabriel vertió el coñac de la botella en dos vasos. Los observó unos instantes antes de cogerlos.

—Esa idea hace dudar a uno, ¿verdad?

Venetia observó el coñac que Gabriel le tendía.

—Sí, así es.

La joven sujetó el vaso de coñac con dedos levemente temblorosos. Jones se sentó en la otra butaca y bebió parte del contenido de su vaso. Venetia tomó aire, arrugó la nariz y bebió un sorbo haciendo una floritura.

—No querría desarrollar aprensión hacia el alcohol —dijo Gabriel, divertido ante el gesto de Venetia.

—No, ni hablar —comentó Venetia.

—A veces es lo mejor del mundo.

—Sin duda —acordó ella.

Permanecieron sentados, mirando el fuego. Gabriel se embebió del silencio de la casa. Era más de medianoche y toda la familia estaba acostada, la señora Trench incluida. Mucho mejor, las explicaciones ya se darían por la mañana. Gabriel apoyó la cabeza en el respaldo y recordó la conversación con la policía.

—Tengo la impresión de que el detective cree que Burton cometió suicidio.

—Es la explicación más simple, pero no tiene en cuenta a la persona que vi salir del cuarto poco antes de que me encontrara con el cadáver.

—No, así es.

El detective había interrogado a Venetia exhaustivamente acerca de la figura de la escalera, pero la joven no había logrado darle una descripción útil.

En cuanto a él, tampoco podía confesar que había recogido emanaciones de violencia de un picaporte, pensó Gabriel. El detective le habría tomado por loco. En cualquier caso, las sensaciones eran inútiles como medio de identificación. A pesar de su intensidad, podrían haber pertenecido a cualquiera que hubiese entrado en el cuarto oscuro con la intención de asesinar.

—Me has dicho que seguiste a Burton esta noche para

preguntarle por unas fotografías que creías que te había enviado.

—Sí, en efecto —dijo Venetia.

—¿Por qué habría hecho algo así?

—Asumo que me tenía envidia —replicó Venetia, con un suspiro.

—¿Estaba celoso de tu éxito?

—Es el único motivo que se me ocurre. Burton era un amargado; su talento como fotógrafo nunca fue apreciado ni reconocido en su justa medida. Éste es un negocio muy competitivo.

—Esta noche me ha dado esa impresión.

—La capacidad de tomar buenas fotos es sólo una parte de lo que se requiere para labrarse una reputación que atraiga a buenos clientes. Los que se mueven en círculos refinados tienden a ser muy vanidosos. Un fotógrafo de éxito debe proyectar cierto estilo y una sensación de exclusividad. Hay que aparentar que se ofrece al cliente talento artístico, no que se está haciendo un negocio.

—Y aventuro que Burton no daba esa imagen.

—No —admitió Venetia.

—Habrá muchos otros fotógrafos de éxito con mejor clientela que él. ¿Por qué te eligió a ti como objeto de su envidia? —preguntó Gabriel.

—Creo que por ser mujer —respondió Venetia con tranquilidad—. Para él ya era malo sentirse superado por otros hombres; ver que una mujer llegaba y triunfaba de inmediato lo enfureció. Se encaró conmigo en un par de ocasiones y me informó sin rodeos de que ésta no era una profesión de mujeres.

—¿Cuándo llegaron las fotografías desagradables? —preguntó Gabriel.

—Encontré la primera en el portal, a principios de semana. La segunda llegó hace dos días. Sospeché de Burton de inmediato; sabía que estaría hoy en la inauguración y estaba decidida a pedirle explicaciones. —Venetia cerró los ojos y se acarició las sienes—. Ahora ya no sé qué pensar. Es evidente que estaba involucrado en algún asunto siniestro con el hombre que lo asesinó.

Gabriel estiró las piernas junto al fuego.

—¿Tienes idea de quién querría matarlo?

—¿Aparte de yo misma? No. Sólo puedo decirte que Burton no era un hombre muy agradable. Era un intrigante sin escrúpulos que se movía en el escalafón más bajo de la comunidad fotográfica. Tenía una pequeña galería en una zona poco elegante de la ciudad pero, para serte sincera, no sé cómo conseguía ganarse la vida.

—Me gustaría ver las fotografías que te envió.

—Están en el cajón inferior del escritorio.

Venetia se acercó al escritorio y extrajo una pequeña llave del bolsito que le colgaba de la cintura del vestido. Abrió el cajón y sacó las dos fotografías.

Sin mediar palabra, cruzó de nuevo la habitación, se sentó y le tendió una de las imágenes.

Gabriel sostuvo la fotografía boca abajo para estudiarla con la parte de él que captaba sensaciones imperceptibles para sus otros sentidos. La instantánea conservaba leves rastros de enfado e indignación, pero Gabriel estaba casi seguro de que los había dejado Venetia, debido a su sensación de autocontrol.

Por debajo de aquellas emanaciones había otras más débiles de otra emoción intensa, que sólo podría describirse como furia obsesiva. Con toda certeza, eran de la persona que había dejado la fotografía en el portal de Venetia.

A continuación, Gabriel dio la vuelta a la fotografía y la examinó a la luz de la lumbre.

—¿Ésta es la que llegó primero?

—Sí —dijo Venetia.

La imagen era inocua a primera vista, aunque manifiestamente morbosa. Mostraba la sombría escena de un cortejo fúnebre, encabezado por un carruaje tirado por caballos negros. El vehículo se hallaba ante los portones de hierro del cementerio. A través de la verja se vislumbraba una tenebrosa disposición de monumentos y criptas.

Sólo al examinar la fotografía más de cerca era posible distinguir, a un lado de la imagen, a una mujer ataviada con un elegante vestido negro y sombrero a juego. Gabriel sintió un escalofrío.

—¿Eres tú?

—Sí. El cementerio que aparece en la fotografía se encuentra a escasa distancia de aquí. Paso cada día por delante para ir a la galería.

Venetia le tendió la otra fotografía. Por segunda vez, Gabriel la sostuvo brevemente del revés para ver si lograba detectar alguna sensación. Lo que quedaba del enfado y la indignación de Venetia asaltaron su consciencia, pero esta vez había algo más. Miedo.

Por debajo de esa capa de emociones, distinguió la misma obsesión malsana de la primera fotografía.

Gabriel volvió la imagen. Esta vez vio un monumento funerario. Al principio no entendió la escena, pero al leer el nombre inscrito en la lápida se quedó petrificado.

—En memoria de Venetia Jones —leyó en voz alta.

—Un ejemplo excelente de lo que puede lograr una persona que sabe retocar fotografías. Después de recibirla, Amelia y yo fuimos al cementerio para comprobar si este monumento en concreto se encontraba allí.

—¿Lo encontrasteis?

—Sí. Pero el nombre grabado en la lápida es Robert Adamson.

—Harold Burton era, como mínimo, un hijo de perra.

—Eso mismo opino yo —replicó Venetia, tomando otro sorbo de coñac.

Gabriel miró la primera fotografía.

—¿También está retocada?

—No, ese día yo pasé por el cementerio; regresaba de mi habitual paseo por el parque y me crucé con el cortejo fúnebre. —Venetia titubeó antes de añadir—: Sé que sonará a obsesión, pero tenía la sensación de que últimamente Burton me estaba siguiendo.

Gabriel dejó las fotografías en una mesa próxima a la butaca.

—¿Estás segura de que fue Burton quién las hizo?

—Tan segura como puedo estarlo sin tener ninguna prueba de ello. Lo sospecho por el estilo y la composición. Burton era un fotógrafo muy bueno. Yo había visto algo de su obra, estaba especializado en arquitectura. La primera fotografía, la del cortejo fúnebre, la hizo sin pensar; no lo habría identificado como el autor con esa única instantánea. Pero la segunda fotografía se hizo con sumo cuidado.

Gabriel estudió la imagen de la lápida.

—Comprendo lo que dices. El ángulo utilizado le confiere bastante dramatismo.

—La iluminación es también espectacular y muy de su estilo. En cuanto a la inscripción..., bien, Burton era muy competente retocando fotografías. Creo que, en esta segunda fotografía, intentaba no sólo asustarme, sino también impresionarme. Quería mostrarme que era más experto que yo con la cámara.

—¿Has dicho que tenías la sensación de que Burton te seguía? —inquirió Gabriel.

—El día de la foto del cortejo fúnebre no lo vi, pero sí advertí su presencia muchas otras veces. Parecía merodear por los alrededores.

—Describe en qué circunstancias lo viste.

—Al menos dos veces en el parque, no lejos de aquí. Siempre se mantenía a cierta distancia y fingía no verme. Ayer por la mañana fui con Amelia de compras a Oxford Street. También allí distinguí a Burton; estaba en el portal de una tienda y cuando intenté acercarme para preguntarle qué hacía, desapareció entre la multitud. Al principio lo consideraba como meras coincidencias, pero últimamente empezaba a sentirme como una presa acechada por el cazador. Para serte sincera, me resultaba muy perturbador.

Y quizás ése fuese también otro motivo para cometer un asesinato a ojos de Scotland Yard, pensó Gabriel.

—Si la policía nos interroga de nuevo sobre la muerte de Burton, no mencionaremos que quizá te seguía. ¿Queda claro? —dijo Jones, esta vez en voz muy alta.

Venetia lo miró fijamente.

—¿Le importa que le haga una pregunta, señor Jones?

—Depende de la pregunta.

—Parece que hay ciertas pruebas..., nada importante, claro está, pero algunos cabos sueltos me sitúan como una posible sospechosa en esta situación.

—Ya me he percatado de eso.

—Esta noche he desaparecido varios minutos antes de que me encontraras junto al cadáver de Burton —dijo Venetia—, un margen de tiempo lo bastante amplio para servir un vaso de coñac y envenenarlo con cianuro. ¿Por qué estás tan seguro de que no lo he asesinado yo?

Jones se planteó cuánto debía contarle. Una lóbrega mezcla de intensas señales psíquicas marcaba la puerta del cuarto oscuro y su interior. Gabriel había sentido obsesión, excitación malsana y miedo, todos entrelazados en un amasijo del que era imposible sacar nada en claro. Sabía que lo que había notado eran diferentes capas de emociones recientes. Era indudable que Burton había tocado la puerta al menos una vez. También lo había hecho el asesino, así como Venetia. Los tres habían dejado una caótica amalgama de emociones.

De una cosa no le cabía duda: Venetia no era la asesina. En Arcane House habían tenido un contacto muy próximo, sumamente íntimo; si la joven hubiese sido capaz de algo tan malvado y violento, él lo habría advertido.

—Me has dicho que alguien salió del cuarto oscuro antes de tu llegada. Te creo —afirmó Gabriel.

—Gracias, aprecio tu confianza. Pero debo preguntarte por qué estás tan seguro de que he dicho la verdad.

—Digamos que después del tiempo que pasamos juntos en Arcane House, creo conocerte lo bastante bien para tener fe en tu integridad —dijo Gabriel, pensando que aquello, en el fondo, era verdad.

—Estoy encantada de saber que te causé tan buena impresión —respondió Venetia secamente.

«No me cree», pensó Gabriel. Tanto mejor, él sabía que Venetia también guardaba ciertos secretos.

—No lo sabe usted bien, señora. Y aunque no tendré dificultad alguna en ceñirme a la versión de lo sucedido que dimos a la policía y que sin duda aparecerá en la prensa...

—La prensa —reflexionó Venetia—. Ni siquiera había considerado ese aspecto. El señor Otford, de *The Flying Intelligencer*, estaba en la exposición. No quiero ni imaginar cómo aparecerá este asunto en los periódicos.

—Nos encargaremos de eso más tarde. Por ahora, estoy mucho más interesado en descubrir por qué nos has mentido, a mí y a la policía, diciendo que no reconocías al hombre que viste en la escalera.

15

La pregunta la pilló por sorpresa, tal y como él pretendía. Venetia se volvió rápidamente para mirarlo con una expresión de asombro y alarma, como si la hubiese obligado a salir de un escondite secreto.

—Pero no lo reconocí —replicó con excesiva rapidez—. Te lo he dicho, ni siquiera pude verlo de cerca; estoy segura de que no lo conocía.

Gabriel se levantó, cogió un atizador y removió el fuego.

—Viste algo —dijo suavemente.

—A un hombre ataviado con un abrigo largo y un sombrero alto. Ya te lo he dicho. —Venetia hizo una pausa y añadió a continuación—: Al menos, creo que era un hombre.

Aquella observación llamó poderosamente la atención de Gabriel.

—¿No estás segura?

—Todo lo que puedo decir con seguridad es que la persona que vi vestía como un caballero. Como le he explicado al detective, era alguien delgado y más alto que la media, pero estaba demasiado oscuro para advertir más detalles.

—Me parece interesante que plantees la posibilidad de que el asesino fuese una mujer —admitió Gabriel—. Debido a su atuendo masculino, pocos cuestionarían que la persona que viste fuera un hombre.

—Cuando se considera el asunto en profundidad, es evidente que una de las formas más fáciles de disfrazarse es adoptar la vestimenta del género opuesto.

—Y una vieja teoría sostiene que el veneno es un arma de mujer —reflexionó Gabriel.

—Dadas las circunstancias, no podemos dar mucho crédito a esa noción. En este caso, puesto que la víctima era un fotógrafo, el cianuro es una elección obvia por parte del asesino —indicó Venetia con lógica.

—Comprendo. ¿Estás segura de que la figura no advirtió tu presencia?

—Del todo. No miró hacia atrás ni una sola vez y, aunque lo hubiese hecho, era imposible que me viese.

—¿Por qué no?

—Porque yo estaba en la zona más oscura del pasillo, asomada a un rincón. Apenas había algo de luz a mis espaldas; el asesino era el que estaba iluminado y sólo mínimamente.

—Pareces muy convencida.

—Le recuerdo que soy fotógrafa, señor. Le aseguro que he estudiado en profundidad los efectos de las luces y las sombras.

Gabriel la miró fijamente.

—No dudo de su experiencia profesional, señora, pero debo preguntárselo de nuevo: ¿qué ha visto esta noche que no ha confesado a la policía?

—Eres muy insistente. ¿Qué te hace pensar que he visto más de lo que os he dicho a ti o al detective?

—Llámalo intuición masculina —dijo Gabriel con algo de sorna—. Durante nuestro excesivamente breve interludio en Arcane House averigüé algunas cosas de ti, señora Jones. Una es que, a la hora de hacer fotografías, percibes lo que otros no pueden ver. Y sigo preguntándome cómo pudiste distinguir a esos dos hombres en el bosque, aquella noche.

—Los vi cuando la luz de la luna los iluminó. —Venetia se hacía la cándida.

—La luz de la luna no penetra entre árboles, pero dejaremos eso por ahora. Dada la gravedad de nuestra situación, sin embargo, no puedo pasar por alto el otro asunto. Apreciaría enormemente conocer la verdad, por lo que pregunto de nuevo: ¿qué has visto esta noche?

Venetia tardó tanto en hablar que Gabriel empezó a temer que no le respondería. No la culpaba; ella no le debía nada. Pero le molestaba enormemente que Venetia no lo considerase un confidente fiable. Gabriel deseaba ganarse nuevamente su confianza, como había sucedido en Arcane House.

—Nada de lo que percibí en ese hombre sería de utilidad para la policía —dijo ella con voz pausada.

Gabriel se quedó muy quieto.

—¿Entonces advertiste algo?

—Sí. Si te digo la verdad, me tomarás por una fantasiosa o creerás que sufro de alucinaciones. Como mínimo, concluirás que soy una mentirosa.

Gabriel avanzó unos pasos hacia ella, la tomó de los hombros e hizo que se pusiera en pie.

—Te aseguro que nada de lo que digas me hará llegar a esas conclusiones.

—¿Ah, sí? —replicó Venetia con escepticismo—. ¿Qué te hace estar tan seguro?

—Pareces olvidar que hace tres meses pasamos varios días juntos.

—No, señor Jones, no lo he olvidado. Ni un solo momento.

—Tampoco yo. Ya te he dicho que no tengo dudas acerca de tu carácter. Afirmo lo mismo de tu cordura —dijo Gabriel.

—Gracias.

—Pero hay otra razón por la que creería cualquier cosa que me dijeras.

—¿Y de qué razón se trata, señor?

—Te quiero y te deseo demasiado para permitirme tener dudas.

—Señor Jones...

El interrogatorio continuaría en otro momento. Ya había durado demasiado y Gabriel no podía resistirse por más tiempo.

Bajó la cabeza y la besó en la boca.

16

La conmoción de aquel abrazo encendió todos los sentidos de Venetia. Tras meses de incertidumbre por el destino de Gabriel, tras pensar que, si estaba vivo, no había ido a buscarla, allí estaba, besándola de nuevo.

Aquel contacto era incluso más estimulante de lo que Venetia recordaba. La calidez de su cuerpo, el sabor sensual de su boca, la fuerza de aquellos brazos, le producían una profunda excitación.

—¿Tienes idea de cuántas noches he permanecido despierto, imaginando que te besaba de nuevo? —le susurró Gabriel.

—¿Cómo crees que ha sido para mí? Me quedé destrozada al leer la noticia de tu presunto accidente. No podía creerlo, estaba convencida de que seguías con vida. Me dije que, si estabas muerto, de algún modo yo tendría que saberlo. Pero no tuve noticias tuyas.

—Lo siento, cariño. —Gabriel le echó suavemente la cabeza hacia atrás para poder acceder a su cuello—. Te juro que nunca pretendí que te enterases de mi muerte. ¿Cómo iba a saber que leerías una noticia tan pequeña en los periódicos de Londres? Pensaba que vivías en Bath.

—Deberías haberte puesto en contacto conmigo —reprochó Venetia.

—Perdóname —le susurró Gabriel al oído—. Supuse que este maldito asunto terminaría hace semanas y que podría reunirme contigo sin arrastrar peligro alguno.

Gabriel le deslizó los dedos por el cabello y las horquillas cayeron en la alfombra. La intimidad de la situación hizo que Venetia se estremeciera. Al abrazar los hombros de Jones, percibió la suavidad de la camisa y la firme musculatura que cubría.

Con el cabello suelto cayéndole por los hombros, lo siguiente que supo Venetia fue que Gabriel le desabrochaba la botonadura anterior del vestido. Al comprender que iba a desnudarla, sintió pánico.

Todo sucedía demasiado rápido. Gabriel actuaba como si la deseara, pero no debía olvidar que había regresado por razones muy distintas a la pasión. Además no se encontraban en la remota Arcane House, donde nadie podía enterarse de lo que tenía lugar entre ellos. Tampoco Jones era ya una simple fantasía de la que podía disfrutar sin temor al desastre.

Se hallaban en su despacho, maldita sea. Amelia, Beatrice y Edward estaban arriba y la señora Trench dormía en su cuartito junto a la cocina. Si cualquiera de ellos despertaba, era posible que les oyeran y decidiesen investigar.

Estaban en el mundo real, se recordó Venetia. Aquí las cosas eran distintas.

Pero Gabriel ya estaba desabrochándole el corpiño del vestido mientras la besaba en la boca, lo que la desorientaba y la hacía temblar. Venetia cerró los ojos y se aferró a él para mantener el equilibrio.

—No estaba equivocado, ¿verdad? —murmuró Gabriel, con voz ronca de deseo.

—¿Respecto a qué?

—La última noche en Arcane House. Querías estar en mis brazos. Me deseabas.

Venetia sintió un torbellino de incertidumbre. Aquella noche había sido perfecta, o casi perfecta; pero esta noche no lo era. No estaban en el lugar adecuado y Gabriel ya no era un amante misterioso y secreto que podía ocultar de la vista de todos. Vivía en el desván, santo cielo. Lo vería en el desayuno de la mañana siguiente frente a todos los miembros de su familia, nada menos.

—Sí. Pero eso era antes y esto es ahora.

Gabriel se quedó petrificado.

—¿Hay alguien más? Me dije que no perderías interés en mí en tan poco tiempo. Aunque admito que esta noche, cuando desapareciste de la sala de exposiciones, me pregunté si habría calculado mal.

Dadas las circunstancias, «calcular mal» era una extraña expresión, pensó Venetia. Era un término que se utilizaba cuando una estrategia no salía bien, no era una expresión propia de un amante; o al menos, eso creía ella.

Retiró los brazos del cuello de Gabriel y le puso las palmas en el torso.

—¿Hay alguien más? —preguntó él de nuevo, con voz neutra. A la luz de la lumbre, sus ojos eran peligrosamente enigmáticos.

—No. En los últimos tres meses he estado totalmente ocupada en el traslado a Londres y en establecer el negocio. No he tenido tiempo para fijarme en nadie, no se trata de eso.

Jones sonrió. Venetia advirtió que se le relajaban de nuevo los músculos.

—Comprendo —dijo él—. Los acontecimientos del día sin duda te han afectado los nervios.

Aquélla era una excusa tan buena como otra cualquiera, decidió Venetia.

—Sí, mucho. Le ruego me disculpe, señor. Hoy han sucedido demasiados incidentes asombrosos. Podría decirse que las sorpresas me han caído en cascada. Su sorprendente regreso, el extraño misterio relacionado con la fórmula del alquimista, el descubrimiento del cadáver de Burton. Es demasiado. No me considero capaz de pensar con la claridad que esta situación requiere.

La boca de Gabriel se curvó en una sonrisa.

—Todo lo contrario, señora Jones; ésta es una de esas raras situaciones que no dependen de la lógica ni de la lucidez del pensamiento. —Jones volvió a unir los extremos del corpiño—. Sin embargo, no la presionaré, dadas las circunstancias. Necesita tiempo para recuperarse de toda esta sucesión de trastornos.

—En efecto, señor. Aprecio su sensibilidad —respondió Venetia, sujetándose el corpiño. No sabía si sentirse aliviada o herida por tanta consideración. Si la pasión que le había mostrado antes era auténtica, ¿no debería Gabriel ser más insistente?

Jones se inclinó para rozar con su boca la de Venetia.

—No estoy siendo sensible, sino pragmático, cariño —replicó, como si le hubiese leído el pensamiento—. Cuando hagamos el amor de nuevo, no quiero que después abrigues dudas ni arrepentimientos.

Venetia tampoco sabía cómo interpretar esas palabras. Aquella noche, todo lo relativo a la relación entre ambos parecía confuso. Las cosas habían sido mucho más sencillas cuando Gabriel sólo era una fantasía.

Sujetándose los extremos del corpiño con una mano, se apresuró hacia la puerta:

—Le deseo buenas noches, señor. Además de tener los nervios deshechos, estoy exhausta.

Aquello era una gran verdad, pensó. Se sentía destrozada, pero también sabía que le resultaría difícil conciliar el sueño.

—Una cosa más, señora Jones.

La sutil orden, el tono neutro, hizo que a Venetia se le helara la mano en el pomo de la puerta. Se volvió para mirarlo con infinita cautela. Con la camisa abierta y la corbata suelta, la silueta de Jones se recortaba, sensual y atractiva, contra el fuego. Venetia se sintió nuevamente incómoda.

—¿Sí? —respondió con educación.

—No has respondido a mi pregunta. —Gabriel se dirigió a la mesilla donde estaba el coñac y se sirvió otro vaso—. ¿Qué es lo que viste esta noche, cuando el asesino huía por la escalera?

Gabriel no iba a darse por vencido. Venetia tuvo la sensación de que, una vez decidido el objetivo, Gabriel Jones nunca abandonaba la persecución. Como un cazador que ha avistado la presa. Aquella imagen la perturbó, aunque también resultaba sumamente atractiva, como si Jones hubiese lanzado un desafío elemental.

Venetia sopesó la réplica, pues se sentía tentada a evadir una respuesta directa. Era improbable que Gabriel la creyese si intentaba explicarle sus singulares poderes aunque, por otro lado, le intrigaba que Jones hubiese advertido sus extraordinarias dotes de percepción. Sus conocidos, fuesen hombre o mujer, ni siquiera eran capaces de sospecharlo.

Una parte de ella también sentía curiosidad por cómo respondería Gabriel ante la verdad.

—Dudo que me creas —empezó a decir Venetia, preparándose para el escepticismo de Gabriel—, pero vi un aura de energía psíquica alrededor de ese hombre.

El vaso que Gabriel se llevaba a la boca quedó suspendido a medio camino.

—Maldita sea. Lo sospechaba, pero no estaba seguro.

—¿Qué has dicho? —La sorpresa de Venetia fue mayúscula.

—No importa. Háblame de esas auras que ves.

Venetia se había preparado para la incredulidad, no para una pregunta razonable. Le llevó unos instantes adaptarse.

—Aparecen en forma de ondas de energía que rodean al individuo.

—¿Las ves alrededor de todas las personas? Tiene que ser desconcertante.

—No las percibo a menos que me concentre y me esfuerce en distinguirlas. Entonces veo como una imagen en negativo del mundo. En ese estado, aparecen las auras.

—Interesante —admitió Gabriel.

—No espero que entiendas lo que intento decirte, pero si volviese a encontrarme con el asesino y lo mirase con mi segunda visión, es muy probable que lo reconociera.

—¿Ah, sí? —preguntó él con suavidad.

Al no saber cómo interpretar esa reacción, Venetia prosiguió, deseosa de completar la explicación.

—Comprenderás por qué no mencioné nada de esto al hombre de Scotland Yard; dudo que me hubiera creído. Ya has visto cómo me trataba, asumió que sufría una conmoción y que me hallaba al borde de la histeria.

—Es verdad. Me hizo casi todas las preguntas a mí —dijo él.

—Porque eres un hombre.

—Y porque me tomaba por tu marido.

—Sí, también. Aunque hubiese facilitado al detective la información sobre el aura, no le habría servido de nada. No tiene sentido describir una pauta de energía psíquica a alguien que no puede percibirla.

—¿Dices que las auras son distintivas de cada persona? —quiso saber Gabriel

—Sí, varían de una persona a otra. Tienen colores, pero no podría decirte los nombres de los matices y sombras porque no corresponden a los de la visión normal. He inventado mi propio vocabulario para describirlos, pero carecerían de sentido para ti. También la intensidad y la pauta de la energía psíquica son específicas en cada persona.

—¿Puedes determinar el sexo de una persona por su aura?

—No, por eso no puedo afirmar con seguridad si la figura de la escalera era un hombre o una mujer.

—¿Y el carácter o las inclinaciones de un individuo?

Aquélla era una pregunta muy perspicaz, pensó Venetia.

—A veces esos aspectos, si son lo bastante intensos, son muy evidentes, sí —aceptó Venetia.

—¿Qué has percibido de la naturaleza de la persona que viste en el pasillo?

—Si esa persona hubiese sido un animal, la habría

identificado con un depredador, una criatura que mata cuando la muerte se adecua a sus propósitos. En el reino animal, tales bestias tienen un lugar legítimo; matan para sobrevivir. Sin embargo, entre los seres humanos calificaríamos de monstruo a un individuo así.

Gabriel se quedó inmóvil y toda expresión se borró de su rostro. Concluyó:

—Un monstruo. Comprendo.

—Así es como me pareció ese hombre. Frío y terrible. Con franqueza, espero no volverlo a ver.

Gabriel no respondió.

La oscura inmovilidad que emanaba de él hizo que a Venetia se le erizara el cabello, algo similar a lo que le había sucedido cuando vio al asesino huir de la escena del crimen.

—Buenas noches, señor Jones.

—Buenas noches, Venetia.

La joven salió al pasillo, cerró la puerta y corrió escalera arriba, como si la persiguiera un depredador como el que acababa de describir a Gabriel.

Cuando alcanzó la seguridad de su habitación estaba sin aliento. Su imagen reflejada en el espejo la asombró. Llevaba el cabello suelto, el vestido abierto y sus ojos eran un pozo de sombras.

La cautivadora sensualidad de su imagen la trastornó profundamente. «Esto es lo que ha visto Gabriel», pensó.

Se apartó del espejo y se desvistió rápidamente.

Poco después, ataviada con un camisón, se deslizó entre las sábanas y apagó la lámpara. Esperó, escuchando atentamente los sonidos de la casa.

No oyó a Gabriel subir al desván, pero finalmente unos débiles sonidos le indicaron que se había acostado. No fue hasta que la vencía el sueño que Venetia se formuló la pregunta que la inquietaba desde que Gabriel se había presentado ante su puerta.

Jones le había dicho claramente que necesitaba su cooperación. ¿Intentaría poner en práctica su seducción para lograr sus fines?

En aquel instante, la mezcla de emociones se disolvió en una lucidez transparente como el cristal.

La situación entre ella y Gabriel Jones se había vuelto confusa y turbadora precisamente porque Venetia ya no la controlaba por completo.

En Arcane House ella había establecido todas las reglas no escritas que habían regido su relación. Se había propuesto seducir a Gabriel para cumplir su sueño de un encuentro romántico perfecto.

Pero ahora era Gabriel el que establecía las reglas. Tendría que ser muy prudente.

17

En el descansillo del desván se oyeron unos pasos. Gabriel se enjuagó los restos de crema de afeitar del rostro, arrojó la toalla y se dirigió a la entrada de su pequeña habitación.

Allí estaba Edward, con la mano alzada para llamar educadamente a la puerta.

—Buenos días —dijo Gabriel.

—Buenos días, señor. —Edward lo observó con curiosidad—. No ha terminado de vestirse.

—No del todo.

—La señora Trench me ha enviado a decirle que el desayuno estará listo dentro de unos minutos —dijo Edward.

—Gracias. Me apetece tomar una buena comida casera. Estaré listo en un momento.

Gabriel se apartó de la puerta para ponerse la camisa limpia que colgaba de un gancho.

—Lo esperaré, así podré enseñarle dónde desayunamos —dijo Edward, entrando en la habitación.

—Te lo agradezco, me ahorrarás dar vueltas por toda la casa.

Mientras se abrochaba la camisa, Gabriel estudió al muchacho a través del espejo. Edward observaba todas sus cosas; parecía especialmente interesado en los objetos de afeitar que había en el lavabo.

—Papá guardaba sus cosas de afeitar en un estuche de cuero muy parecido al suyo.

Gabriel acabó de abrocharse la camisa y pensó si debía ponerse corbata. En su casa siempre bajaba a desayunar en mangas de camisa, pero se trataba de una casa de soltero.

—¿Ah, sí?

—Sí —dijo el chico.

—Debes de echar mucho de menos a tu padre.

Edward asintió con la cabeza y guardó silencio. Gabriel se pasó la corbata de seda por el cuello de la camisa y la anudó. Edward observó todo el proceso con suma atención.

—Papá era inversor —espetó repentinamente—. Viajaba mucho a Norteamérica, pero cuando estaba en casa me llevaba a pescar y me enseñaba a hacer muchas cosas.

—Eso es lo que deben hacer los padres.

—Un cuñado también puede hacer esas cosas, ¿verdad? —preguntó Edward

—Sí, claro que puede.

A Edward se le iluminó el rostro.

—Ya sé que es un secreto, me refiero a que no es realmente mi cuñado. Pero ya que fingimos, tal vez pueda enseñarme algunas de las cosas que papá no pudo.

—No veo por qué no.

—Excelente. No necesita preocuparse, señor. Como le he explicado, soy muy bueno guardando secretos.

—Sí, Edward, lo sé.

—Tengo mucha experiencia desde que mamá y papá fueron al cielo —dijo Edward con un punto de orgullo—. En cierto modo, fingir que es usted mi cuñado es muy parecido al secreto que guardo de papá.

—Comprendo —dijo Gabriel.

—Papá era biógamo.

—¿Perdona?

—Es cuando un caballero tiene más de una esposa.

—Bígamo —dijo Gabriel con suavidad. Recordó la fotografía del hombre enorme que colgaba en la pared del despacho de Venetia.

Aquella información explicaba muchas cosas, pensó.

—Papá tenía otra esposa y varios hijos en Nueva York, adonde viajaba por negocios dos veces al año. No lo supimos hasta que papá y mamá murieron en el accidente de tren. Puesto que papá era bígamo, Venetia, Amelia y yo no somos sus verdaderos hijos.

—No es así, Edward. Fuesen cuales fuesen las circunstancias entre tus padres, vosotros sois verdaderos hijos suyos.

—Tía Beatrice dice que somos ileg... —Edward no logró pronunciar la palabra—. Ile algo.

—¿Ilegítimos?

—Sí, eso es. De todas formas, cuando mamá y papá murieron descubrimos que el señor Cleeton había desaparecido con el dinero que teníamos que recibir. La tía Beatrice dice que fue un gran desastre porque tener unas rentas habría disimulado un montón de pecados a ojos del mundo. Dice que si no fuera por el trabajo de Venetia, seguramente habríamos acabado en la calle.

Gabriel ya había llegado a la conclusión de que Venetia mantenía a toda la familia, pero esto explicaba por qué se había visto obligada a asumir tamaña responsabilidad. Preguntó:

—¿Quién era el señor Cleeton?

—El administrador de papá. Nos robó la herencia. Papá siempre nos dijo que si le ocurría algo malo..., nos dejaba bien situados desde un punto de vista financiero. Pero no fue así porque el señor Cleeton cogió nuestro dinero y se marchó muy lejos.

—Bastardo —dijo Gabriel.

—Sí, sé que soy un bastardo; es otra palabra para decir ilegítimo, ¿verdad? —A Edward le temblaba el labio inferior—. Tía Beatrice y Venetia y Amelia creen que no escuchaba cuando tía Beatrice dijo a mis hermanas que la gente me llamaría así si se enteraba que papá no estaba casado con mamá.

Gabriel se agachó frente al muchacho.

—Me refería al señor Cleeton, no a ti, Edward.

—¿El señor Cleeton era también ilegítimo? —preguntó el niño.

—No tengo ni idea, pero no importa porque he usado una palabra inadecuada para describirlo. Ser un bastardo no es nada malo, simplemente es un hecho, como ser pelirrojo o tener los ojos azules. No dice nada del carácter de esa persona en cuestión. ¿Comprendes?

—Creo que sí.

—Ahora presta atención, porque voy a decirte algo que me dijo mi padre cuando yo tenía tu edad. Tienes que recordarlo siempre, porque es muy importante, Edward.

—Sí, señor.

—Que tu padre no estuviese legalmente casado con tu madre no tiene importancia. Tú no eres responsable de lo que él hizo, pero sí eres responsable de lo que haces tú. Todo hombre tiene que cuidar su propio honor, como tú cuidarás el tuyo. Eso es lo importante.

—Sí, señor.

Gabriel se incorporó, puso una mano en el hombro de Edward y lo condujo hasta la puerta.

—Ahora que eso ha quedado claro, bajaremos a desayunar.

Edward le dedicó una amplia sonrisa; de pronto parecía mucho más feliz que un momento antes. Explicó pormenores:

—Normalmente los miércoles sólo desayunamos huevos y tostadas, pero la señora Trench dice que como ahora hay un hombre en la casa, también tomaremos salmón ahumado. Dice que un hombre necesita sustancia en las comidas.

—La señora Trench es una mujer muy sabia.

—No me ha dicho la palabra adecuada, señor —dijo Edward, deteniéndose en el descansillo.

—¿La palabra adecuada para qué?

—Para el señor Cleeton. Me ha dicho que bastardo no era la palabra adecuada para describirlo.

—Así es —dijo Gabriel.

—¿Entonces cuál es la palabra adecuada?

Gabriel reflexionó sobre sus obligaciones como cuñado.

—Te diré el término correcto, pero debes recordar que un caballero no usa esa palabra delante de las damas. ¿Entendido?

Edward no cabía en sí de gozo ante la perspectiva de guardar un secreto tan masculino.

—Sí, señor. Prometo no repetir la palabra delante de tía Beatrice o mis hermanas.

—Tampoco debes usarla en presencia de la señora Trench. Es una mujer respetable y merece la misma consideración que tu tía o tus hermanas.

—Muy bien. Prometo no usar la palabra delante de la señora Trench —dijo Edward solemnemente.

—El término apropiado para describir al señor Cleeton es hijo de perra.

—Hijo de perra —repitió Edward cuidadosamente, para que la expresión le quedara bien grabada en la memoria—. ¿Significa eso que su madre era un perro hembra?

—No. Eso sería un insulto para todos los canes hembra del mundo.

18

—¿Descubristeis el cadáver de Burton en la exposición de anoche? —exclamó Beatrice, llevándose las manos al pecho—. ¿Dices que seguramente lo asesinaron? Santo cielo, esto es nuestra ruina.

La conmoción y el horror de su voz hicieron que Gabriel desviase la vista del salmón ahumado para examinar a Beatrice, que ocupaba el extremo opuesto de la mesa. No había sido idea de Jones sentarse en la cabecera, pero la señora Trench había dejado claro que él tenía que ocupar la posición que la buena sociedad establecía para el señor de la casa. Cuando Venetia entró poco después, vestida de negro, Gabriel supo de inmediato, por la expresión de su cara, que estaba sentado en el lugar habitual de ella.

—No creo que ése sea el caso precisamente —dijo Gabriel. Miró a Edward y añadió—: ¿Me pasas la mermelada de fresa, por favor?

—Sí, señor —replicó el muchacho con la boca llena de huevos revueltos, antes de pasar obedientemente el bote de mermelada a Gabriel—. ¿Qué aspecto tiene una persona asesinada, señor?

—Ya basta, Edward. No se habla de esas cosas en la mesa —zanjó Beatrice.

—Pero tía Beatrice, tú has sacado el tema.

Beatrice suspiró.

—Cómete los huevos y no interrumpas a los mayores cuando hablan.

Aunque Edward regresó a sus huevos, Gabriel sabía que no perdía detalle de la conversación. Un tema tan macabro como el asesinato era demasiado tentador.

—Que no cunda el pánico, tía Beatrice. La situación está controlada —dijo Venetia con firmeza.

—¿Cómo lo sabes? ¡Se trata de un gran escándalo! Si corre la voz de que tú descubriste el cadáver, las murmuraciones no tendrán fin.

—Me temo que ya ha corrido la voz —intervino Amelia, entrando en la habitación con un ejemplar de *The Flying Intelligencer* en la mano—. Y adivinad quién ha escrito el artículo.

Venetia hizo una mueca y se agenció la cafetera.

—¿El señor Otford?

—El mismo. Es una reseña emocionante, supongo que todo el mundo la leerá esta mañana. A fin de cuentas, no es muy habitual encontrarse un muerto en una exposición fotográfica.

—Estamos acabados. Nos obligarán a dejar esta encantadora casa y también la galería. Lo perderemos todo —se lamentó Beatrice.

—¿Por qué no lees el artículo? —preguntó Gabriel.

—Cómo no —replicó Amelia, mientras se aclaraba la garganta.

ESPANTOSO SUCESO EN UNA EXPOSICIÓN FOTOGRÁFICA

El cadáver de un fotógrafo identificado como Harold Burton, de Greenstone Lane, fue descubierto el martes por la noche en el transcurso de una exposición fotográfica.

Se cree que el escaso éxito profesional del señor Burton, unido a recientes reveses económicos y crecientes deudas, le llevaron a tomar la triste decisión de ingerir cianuro potásico.

El cadáver fue descubierto accidentalmente por la señora Jones, una conocida fotógrafa. Su marido, el señor Jones, se encontraba con ella cuando hallaron el cuerpo. Los lectores de este periódico recordarán que el señor Jones acaba de regresar a Londres, a los brazos de su amada esposa, después de que se le diera por muerto durante un año.

Como es lógico, el descubrimiento del cadáver del señor Burton empañó de tristeza la exposición. La señora Jones, cuyas asombrosas fotografías obtuvieron la admiración de los presentes, parecía muy alterada y al borde del desmayo. Su devoto marido la acompañó tiernamente fuera de la sala de exposiciones.

GILBERT OTFORD

—Oh, por el amor de Dios. No estaba a punto de desmayarme —protestó Venetia.

—Creo que el hecho de que estuvieras alterada y que tuvieran que acompañarte tiernamente al exterior es un detalle precioso —declaró Amelia, apartando el periódico—. Estoy de acuerdo con el señor Jones, no creo que esta noticia nos traiga problemas. En realidad, no me sorprendería que atrajera a más clientes. La gente sentirá aún más curiosidad por la misteriosa fotógrafa viuda.

—Ex viuda —corrigió suavemente Gabriel.

—Sí, por supuesto. Perdóneme, señor, no debo olvidar su milagroso regreso ya que, a fin de cuentas, ha sido el último capítulo de la leyenda de la misteriosa señora Jones.

—Me alegra serles de utilidad —dijo Gabriel.

—No lo comprendo. Usted ha dicho que el señor Burton fue asesinado —dijo Beatrice con el ceño fruncido.

—Venetia y yo hemos llegado a esa conclusión.

—Pero el artículo del periódico dice claramente que el señor Burton se quitó la vida.

—Sí, es cierto. —Gabriel reflexionó acerca de aquello mientras tomaba otro bocado de salmón—. Tampoco menciona a la figura que Venetia vio en el pasillo, interesante.

Me pregunto si la policía ha decidido no citar ciertos detalles para que el asesino crea que no se ha descubierto su crimen o si, por el contrario, consideran realmente que la muerte de Burton es un suicidio.

—Puede que haya otra explicación —intervino Venetia—. Anoche estábamos preocupados por nuestra situación, señor Jones. Olvidamos que en el edificio había otra persona que tenía grandes razones para asegurarse de que la sala de exposiciones no se viese mezclada en el escándalo de un asesinato.

—Claro —dijo Beatrice de inmediato—, Christopher Farley, el mecenas de la exposición. Es un caballero muy influyente tanto en los círculos artísticos como en la alta sociedad; no me sorprende que haya presionado a la policía para que anuncien un posible suicidio en lugar de un asesinato.

Fuese lo que fuese, pensó Gabriel, era un problema menos al que enfrentarse. Si el reportero desconocía que Venetia había visto huir a alguien del lugar del crimen, tampoco lo sabría el asesino.

—¿Cuáles son sus planes para hoy, señor Jones? —le preguntó Venetia.

Gabriel se preguntó durante cuánto tiempo pensaba dirigirse a él con aquella insoportable formalidad.

—Resulta que he hecho una lista —respondió, sacando una hoja de papel del bolsillo—. Primero te daré el negativo de la fotografía de la caja fuerte que tomaste en Arcane House. Te agradecería que lo revelases lo antes posible.

—Muy bien. ¿Qué hará con la fotografía?

—Ya he descifrado el párrafo cifrado inscrito en la puerta de la caja fuerte. Es tan sólo una lista de hierbas sin significado alguno para mí o mi primo. No concibo que puedan ser importantes. Pero un miembro de la Sociedad Arcana que vive aquí, en Londres, ha llevado a cabo numerosas investigaciones sobre los papeles del alquimista. Quizá descubra algo en los dibujos que adornan los nombres de las hierbas.

—¿Va a enseñarle la fotografía de la caja fuerte? —preguntó Edward.

—Sí. No obstante, para curarme en salud, en caso de que el señor Montrose, que es bastante mayor, pierda la copia o ésta caiga en manos equivocadas, deseo que la fotografía se retoque. Quiero cambiar el nombre de un par de hierbas. ¿Es eso posible?

—Yo puedo hacerlo —se ofreció Beatrice.

—Gracias. Explicaré los cambios al señor Montrose, para que trabaje con la información correcta.

Edward le sonrió, admirado.

—Muy inteligente, señor.

—Eso procuro, pero debo admitir que no espero que Montrose pueda decirme algo que mi primo y yo no hayamos deducido. Sin embargo, podrá ayudarme en otro aspecto de la investigación.

—¿En cuál? —preguntó Venetia.

—Montrose ha sido el responsable de conservar los archivos de la Sociedad Arcana durante muchos años. Los registros incluyen no sólo los nombres de quienes pertenecen a la Sociedad, sino también los de sus familiares —dijo Gabriel.

Venetia frunció el ceño.

—¿Está ampliando la investigación a las familias de los miembros?

—Sí, estoy ampliando el banco de sospechosos a los familiares de aquellos miembros que estaban al corriente de la excavación del laboratorio. Además, he anotado los nombres de algunos de los asistentes a la exposición de anoche. Siento curiosidad por saber si alguien guarda relación con la Sociedad Arcana.

—Está convencido de que ese ladrón ha estado vigilando a Venetia, ¿verdad? —preguntó Beatrice, con expresión angustiada.

—En efecto —afirmó Gabriel—. Siento decirlo, pero me temo que es muy probable. Por este motivo consideré necesario regresar de la tumba.

—Hay algo seguro: si ese villano rondaba a Venetia, ahora habrá centrado su atención en el señor Jones. Sin duda lo conocerá a usted —reflexionó Beatrice.

—Sí, es muy probable.

Venetia dejó el tenedor. La súbita comprensión le oscureció la mirada.

—Cree que, ahora que ha regresado, el criminal se centrará en usted. Pretende que el asesino ahora desvíe su atención.

Gabriel no respondió y alargó el brazo hacia las tostadas.

—Sí, por supuesto, es muy lógico —exclamó Beatrice con alegría—. Una estrategia brillante, señor Jones. ¿Por qué iba a prestar el criminal más atención a Venetia, ahora que usted ha reaparecido? El ladrón asumirá que si alguien conoce el código de la caja fuerte, ése es usted. A fin de cuentas, Venetia no es más que la fotógrafa.

—Es un plan sencillo pero, según mi experiencia, suelen ser los mejores —admitió Gabriel.

Venetia volvió a su comida. Gabriel advirtió que la joven no parecía aliviada por las conclusiones de Beatrice y se preguntó, esperanzado, si estaría preocupada por la seguridad de su esposo.

No había sido fácil verla marchar del despacho la noche anterior. Todo en él deseaba retenerla. ¿No comprendía Venetia que se pertenecían? ¿Habría olvidado el juramento que le hizo durante su apasionada noche en Arcane House?

«Soy tuya.»

19

La pequeña y destartalada galería de Harold Burton ofrecía un aspecto doliente, como si el establecimiento sintiese que el propietario no volvería y hubiera cerrado sus puertas.

La espesa niebla no contribuía a animar el ambiente, pensó Venetia. Estaba al otro lado de la calle, frente a la entrada de la Galería Fotográfica Burton. Aunque era primera hora de la tarde, la bruma era tan densa que apenas se vislumbraba el establecimiento. Tampoco había luz en la planta superior de la galería; sin duda, aquellas habitaciones formaban la vivienda particular de Burton.

Había decidido impulsivamente ir allí, dejando a Amelia y Maud, la dependienta que atendía la galería, la tarea de elegir el modelo para el retrato de la célebre serie *Hombres de Shakespeare*.

La posibilidad de que Burton hubiese tomado otras fotografías de ella, fotografías que no hubiese dejado en su portal antes de morir, la había estado preocupando desde que despertó. Era imposible saber el alcance de los retoques de Burton y Venetia no podía permitirse que una fotografía comprometedora cayese en manos de alguno de sus competidores o, peor incluso, que acabase en el portal de alguno de sus clientes.

Apenas había actividad en el callejón. Las tiendas vecinas a la galería de Burton estaban abiertas, pero sin clientes. Las escasas almas voluntariosas que se aventuraban a salir con la niebla se movían como fantasmas desorientados, demasiado ocupados en no tropezar con los adoquines para percatarse de la presencia de Venetia que, vestida de negro de pies a cabeza y con un velo negro cubriéndole el rostro, era casi invisible.

Esperó a que pasara un cabriolé vacío que avanzaba lentamente entre la bruma y cruzó la calle.

No le sorprendió que la entrada a la tienda estuviese cerrada con llave y las persianas bajadas. Burton habría cerrado ese día, antes de ir a la exposición y encontrarse con su asesino.

Venetia dobló la esquina y bajó por un estrecho paseo que llevaba al callejón de suministro de las tiendas. La angostura del callejón hacía que allí la niebla pareciese aún más densa.

Encontró la puerta trasera de la galería, que también estaba cerrada. Se quitó una horquilla y se dispuso a trabajar. Cuando se practicaba una profesión como la de fotógrafa, se adquiría bastante destreza en el manejo de herramientas e instrumentos mecánicos, recordó. Parecía que siempre era necesario improvisar.

La puerta se abrió. Hizo una pausa para comprobar que nadie la veía entrar. Nada se movía en el mar de niebla que inundaba el callejón.

Se deslizó dentro de la habitación trasera de la galería, cerró la puerta y se quedó inmóvil en la penumbra de aquel espacio atestado de objetos.

La habitación contenía la parafernalia habitual de una galería fotográfica: cajas llenas de antiguos negativos apiladas hasta el techo; fondos descoloridos en diferentes tonos y diseños; una silla para el modelo con una pata rota en un rincón, y un par de pequeños zapatos de mujer debajo de la silla. El estilo de los zapatos había pasado de moda al menos dos años antes.

Venetia sintió un inesperado sentimiento de compasión. Pobre Burton. O no se había percatado de la importancia de seguir las últimas tendencias, o bien no había podido permitirse reemplazar los zapatos cuando la moda había cambiado.

En su galería, Venetia tenía tres pares de zapatos de señora. Seguían la última moda y eran mucho más elegantes que el par que Burton guardaba en su establecimiento. No obstante, todos ellos tenían algo en común: estaban concebidos para el pie femenino más diminuto y delicado.

Sabía que Burton había invertido en los zapatos por la misma razón que ella había comprado tres pares demasiado pequeños para cualquier miembro de su familia. El calzado delicado y elegante era extremadamente útil cuando una clienta deseaba un retrato de cuerpo entero que no mostrase sus grandes pies.

Se colocaban los zapatos pequeños delante de los verdaderos pies de la modelo y se arreglaba la falda, de modo que sólo asomasen las puntas de los zapatitos por debajo del dobladillo de la dama. De este modo se ahorraban muchos retoques.

En una mesa cercana había dos fotografías enmarcadas. El cristal estaba roto en ambas; Venetia se acercó por curiosidad.

Las imágenes mostraban unas escenas del Támesis que Venetia reconoció. Burton las había inscrito en una de las exposiciones de Farley. La obra de Venetia *Vista del río al amanecer* había ganado el primer premio y aquella noche Burton había abandonado furioso la sala de exposiciones. Era fácil imaginarlo regresando a la galería con las fotografías perdedoras bajo el brazo. Probablemente habría dado rienda suelta a su furia y rompió el cristal al arrojar las imágenes contra la mesa de trabajo. No se había molestado en retirar los cristales rotos, tal vez porque sentía un placer perverso en mirarlos a diario para recordarse cuánto odiaba a una tal señora Jones.

Al alejarse de aquella escena turbadora, Venetia tropezó con un objeto y un sonido metálico atronó contra la madera del suelo. El ruido se oyó en exceso, debido a que contrastaba con un silencio incluso más innatural.

Venetia esperó, paralizada y con el corazón acelerado. «Cálmate, es imposible que se haya oído el ruido desde el exterior de la galería», pensó.

Al cabo de unos instantes, su pulso recuperó la normalidad. Bajó la cabeza y vio una abrazadera metálica, destinada a sujetar la cabeza del modelo. En la época de los daguerrotipos, tales instrumentos se usaban habitualmente para fijar al modelo y evitar que se moviese mientras se captaba la imagen. El advenimiento de medios más rápidos y mejores cámaras hicieron innecesarias las abrazaderas desde un punto de vista técnico, aunque muchos fotógrafos seguían ayudándose de ellas para mantener al modelo totalmente quieto. Siempre era tentador utilizarlas cuando quien posaba era un niño inquieto.

Venetia cruzó la habitación y abrió una puerta. Tuvo que retroceder, debido al intenso olor a productos químicos almacenados durante demasiado tiempo en un espacio mal ventilado.

Burton hacía caso omiso de los sensatos consejos que aparecían en todas las revistas fotográficas sobre el almacenaje de productos químicos. No era de extrañar que el hombrecillo siempre estuviera tosiendo; probablemente se encerraba durante horas en aquel reducido espacio, respirando vapores concentrados por la nula circulación del aire. Venetia suspiró. Era un problema habitual en una profesión repleta de riesgos.

Mantuvo la puerta abierta para disipar los vapores y entró en el cuarto oscuro. Una débil luz penetraba en el espacio e iluminaba la bandeja que contenía el fijador y las botellas de productos químicos.

El instrumental de Burton parecía nuevo, resplandeciente y de la mejor calidad. Varias de las botellas aún no se habían abierto.

La habitación estaba tan oscura que casi pasó por alto el cofre de madera que había bajo la mesa de trabajo. Se agachó para abrirlo. Dentro había varias placas de negativos.

Sólo tuvo que examinar una para saber qué había descubierto.

No oyó los pasos que se aproximaban. Cuando una fuerte mano masculina le tapó la boca, era demasiado tarde para gritar.

Mientras la obligaban a ponerse de pie, Venetia agarró la única arma que tenía a mano, un juego de pinzas utilizadas para retirar las copias de los baños químicos.

20

—No hagas ruido —le dijo Gabriel al oído.

Venetia se relajó, asintió frenéticamente y soltó las pinzas. Gabriel le retiró la mano de la boca; en la penumbra de la habitación, parecía muy grande y muy enfadado.

—¿Qué demonios haces aquí? —le preguntó en voz baja—. Creía que ibas a pasar el día en la galería.

—Debería ser yo quien te hiciera esa pregunta. Creo recordar que esta mañana ibas a entrevistar a un anciano miembro de la Sociedad Arcana.

—Ya he hablado con Montrose. Cuando regresaba a Sutton Lane, decidí detenerme en esta dirección.

—¿Qué esperabas descubrir aquí? —preguntó Venetia con desconfianza.

—Sentía curiosidad por Burton.

—¿Por qué? Seguro que su muerte no está relacionada con la fórmula perdida. —Gabriel no respondió. Venetia notó una extraña sensación en el estómago—. No lo está, ¿verdad?

—La respuesta es que quizá no —concedió Gabriel.

—Es imposible pasar por alto que la expresión «quizá no» deja cierto margen de duda.

—Como siempre, señora, es usted sumamente perspicaz. Veo que has encontrado los negativos de las fotos que te hizo —señaló, mirando el cofre de madera.

—Sí.

—Los he mirado. A excepción del monumento del cementerio con tu nombre inscrito, el resto parecen inofensivos. Son fotografías en que sales de la panadería o charlas con un cliente en la galería, eso es todo.

Venetia se estremeció.

—La envidia que sentía Burton hizo que desarrollara una extraña obsesión hacia mí —admitió la joven.

—Personalmente, empiezo a plantearme si en verdad estaba tan obsesionado por ti.

—¿A qué te refieres?

—Que Burton te siguiera durante varios días y después lograra que lo asesinaran cerca de ti anoche me parece, cuando menos, preocupante —dijo Gabriel.

—¿Por qué? —De pronto las implicaciones se le aparecieron a Venetia con claridad—. Un momento: ¿estás diciendo que la muerte del señor Burton podría estar relacionada conmigo?

—Es una posibilidad que no puedo descartar a la ligera.

—Le recuerdo, señor, que hasta ahora soy la única persona que tenía motivos para matar al pobre Burton. Puesto que yo no lo hice, debemos asumir que el causante fue otra persona por un motivo ajeno a nosotros.

—Quizá...

—Ya estamos otra vez con esa palabra. ¿Cuál es el error de mi argumento?

—Tu razonamiento es excelente, cariño, pero se basa en una coincidencia turbadora. Nunca he sido un entusiasta de tales explicaciones.

A Venetia le irritó que la llamase «cariño» de una forma tan casual, como si su relación hubiese evolucionado hasta el punto en que tales familiaridades fuesen una segunda naturaleza.

—Todavía no me has dicho por qué decidiste parar aquí y cometer un pequeño acto de allanamiento de morada —prosiguió Gabriel.

—No he allanado nada, sólo manipulé un poco con la

horquilla y la puerta se abrió. —Venetia se detuvo y espetó—: ¿Cómo entraste tú?

—También manipulé un poco, pero me aseguré de volver a cerrar una vez estuve dentro, para evitar que alguien entrase sin hacer ruido.

—Buena idea, debo recordarlo en el futuro —replicó Venetia, sorprendida por la lógica de Jones.

—En el futuro... discutirás conmigo cualquier plan de esta naturaleza antes de llevarlo a cabo —dijo él.

—¿Por qué iba a hacer tal cosa? Sin duda intentarías convencerme de que no actuase.

—Por si no lo ha advertido, señora Jones, ésta es una excelente forma de acabar arrestada. El detective que nos interrogó anoche no te consideraba sospechosa de la muerte de Burton, pero puede cambiar de opinión si te descubre en una situación como ésta.

—Tuve mucho cuidado en que nadie me viera. Para responder a tu pregunta, he venido aquí porque temía que Burton hubiese retocado otras fotografías mías, que pudiesen ser comprometedoras si caían en manos de competidores.

—También se me ocurrió a mí, pero, aparte de los inofensivos negativos del cofre, no he encontrado más fotografías tuyas —afirmó Gabriel.

—Gracias al cielo. ¿Y sus habitaciones privadas? —dijo Venetia, mirando al piso superior.

—Tampoco allí había nada de interés. —Gabriel alzó el cofre de madera y salió del cuarto oscuro—. Ven, nos llevaremos estas fotografías y las examinaremos más detenidamente una vez hayamos salido de aquí.

Venetia lo siguió, pero se detuvo ante la caja de placas secas que había en una mesa cercana. El nombre del fabricante le era familiar; era la misma marca que utilizaba ella.

—Vaya, esto es interesante —murmuró.

—¿Qué? —preguntó Gabriel, que ya se hallaba en el otro extremo de la habitación, con la mano en la puerta.

—Por lo que parece, Burton apenas se ganaba la vida con sus fotografías, pero el equipo del cuarto oscuro es caro y bastante nuevo. Y, además, esta caja de placas secas es la más grande que se fabrica de esta marca y cuesta mucho dinero.

—Burton se tomaba en serio el trabajo —observó Gabriel—. Sin duda invertía el poco dinero que ganaba en equipo y material fotográfico.

—Por lo que se rumoreaba, no ganaba lo suficiente para permitirse tales extravagancias. —Venetia echó un vistazo a la habitación—. Me pregunto si también se compraría una cámara nueva.

—En la otra habitación hay una cámara sobre el trípode. No la he examinado.

Venetia se dirigió a la habitación delantera de la tienda. Burton había dispuesto una silla y un sencillo telón para aprovechar la escasa luz que penetraba a través de las sucias ventanas. Un vistazo a la cámara que descansaba en el trípode fue suficiente.

—Es un modelo antiguo. Parece que no ganaba lo suficiente para comprarse una nueva.

Se detuvo en seco al ver un sombrero en una estantería, detrás del mostrador.

—No te entretengas, Venetia; ya es hora de que salgamos de aquí.

—Sólo necesito un minuto más —dijo ella.

Venetia recogió el sombrero. Era mucho más pesado de lo que esperaba.

—¿Pero qué haces con eso? —preguntó Gabriel, muy intrigado.

—Siempre que descubría al señor Burton observándome, llevaba este sombrero, pero siempre debajo del brazo. Nunca se lo vi en la cabeza. —Venetia dio la vuelta al sombrero y sonrió con satisfacción—. Y éste es el motivo.

—¿Qué hay ahí?

—Una cámara oculta. —Volvió el sombrero para que Gabriel pudiese ver el dispositivo—. Bastante nueva, fabricada por Crowder. Usa unos objetivos excelentes; tiene que ser muy costosa.

Gabriel dejó el cofre y tomó la cámara de manos de Venetia para examinarla de cerca.

—¡Maldición, nunca había visto nada semejante!

—En nuestra profesión las denominamos cámaras de detective. Pueden ocultarse en diferentes lugares, como dentro de jarrones, en maletines o en otros objetos —explicó Venetia.

—Entonces fue así como te hizo esas fotografías.

—Sí —admitió ella.

Gabriel dejó la cámara en el estante, recogió el cofre y se encaminó de nuevo hacia la puerta trasera.

—¿Da ganancias eso de tomar fotos sin ser visto?

—Sí. De momento es una faceta profesional limitada, pero espero que, con el tiempo, ocupe una mayor proporción del negocio.

—¿Quién pagaría por unas fotos clandestinas?

—Basta con considerar las posibilidades, señor Jones. Imagínese cuántas mujeres pagarían por obtener imágenes de sus esposos en compañía de sus amantes. O piense en todos los maridos desconfiados que temen que sus esposas estén viéndose con otro hombre. El potencial financiero es virtualmente ilimitado.

—¿Le ha comentado alguien, señora Jones, que tiene una visión decididamente cínica del matrimonio?

—Prefiero pensar que tengo una perspectiva realista, señor Jones. Pero al menos he respondido a la pregunta que me preocupaba acerca del señor Burton.

—Ahora sabes cómo logró pagarse el nuevo equipo y el material —dijo Gabriel.

—Sí. Se metió en el negocio de las cámaras ocultas.

Una vez en la pequeña casa de Sutton Lane, Venetia devolvió los últimos negativos al cofre de madera y se arrellanó en la silla.

—Tenías razón. Con la excepción de un negativo re-tocado, no hay nada singular en estas fotografías.

—Aparte del hecho de que ofrece un registro muy preciso de tus idas y venidas, así como de las personas que has tratado durante los últimos días —respondió Gabriel con voz tranquila—. O bien Burton desarrolló una obsesión muy extraña hacia tu persona, o bien alguien lo contrató para que te vigilase.

21

Amelia estaba sentada con Maud Hawkins, la joven encargada de la galería, en una pequeña habitación anexa a la sala de exposición principal. Ambas observaban al joven ataviado con una toga romana que tenían ante sí.

Maud, un año mayor que Amelia, era hija de mayordomo y ama de llaves y estaba decidida a no seguir los quehaceres de sus padres en el servicio doméstico. Se había presentado para aquel trabajo en la Galería Jones y la habían contratado de inmediato. Maud era inteligente, entusiasta y sabía tratar a los clientes.

El hombre vestido con la toga se llamaba Jeremy Kingsley. Era el último de los tres candidatos que habían respondido al anuncio del periódico. Los dos primeros no habían resultado aptos, pero Jeremy prometía, se dijo Amelia. Veía que Maud pensaba lo mismo.

Jeremy era alto, rubio, de intensos ojos azules y mandíbula cuadrada. Estaba muy atractivo con la toga, aunque se le notaba algo incómodo. El atuendo dejaba al descubierto sus brazos musculosos y gran parte de un hombro. Jeremy trabajaba en unas cuadras. Los años de recoger heno y manejar grandes caballos y carruajes habían hecho maravillas, pensó Amelia.

Apartó los ojos de Jeremy y anotó en un papel «Hombros masculinos». A Venetia le gustaban aquellos detalles. Cuando alzó la vista, comprobó que Maud seguía con la suya fija en Jeremy, como si éste fuese un delicioso pastel.

—Gracias, señor Kingsley; eso es todo por ahora. Puede volver al vestidor y cambiarse de ropa —dijo Amelia.

—Perdone, señorita: ¿serviré? —preguntó Jeremy, el noble ceño fruncido por la ansiedad.

Amelia echó un rápido vistazo a Maud, que respondió:

—Creo que servirá. Le queda muy bien la toga, ¿verdad?

Jeremy le dirigió una sonrisa agradecida. Maud se la devolvió.

—Estoy de acuerdo —intervino Amelia—, no veo razón alguna para que la señora Jones no le encuentre aceptable como César, señor Kingsley. Pero comprenderá que ella tomará la decisión definitiva cuando lo conozca.

—Sí, señorita. Gracias, señorita. —Jeremy estaba encantado—. Haré todo lo que pueda para hacerlo bien.

—Muy bien. La señora Jones lo verá el día veintitrés a las tres de la tarde. Si le da su aprobación, la sesión de fotos tendrá lugar de inmediato. Como mínimo, el proceso será de dos horas, posiblemente más. La señora Jones es muy especial en lo que concierne a sus fotografías.

—Entiendo, señorita.

—Debe usted ser puntual —terció Maud—. La señora Jones es una dama muy ocupada y no puede esperar a sus modelos.

—No se preocupe por eso, señorita. Estaré a tiempo.

Jeremy desapareció tras las pesadas cortinas rojas y doradas que ocultaban el vestidor de hombres. Poco después reapareció vestido con unas ropas humildes que no le sentaban bien. Amelia pensó que estaba mucho mejor con la toga y notó que Maud era de la misma opinión.

Jeremy tartamudeó unas palabras más de gratitud antes de salir a la calle.

Amelia y Maud regresaron a la sala de exposiciones.

—Creo que el señor Kingsley será un excelente César —dijo Amelia.

—Sí, señorita. No tengo la menor duda. Espero que las ventas sean incluso mejores que las de Hamlet de hace unas semanas. Los hombres vestidos con toga tienen algo especial, ¿verdad?

—Sí, aunque será difícil superar a nuestro Hamlet.

Amelia se detuvo ante una de las copias enmarcadas expuestas en la pared. La melancólica fotografía en penumbra mostraba el retrato íntimo de un hombre muy guapo que observaba al espectador con la mirada seductora de un poeta romántico. Tenía el negro cabello rizado despeinado de una forma muy interesante.

Hamlet llevaba una camisa blanca abierta hasta debajo del pecho, pantalones ceñidos oscuros y botas de piel; parecía más un osado explorador que un príncipe maldito. Estaba sentado en un sillón dorado, con una pierna extendida en una posición que las clientas consideraban conmovedora. Tenía una mano apoyada elegantemente en el brazo del sillón, mientras la otra sostenía la calavera de Yorick. No había sido fácil conseguir un cráneo humano, pensó Amelia; finalmente, Maud había logrado que un pequeño teatro le vendiese uno.

—Tu idea de que Hamlet llevase una camisa parcialmente abierta fue brillante —comentó Amelia.

Maud observó la fotografía, sonriendo con modestia.

—Se me ocurrió, sin más.

Amelia miró el siguiente retrato. Mostraba a otro joven bellísimo, vestido al estilo italiano clásico. Localizar una calavera había sido difícil, recordó Amelia, pero encontrar las calzas con bragueta típicas de la época había constituido todo un desafío. Sin embargo, el esfuerzo había valido la pena. ¿Quién habría imaginado que las clientas encontrarían tan fascinante a un hombre ataviado con calzas?

—Sólo nos queda esperar que nuestro César se venda tan bien como Hamlet, aunque no creo que consiga el éxito alcanzado con Romeo —dijo Amelia.

—Ése sigue siendo, de lejos, nuestro mayor éxito de ventas. Sólo en la semana pasada vendí veinte copias; pronto tendremos que hacer más.

—Bueno, se trata de Romeo, ni más ni menos.

—Por cierto —dijo Maud—, recibí un mensaje de un caballero que preguntaba cuándo estaría disponible la señora Jones para fotografiar a una dama. He concertado una cita para mañana; los detalles están en la agenda.

—Gracias, Maud. ¿Quién es el cliente?

—Lord Ackland. Desea que la señora Jones fotografíe a una dama llamada Rosalind Fleming.

22

—Debió de ser perturbador descubrir que su marido estaba vivo, señora Jones. —La sonrisa de Rosalind Fleming era fría y astuta—. Es imposible imaginar el efecto que puede causar en los nervios encontrarse a un muerto en el portal.

Venetia modificó levemente la posición de una estatuilla que estaba justo detrás de la silla de Rosalind y regresó a su cámara.

—Fue toda una sorpresa, en efecto, pero hay que acostumbrarse a los pequeños inconvenientes que nos trae la vida y seguir adelante, ¿no cree?

Se produjo una breve pausa.

—¿Inconvenientes? —murmuró Rosalind.

Amelia, que se hallaba detrás de Rosalind sosteniendo una sombrilla blanca, hizo un frenético gesto de advertencia con la mano.

Venetia captó el mensaje. Referirse al retorno de un esposo que se daba por muerto como un inconveniente era algo inapropiado. Se recordó que debía ser más cauta en el futuro.

Al tratar con clientes, siempre había que atender a una cosa u otra. Era difícil concentrarse en una charla casual mientras se organizaba la fotografía, pero aquellas conversaciones eran parte del proceso. Si no se charlaba con los modelos, éstos se inquietaban y se ponían tensos.

Por si no tuviese ya bastantes problemas aquel día de

trabajo fuera del estudio, Rosalind había dejado claro que no tenía especial interés en que la fotografiasen. Explicó a Venetia que era una idea de lord Ackland y que ella sólo había aceptado como favor.

Sin embargo, como cualquier otra modelo mayor de cinco años, Rosalind era lo bastante presumida para desear un retrato favorecedor. Por tal motivo había insistido en que la fotografiasen en su propia casa, rodeada de sus posesiones más costosas.

El vestido de noche azul oscuro que había elegido para la ocasión era de lo más actual: muy francés y muy escotado. Rosalind llevaba una fortuna en joyas; los diamantes resplandecían en su cuello, le colgaban de las orejas y le brillaban en el cabello primorosamente peinado.

También había elegido la silla donde debía posar. Era dorada y guardaba una inquietante semejanza con un trono.

La estancia de techo alto tenía un aspecto tan rico y elegante como el de la señora Fleming. Urnas y estatuas antiguas reposaban en pedestales de mármol y unas cortinas de terciopelo granate, recogidas con bandas doradas, caían sobre la gruesa alfombra.

Dos horas antes, Gabriel y Edward habían ayudado a cargar en un carruaje alquilado el equipo necesario, que incluía cámara, placas, trípode, sombrillas y reflectores. Cuando el vehículo ya se alejaba por la calle, Venetia se volvió. Gabriel estaba en el portal, con aspecto tranquilo y satisfecho.

Sabía que Gabriel estaba encantado de verla ocupada en aquella sesión fotográfica, pues pensaba que así podría llevar a cabo sus indagaciones sin tener que preocuparse por los movimientos de ella. Gabriel seguía molesto por la visita de Venetia a la galería de Burton.

Fotografiar a los clientes en sus casas era una tarea compleja. Afortunadamente, la biblioteca de Rosalind tenía una buena luz natural. Sin embargo, lograr la iluminación correcta le había llevado mucho tiempo y Rosalind estaba perdiendo la paciencia. La conversación se volvía cada vez más personal.

Venetia empezaba a preguntarse si tal vez Rosalind la estaba provocando deliberadamente, tal vez para aliviar su aburrimiento.

—Conmigo no necesita tener pelos en la lengua, señora Jones. También yo estuve casada antes y no me importa decirle que disfruto mucho más de mi viudedad que de mi matrimonio.

A Venetia no se le ocurría una respuesta adecuada, por lo que cambió a un tema más seguro.

—¿Le importaría girar la mano derecha un poco a la izquierda? Sí, perfecto. Acerca un poco la sombrilla a la señora Fleming, Amelia. Necesito más luz en el lado izquierdo de su cara; quiero realzar la elegancia de su perfil.

Adular a la modelo nunca estaba de más, pensó Venetia.

—¿Así? —preguntó Amelia.

—Mucho mejor, gracias.

Miró de nuevo por el visor. En esta ocasión se concentró brevemente, como hacía siempre antes de tomar una fotografía.

La luz y la sombra se invirtieron. Apareció el aura de Rosalind Fleming, vibrando por una intensa emoción.

La señora Fleming no hervía de impaciencia, sino de rabia.

Mejor acabar cuanto antes.

—No se mueva, señora Fleming.

Hizo la fotografía. Todos sus instintos le decían que debía salir de la casa de Rosalind Fleming lo antes posible, pero el sentido común profesional la contuvo.

—Es preferible tomar una segunda fotografía, si no le importa mantener la pose, señora Fleming.

—Muy bien, si insiste...

Venetia retiró la placa de la cámara, la sustituyó por otra y tomó una nueva foto.

—Excelente, creo que estará satisfecha del resultado —dijo por fin, aliviada de haber terminado.

—¿Cuándo estarán listas? —preguntó Rosalind, mostrando escaso entusiasmo.

—Estoy muy ocupada en estos momentos, pero creo que podré tenerlas para principios de semana.

—Enviaré a uno de los criados a buscarlas.

Venetia hizo una seña a Amelia quien, consciente de la creciente tensión del ambiente, ya había empezado a guardar los reflectores, las sombrillas y los espejos.

Rosalind se dirigió a un elegante escritorio y tiró de una banda de terciopelo.

—Haré que el lacayo las ayude con el equipo.

—Gracias —murmuró Venetia mientras retiraba la cámara del trípode.

—El problema de los maridos es que exigen mucho tiempo y atención —dijo Rosalind, volviendo a la conversación anterior—. No importa lo ricos que sean, tienen la desagradable tendencia de quejarse del dinero que una gasta en necesidades tan vitales como vestidos o zapatos. No se lo piensan dos veces a la hora de comprarles joyas a sus amantes, pero si una esposa adquiere una simple baratija, no paran de refunfuñar.

Venetia interrumpió el acto de bajar el trípode.

—Disculpe, señora, pero creo que sería preferible cambiar de tema. Estoy convencida de que no lo ha advertido, pero mi hermana Amelia sólo tiene dieciséis años. No se habla de estos asuntos delante de damas tan jóvenes.

Amelia emitió un extraño sonido, como si estuviera atragantándose, y fingió estar muy concentrada con los reflectores. Venetia sabía que intentaba ahogar una carcajada.

—Discúlpeme, no sabía que era tan joven —replicó Rosalind, con una sonrisa gélida—. Parece muy madura para su edad y muy experimentada en su trabajo. Es evidente que la ha enseñado bien, señora Jones. Dígame: ¿dónde aprendió usted el negocio?

Rosalind acababa de desafiarla. A Venetia le fue difícil controlarse.

—Como usted sabe, la fotografía es tanto arte como profesión, señora Fleming. Mi padre me dio la primera cámara y me enseñó las técnicas básicas poco antes de morir. Tengo la fortuna de que mi tía es una artista excelente; de ella he aprendido composición y el uso de la luz.

—Imagino que el señor Jones se quedó de piedra al descubrir que su esposa se había introducido en el negocio de la fotografía mientras él vagaba por el salvaje Oeste con un ataque de amnesia.

—El señor Jones es un marido de ideas modernas y pensamiento avanzado —replicó Venetia, en tono seco.

—¿Ah, sí? No sabía que un marido de ideas modernas existiese.

Se abrió la puerta de la biblioteca y apareció un lacayo vestido con librea.

—¿Sí, señora?

Rosalind señaló la montaña del equipo fotográfico.

—Llévese esto fuera, Henry. Después traiga un carruaje para la señora Jones y su ayudante.

—Sí, señora.

Henry se inclinó para recoger el trípode. Venetia interpuso una mano protectora ante su cámara.

—Yo la llevaré.

—Sí, señora.

El lacayo se dirigió a la puerta cargado con todo el instrumental.

—Una cosa más, Henry —dijo Rosalind.

Henry se detuvo.

—Sé que la señora Jones y su hermana han entrado por la puerta principal, pero saldrán por la puerta trasera, la que usan los proveedores. ¿Queda claro?

—Sí, señora —respondió Henry, poniéndose como la grana.

Amelia se quedó boquiabierta y miró a su hermana en busca de una indicación.

Venetia ya había tenido bastante. Tras recoger la cámara, se encaminó a la puerta de la biblioteca.

—Vamos, Amelia.

Amelia cogió las sombrillas y la siguió. Henry cerraba la comitiva.

Venetia se detuvo poco antes de alcanzar la puerta y dejó que Henry y Amelia pasaran al vestíbulo. Una vez a solas, se volvió hacia Rosalind.

—Que tenga un buen día, señora Fleming. Será sumamente interesante ver el resultado de su fotografía. Los críticos dicen que tengo el don de captar la esencia del verdadero carácter de los modelos.

Rosalind la miró como la víbora mira al ratón que pretende devorar.

—No espero otra cosa que perfección de usted, señora Jones.

—Por supuesto. A fin de cuentas, soy una artista —replicó Venetia con una sonrisa serena.

Dio media vuelta y salió al vestíbulo apenas iluminado. Henry y Amelia la esperaban, indecisos y tensos.

Venetia giró a la derecha y se dirigió a la puerta principal.

—Por aquí, Amelia. Síganos, Henry.

—Perdone, señora —susurró Henry con incomodidad—. Lo siento, señora, pero la entrada de servicio está en el otro extremo de la casa.

—Gracias, Henry, pero tenemos prisa y será más rápido salir por la puerta principal. Ya sabemos el camino, ¿comprende?

Sin saber qué hacer, Henry las siguió cargado con el equipo.

Cuando llegaron al final del largo vestíbulo, Venetia se volvió. Al advertir que se habían desobedecido sus órdenes, Rosalind había salido de la biblioteca y se hallaba al otro extremo del sombrío pasillo.

—¿Qué está usted haciendo? —preguntó con furia reprimida.

—Nos disponemos a salir por la puerta principal. Al fin y al cabo, somos profesionales.

Venetia sintió el impulso de concentrarse y dejar que su visión se modificara. El aura de Rosalind apareció con la intensidad de su furia.

«No está sólo furiosa. Me odia», pensó Venetia, conmocionada.

—Hay algo que debería saber, señora Fleming. En la Galería Jones nos enorgullecemos de nuestra habilidad para el retoque. La más vulgar de las personas puede parecer asombrosamente atractiva en una fotografía. —Venetia hizo una pausa, para recalcar la siguiente frase—. El proceso, claro está, puede invertirse.

Era una amenaza valiente y arriesgada, pero nunca había conocido a una modelo que quisiera parecer poco atractiva en una fotografía. Dada la exuberante belleza de Rosalind y su evidente vanidad, era razonablemente seguro asumir que detestaría la idea de un retrato poco favorecedor, fueran cuales fueran sus sentimientos hacia la fotógrafa.

—Use la puerta principal si así lo desea, señora Jones. No altera los hechos. No es más que una astuta tendera que ha conseguido encaprichar a sus superiores con ilusiones y trucos fotográficos. Pero el mundo educado se cansará pronto de usted y buscará diversión en otra parte. ¿Quién sabe? Quizás algún día también sienta la necesidad de beberse un coñac envenenado con cianuro.

Rosalind entró en la biblioteca como una exhalación y cerró de un portazo.

Consciente de que estaba temblando, Venetia tomó aire. Sentía un sudor frío bajo el corpiño del vestido. Tuvo que hacer acopio de todas sus fuerzas para componer la expresión del rostro y salir al recibidor.

Allí la esperaban Amelia y Henry. Junto a la puerta había una doncella de aspecto nervioso y asustado. Venetia le dirigió una sonrisa resplandeciente.

—La puerta, por favor.

—Sí, señora.

La doncella abrió la puerta rápidamente y Venetia salió al portal con la cámara bien sujeta, seguida de cerca por Amelia.

Henry salió tras ellas, forcejeando con el pesado equipo fotográfico.

Un carruaje esperaba al final de la calle. Tanto el cochero como el caballo dormitaban. Henry silbó con fuerza, logrando que el cochero se incorporase apresuradamente y chasqueara las riendas.

El vehículo se detuvo ante la casa. Henry cargó el equipo, ayudó a Venetia y Amelia a subir y cerró la puerta del carruaje. Se abrió una trampilla en el techo de la cabina, por donde apareció la cabeza inquisitiva del cochero.

—A la Galería Jones de Braceby Street, por favor —indicó Venetia.

—Sí, señora.

La trampilla se cerró y el interior del vehículo se sumió en una breve calma. Después Amelia se echó a reír, con tal fuerza que tuvo que taparse la boca con una mano enguantada.

—No puedo creer lo que has hecho —logró decir finalmente.

—No tenía otra opción —dijo Venetia—. Si hubiera permitido que nos hicieran salir por la puerta de servicio, el daño a nuestro negocio habría sido irreparable. En poco tiempo habría corrido la voz de que no se nos consideraba lo bastante exclusivas para salir por la puerta principal.

—Lo sé. Tu amenaza de que tía Beatrice retocaría el retrato de la señora Fleming para restarle atractivo ha sido brillante.

—Esperemos que funcione —reflexionó Venetia.

—¿Cómo iba a fallar? Incluso aunque ella rechazara el retrato, sabe que tenemos el negativo y que podemos hacer con él lo que nos plazca, incluso crear un retrato poco favorecedor y colgarlo en la galería para que todos lo vean. Causaría sensación. —El tono de Amelia era maligno.

—Por desgracia, no podemos hacer eso. Mi amenaza no fue más que un farol —respondió Venetia.

—¿A qué te refieres? La señora Fleming se lo merece, después de cómo te ha tratado.

—La venganza es dulce durante cierto tiempo, pero luego siempre se vuelve contra ti. En este caso, sería especialmente peligrosa. Si mostramos un retrato poco atractivo de la hermosa señora Fleming, otras clientas se lo pensarán dos veces antes de contratarme.

—Por miedo a quedar horribles —dijo Amelia con una mueca—. Sí, comprendo lo que dices. Adiós a la venganza, es una pena. Esa mujer merece un trato tan desagradable como el que te ha dado.

—La pregunta es por qué —dijo Venetia.

—¿Por qué te ha tratado así?

—No, por qué me odia. La vi entre el público que acudió la otra noche a la exposición, pero no hemos sido presentadas hasta hoy. ¿Qué le he hecho para que sienta ese profundo desagrado hacia mi persona?

23

Gabriel estaba sentado con Venetia y Beatrice en la pequeña sala que daba a Sutton Lane. Una gran cafetera adornaba la mesa que había junto al sofá. Beatrice, con las gafas puestas, cosía primorosamente una rosa amarilla enmarcada en un óvalo de lino.

Venetia tomaba el café con aire ausente. Era evidente que lo sucedido en casa de Rosalind Fleming la había afectado. La profesión de fotógrafo tenía sus peligros, pensó Gabriel. Uno de ellos eran los clientes bien relacionados, capaces de destruir el estatus del profesional con cotilleos maliciosos.

—No acabo de entender por qué la señora Fleming accedió a que la fotografiara —dijo Venetia, dejando la taza de café.

—Yo creía que estaba muy claro —replicó Beatrice mientras estudiaba la rosa—. Creo que para el interior de la flor emplearé hilo de color cobrizo.

Gabriel hizo un gesto interrogativo a Venetia; ésta respondió con un leve movimiento de cabeza, que indicaba que tampoco había entendido a su tía.

—Señora Sawyer, ¿se refiere a que la señora Fleming accedió a posar para la fotografía porque Venetia está de moda? —preguntó Gabriel.

Beatrice rebuscó en el costurero el hilo cobrizo.

—Claro que no. En Londres hay muchos otros fotógrafos con esas características. Es evidente que Rosalind

Fleming posó para Venetia porque no tenía más remedio.

—No la comprendo —reconoció Gabriel.

—Era su amante, lord Ackland, quien deseaba la fotografía. Como recordaréis, fue él quien reservó la cita y quien pagará por el encargo.

La mano con que Venetia sostenía la taza quedó suspendida en el aire. Dijo:

—Claro, eso es. Estás en lo cierto, tía Beatrice, tendría que habérseme ocurrido desde el principio.

—¿Está diciendo que la señora Fleming posó para su retrato simplemente para complacer a su amante, señora Sawyer? —preguntó Gabriel.

—Estoy diciendo que no tenía más remedio que complacerlo, señor Jones. Tal vez, como hombre, no comprenda la naturaleza de la verdadera relación en que Rosalind Fleming está involucrada.

—No hay ningún misterio; según el señor Harrow, ella es la amante de Ackland —dijo Gabriel.

—Así es. Una mujer en la posición de la señora Fleming puede fingir ante el mundo que tiene un grado de libertad del que no disfrutaría como casada, pero en realidad no es así. Está atada en muchos aspectos y, además, es más vulnerable a los caprichos del caballero que le paga las facturas.

Venetia observó a Beatrice con expresión de comprensión súbita.

—En otras palabras, si lord Ackland insiste en encargarle un retrato, ella no tiene más remedio que posar.

—Para tener éxito como amante, una mujer debe ser lista, encantadora y fascinante en todo momento —dijo Beatrice—. Puede engañarse y creer que es ella quien manipula la relación, pero en el fondo sabe que, si no satisface a su amante en todos los sentidos, puede ser reemplazada.

—Excelente exposición, señora Sawyer —intervino Gabriel.

—Pero no explica por completo el motivo del profundo desagrado que la señora Fleming siente por mí. Concedo que debía de estar irritada por perder el tiempo en posar para el retrato, pero su reacción me parece demasiado exagerada.

—No si consideras vuestras diferentes posiciones. Entonces su desagrado es sumamente razonable.

—¿Cómo puedes decir eso, tía Beatrice? No hice nada para ofenderla.

La sonrisa de Beatrice era una extraña mezcla de diversión y resignación mundana.

—¿No lo ves, querida? La ofendiste por ser simplemente lo que eres, una mujer que ha triunfado por derecho propio y no tiene que depender de un hombre que la mantenga.

—Ja. A juzgar por las ropas, las joyas y los muebles de su casa, desde un punto de vista financiero le va mucho mejor como amante de Ackland de lo que nunca podré esperar de mis fotografías.

—Sí, pero puede perderlo todo mañana si Ackland decide retirarle sus favores en beneficio de otra amante —concluyó Beatrice—. Además de las rentas, Rosalind Fleming perdería lo que más valora.

—Su posición social —terció Gabriel.

Beatrice asintió con la cabeza.

—En efecto. La señora Fleming no parece tener ninguna relación familiar o social importante, ni tampoco una fuente de ingresos propia. La sociedad la encuentra hermosa e interesante gracias al acaudalado lord Ackland. Pero si Ackland pierde el interés en ella, o si es tan desconsiderado como para morirse mañana, la sociedad educada le dará la espalda de inmediato. En tal caso, su única esperanza sería encontrar otro caballero que la mantuviese en la misma situación. Además, el reloj nunca se detiene para una mujer con la profesión de la señora Fleming. No está cada día más joven, ¿verdad?

—Supongo que tienes razón. —Venetia dirigió una mirada pensativa a Gabriel—. No obstante, hubo otra cosa que me pareció extraña. La señora Fleming insistió varias ocasiones en que era una pena que mi marido hubiese regresado de la tumba. Hizo algunos comentarios sarcásticos acerca de que era preferible ser viuda a casada.

—Espero que no se le haya ocurrido matarme por segunda vez, señora Jones. Por lo que me explicó el joven Edward, me libré por poco de que me acribillasen unos forajidos y me aplastase una manada de caballos salvajes. Tuve la fortuna de sobrevivir a la caída por el acantilado, pero si planea una muerte más diabólica, tendré ciertas dificultades para regresar.

Venetia se ruborizó y frunció el ceño.

—Esto no es divertido, señor. Resulta que informé a la señora Fleming de que es usted un marido de ideas modernas con una visión avanzada del matrimonio.

Gabriel se preguntó cómo reaccionaría Venetia si supiera cuán primitivas eran sus ideas respecto a ella.

—Por desgracia, esa información la puso aún más furiosa —añadió Venetia, haciendo una mueca.

—Porque pareces disfrutar de lo mejor de ambos mundos, querida. Tienes independencia, una carrera profesional y un marido al que no asustan ninguno de esos estados. —Beatrice cerró el costurero y se puso en pie—. Bueno, lo hecho, hecho está. Es una pena que la señora Fleming sienta un desagrado tan profundo hacia ti. Sólo nos cabe esperar que eso no tenga repercusiones desagradables.

—¿Crees que me equivoqué al insistir en usar la puerta principal, tía Beatrice?

—No, en absoluto —replicó Beatrice con suma seguridad—. Cuando iniciaste tu carrera como fotógrafa, te dije que si permitías una sola vez que tus clientes te tratasen como a una inferior, la galería Jones perdería su caché de inmediato. Bueno, ahora tengo que hablar con la señora Trench. Desde que tenemos un hombre en la casa, se ha vuelto loca y ha olvidado por completo que hay un presupuesto para la comida.

Gabriel le abrió la puerta con expresión contrariada.

—Es culpa mía, señorita Sawyer. Tendría que haber considerado que mi presencia aquí supondría unos gastos adicionales a su economía doméstica. He estado ocupado en otros asuntos, pero sepa que esta misma tarde haré una contribución a su presupuesto.

—De ninguna manera. Es usted un invitado y, como tal, no debe pagar nada por su cama y comida.

—Ah, pero no soy un invitado, señora. Soy muy consciente de haber impuesto mi presencia y me haré cargo de los costes de mi estancia.

—Si insiste... —dijo Beatrice con condescendencia.

—Insisto, señora.

Tras dirigirle una sonrisa benigna, Beatrice salió de la habitación.

Fue entonces cuando Gabriel cayó en la cuenta de que el comentario sobre el presupuesto doméstico no había sido tan casual como parecía. Después de cerrar la puerta, se volvió hacia Venetia, que sonreía con complicidad.

—Podría haberme pedido directamente el dinero —dijo Gabriel secamente.

—Imposible, tía Beatrice es demasiado orgullosa. Pero tenía la corazonada de que tarde o temprano sacaría el tema de los gastos domésticos. Mi tía fue institutriz durante muchos años. Es una profesión muy mal remunerada que crea una aguda conciencia financiera.

Gabriel se dirigió a la ventana y observó la calle arbolada.

—Descubrir que el señor Cleeton, el administrador de tu padre, había huido con el dinero que os pertenecía tras la muerte de éste, debió de agudizar sin duda esa ansiedad por los temas económicos.

Se produjo un breve silencio.

—¿Edward te ha contado lo de Cleeton? —indagó Venetia.

—Sí. También me informó de que tu padre era bígamo.

—Comprendo. Parece que tú y Edward os habéis hecho íntimos en poco tiempo.

—No debes culpar a tu hermano por haberme hecho esas confidencias, Venetia. Edward no pretendía desvelar secreto alguno; considera que, al actuar como tu marido, ahora formo parte de vuestros secretos de familia. Asume que soy otro actor del reparto de esta obra que interpretáis con tanto éxito.

—¿Cómo iba a culparlo? Pobre Edward, hemos depositado una gran responsabilidad en sus pequeños hombros. Sé que a veces le resulta una carga muy pesada.

—Debes saber tan bien como yo que los secretos que has pedido a Edward que no revele no son tan terribles.

—Supongo que es así. Tía Beatrice me ha contado historias de sus años como institutriz que son una verdadera pesadilla. Me explicó que en muchas casas de las denominadas respetables sucedían cosas tan horribles que la obligaron a presentar su renuncia en más de una ocasión.

—No me cabe la menor duda. No hay que preocuparse por Edward, sobrevivirá a sus responsabilidades. Pero, entretanto, sería inteligente darle algo más de libertad. Ha expresado el deseo de ir al parque a volar cometas y a jugar con otros niños.

—Lo sé —afirmó Venetia—. Lo llevo al parque siempre que puedo, pero a tía Beatrice le aterroriza que entable amistad con niños de su edad y les revele la verdad sobre nuestro padre.

—No creo que debas preocuparte por eso. Todas las familias tienen secretos y los niños son increíblemente buenos a la hora de guardarlos.

Venetia hizo un gesto de sorpresa. Entonces entornó los ojos de un modo que Gabriel empezaba a reconocer.

—¿Intentas ver mi aura? —preguntó sonriendo.

La joven se ruborizó.

—¿Te has dado cuenta?

—Sí. Quieres saber si yo también tengo secretos de familia, ¿verdad?

—Esa idea me ha pasado por la cabeza —reconoció Venetia.

—La respuesta, por supuesto, es sí. ¿No los tenemos todos? Pero como mis secretos no suponen una amenaza para ti o tu familia, confío en que me permitas guardarlos.

Venetia se ruborizó aún más.

—Santo cielo, no pretendía fisgonear.

—Sí lo pretendías, pero dejaremos el tema por ahora. Tenemos otros problemas más acuciantes.

—Uno de ellos puede que sea la señora Fleming —dijo Venetia, recuperando la compostura.

Gabriel se apoyó en la pared y cruzó los brazos.

—No creo que se atreva a causarte muchos problemas, al menos no mientras Ackland sea un admirador de tu arte. Será un viejo chocho, pero es la fuente de sus ingresos. Como ha señalado tu tía, nadie lo sabe mejor que la propia señora Fleming.

—No has visto lo que yo percibí a través del objetivo.

—¿Viste su aura? —quiso saber Gabriel.

—Sí. No se lo he dicho a tía Beatrice porque no quería preocuparla, pero no creo que lo que la señora Fleming siente por mí sea mera envidia o desagrado. Me odia. Como si creyera que me interpongo entre ella y algo que desea fervientemente, como si me considerase una amenaza directa. No tiene sentido.

—Cuanto más me explicas su reacción hacia ti, más me inclino a creerte —dijo Gabriel, que sentía una creciente tensión interior—. Tal vez deberíamos hacer averiguaciones sobre Rosalind Fleming; Harrow parecía conocer su historia.

A Venetia se le iluminó el rostro.

—Harrow conoce la historia de casi todos los miembros de la alta sociedad. Además sabe cómo descubrir la poca información que desconoce. Le enviaré un mensaje de inmediato, estoy segura de que me ayudará.

—Muy bien.

Era lo último que le faltaba, pensó Gabriel. Una vuelta de tuerca más en aquel misterio ya pasado de vueltas.

—¿Te ha respondido Montrose? —preguntó Venetia.

—Fui a verlo mientras fotografiabas a la señora Fleming. Tampoco él ha visto nada extraño o importante, ni en la lista de hierbas de la puerta de la caja fuerte ni en la decoración. Además, los nombres que me parecieron interesantes en la exposición de Farley, como alguien en particular llamado Willows, han demostrado ser, por un motivo u otro, sospechosos muy poco probables.

—¿Qué harás ahora? —dijo ella.

—Le he pedido que se concentre en los miembros de la Sociedad Arcana que hayan fallecido en estos últimos años.

—¿Por qué te interesan miembros ya fallecidos?

—Se me ha ocurrido que quizás el hombre a quien persigo ya no es miembro de la Sociedad porque ya no se encuentra entre los vivos.

Venetia se quedó paralizada.

—¿A qué te refieres?

—Simulé mi propia muerte porque quería confundir a mi oponente. ¿Y si él ha hecho lo mismo?

—Intuyo más secretos, señor Jones.

—Debe de tener usted poderes sobrenaturales, señora Jones.

La respuesta de Harrow fue gratamente rápida. La nota y un paquete llegaron a la puerta trasera de Sutton Lane a las cinco de esa misma tarde. Tras dar una propina al muchacho que la traía, Venetia se llevó ambos objetos al piso superior.

Llegaba al descansillo cuando la sobresaltó la voz de Gabriel.

—¿Qué tienes ahí? —preguntó Jones desde la sombría escalera del desván.

Con la caja bien sujeta, Venetia alzó la cabeza y vio que Gabriel se acercaba. «Este hombre tiene el don de la oportunidad; siempre aparece cuando uno desearía que estuviese en otra parte», pensó Venetia. Pero dijo:

—He recibido una nota de Harrow diciendo que sabe de una persona que puede ayudarme a recabar información sobre la señora Fleming. Me ha concertado una cita con ella esta noche.

Gabriel también llevaba un paquete bajo el brazo. Estaba envuelto en papel marrón y tenía una forma muy extraña.

—¿Cuándo te marcharás? —quiso saber Gabriel.

—Harrow dice que esté allí a las nueve.

—Te acompañaré.

—No hace falta que modifiques tus planes.

—No es ningún problema.

—Te aseguro que no correré peligro.

—Comprendo que Harrow es tu amigo y sin duda una persona de fiar, pero insisto en acompañarte, sobre todo porque no conoces personalmente a la persona con quien estás citada.

—En ocasiones se parece muchísimo a un marido de verdad, señor; de aquellos que no son de ideas avanzadas.

—Estoy desolado por esa terrible opinión, pero insisto. —Gabriel se apoyó en la barandilla y miró casualmente la caja de Venetia—. Tampoco eres una experta en el tema de cómo actúa un marido de verdad.

Venetia se puso furiosa.

—Si sugieres que porque mi padre no estaba legalmente casado con mi madre no sé nada del comportamiento de un marido...

—No me refería a nada de eso —advirtió Gabriel—, sino al hecho de que nunca has estado casada.

—Oh. —Venetia se relajó. La curiosidad reemplazó a la indignación—. ¿Y usted, señor?

—No, Venetia, nunca he tenido una esposa. Dada nuestra mutua falta de experiencia, considero que lo hacemos bastante bien como casados, ¿verdad? Lo que no significa que algunas áreas de nuestra relación no puedan mejorarse. —Gabriel señaló la caja—. ¿Es un regalo?

—La ropa que llevaré esta noche.

—¿Un nuevo vestido? Espero que no sea negro. Si no abandonas pronto el luto, la gente empezará a pensar que no te alegras de que tu marido haya vuelto —bromeó Gabriel.

—El negro se ha convertido en mi sello distintivo, señor. —Venetia miró el paquete que llevaba Gabriel—. ¿Qué planes tienes?

—Tengo una cita en el parque con tu hermano.

25

—Es la cometa más preciosa del mundo, señor. —Edward miraba al cielo como si estuviera en trance—. Mire qué alto vuela, mucho más que las otras cometas.

Gabriel estudió el ala de papel que había comprado ese mismo día. La cometa había remontado el vuelo con facilidad para delicia de Edward, que pronto había aprendido a manejarla. El chico era inteligente, pensó Gabriel, como todos los miembros de la familia Milton.

—Acorta un poco, no queremos que se meta en esos árboles.

—Sí, señor.

Edward se dispuso a bajar la cometa, momento que Gabriel aprovechó para observar a la gente del parque. Varios bancos estaban ocupados por niñeras e institutrices ataviadas con vestidos monótonos. Charlaban entre ellas mientras los niños jugueteaban. Los muchachos volaban cometas o jugaban al escondite entre los árboles.

Había pensado que habría pocos hombres adultos en los alrededores y estaba en lo cierto. Los que divisaba parecían ser hermanos mayores, tíos o padres que acompañaban a los miembros más jóvenes de su familia.

El hombre vestido con pantalón y abrigo marrones destacaba por la sencilla razón de que estaba solo. Ocupaba uno de los bancos y el sombrero de ala ancha le tapaba los ojos. Desde lejos parecía estar observando a unos chicos que jugaban a la pelota.

Al cabo de media hora, Edward accedió a regañadientes a devolver la cometa a la tierra. Gabriel le enseñó a plegarla para que el hilo y la cola no se enredasen.

—Ha sido divertidísimo, señor. Mi cometa ha sido la mejor del parque. Ha volado mejor que ninguna otra y no ha chocado contra los árboles.

—La has manejado como un experto —aceptó Gabriel.

Por el rabillo del ojo, Gabriel vio que el hombre del banco se levantaba y los seguía lentamente.

Caminaron hasta Sutton Lane, con el tipo del abrigo marrón siguiéndolos a una distancia prudencial. Cuando Gabriel y Edward llegaron a la puerta, la señora Trench abrió, sonriendo.

—Aquí está, señorito Edward. ¿Ha disfrutado de la expedición?

—Muchísimo. —Sujetando la cometa con sumo cuidado, Edward se volvió hacia Gabriel—. Gracias, señor. ¿Cree que podremos volver pronto al parque?

Gabriel le despeinó el cabello.

—No veo por qué no.

—¿Y jugaremos a cartas alguna noche? Amelia y yo somos muy buenos jugando a cartas —dijo el niño.

—Me gustaría mucho.

Más resplandeciente que una lámpara de gas, Edward desapareció escalera arriba.

—Señora Trench, dígale a la señora Jones que volveré pronto. Tengo un asunto que atender.

—Sí, señor. La señora está en la salita, se lo haré saber.

Gabriel retrocedió sobre sus pasos y caminó por la calle a buen ritmo. El hombre del abrigo marrón tendría que apresurarse si no quería perderlo de vista.

Al llegar a la esquina, Jones dobló bruscamente a la derecha. Asegurándose de que el hombre no podía verlo, entró en un callejón de servicio que había entre dos hileras de casas. Se aplastó contra la pared y esperó.

Poco después pasaba su perseguidor, a buen paso y

con expresión angustiada. Gabriel lo agarró del brazo, lo arrastró al interior del callejón y lo lanzó contra la pared de ladrillo.

—¿Pero qué hace, maldita sea? —gritó el hombre. Al ver la pistola que Gabriel sostenía en la mano, se le pusieron los ojos como platos.

—¿Por qué me sigue? —preguntó Gabriel.

—No sé de qué me habla, se lo juro —respondió el del abrigo marrón, incapaz de despegar los ojos de la pistola.

—En tal caso no me es de mucha utilidad, ¿no cree? —dijo Gabriel.

—No puede dispararme.

—¿Por qué no?

—No tiene derecho. Soy inocente.

—Explíqueme cuán inocente es.

—Estaba haciendo mis asuntos, señor. Debe saber que soy fotógrafo.

—No veo ninguna cámara —apuntó Gabriel.

—Los fotógrafos no van siempre cámara en mano.

—Eso es verdad. He descubierto que a veces van con la cámara camuflada en el sombrero.

Gabriel le quitó el sombrero y miró en su interior. No había ninguna cámara.

—Oiga, usted no puede... —empezó a decir el hombre.

Una figura penetró en el callejón. Gabriel y el hombre se volvieron, Jones enojado por la interrupción, el otro esperanzado ante la posibilidad del rescate.

—¿Señor Jones? —Venetia avanzó decididamente, con la falda del vestido negro algo levantada para no barrer el empedrado—. ¿Qué pasa aquí? La señora Trench me ha dicho que tenía un asunto que atender, pero he sospechado que se llevaba un secreto entre manos.

—Me conoces tan bien, cariño.

Con algo de retraso, Venetia advirtió la presencia de la pistola.

—¡Señor Jones!

—Algún día tendrás que empezar a llamarme por mi

nombre de pila, querida —dijo Gabriel, suspirando. Señaló al del abrigo marrón y preguntó—: ¿Conoces a este hombre?

—Sí, por supuesto. Buenos días, señor Swinden.

Swinden se llevó nerviosamente la mano al sombrero.

—Señora Jones. Está usted encantadora, como de costumbre. El color negro le queda estupendamente.

—Gracias. ¿Qué sucede, señor Jones?

—Eso mismo le estaba preguntando a Swinden. Nos ha seguido a Edward y a mí al parque, ha esperado mientras volábamos la cometa y después nos ha seguido de regreso a casa. Ha despertado en mí cierta curiosidad.

—Se trata de un terrible malentendido, señora Jones. Resulta que estaba tomando el aire y el señor Jones ha sacado la conclusión de que lo estaba espiando.

—Perdóneme, señor Swinden, pero no tengo más remedio que pensar lo mismo. Usted no vive en esta parte de la ciudad.

Swinden se aclaró la garganta.

—Tengo un cliente en el vecindario.

—¿En qué dirección? —preguntó Gabriel.

—Uhh... —suspiró Swinden.

—No hay ningún cliente —dijo Gabriel.

—Me he perdido al intentar buscar la dirección —farfulló Swinden.

Ahora parecía envalentonado. La presencia de Venetia le había dado seguridad, pensó Gabriel. Sin duda, Swinden estaba convencido de que se hallaría a salvo mientras Venetia estuviese presente.

—En tal caso, permítame que lo acompañe a una zona de la ciudad que le resulte más familiar. Conozco un atajo; tendremos que cruzar un barrio muy peligroso y meternos en algunos callejones de mala muerte pero no se preocupe, llevo pistola.

Swinden estaba horrorizado.

—No, no pienso ir a ninguna parte con usted. No deje que me lleve, señora Jones. Se lo ruego.

—Quizá debería responder a sus preguntas; si lo hace, prometo que no permitiré que el señor Jones le haga daño —dijo Venetia con tono amable.

Gabriel alzó las cejas, pero se abstuvo de hacer comentario alguno.

—Sólo quería saber si había usted descubierto la identidad del nuevo cliente de Burton. No puede reprochármelo —reconoció Swinden, dándose por vencido.

—¿Qué cliente? —preguntó Gabriel.

Swinden suspiró, resignado.

—Hace algún tiempo Burton decidió ampliar su negocio; nunca tuvo mucha suerte en el campo artístico o en el retrato. Hace unos quince días, me mostró una preciosa cámara de detective. Le pregunté cómo la había pagado y me dijo que tenía un cliente muy rico que le había contratado para seguir a alguien y tomar algunas fotografías.

—¿Le habló de su nueva línea de trabajo? —preguntó Gabriel.

—Burton estaba muy orgulloso de su éxito y se vanagloriaba de ello —afirmó Swinden.

—¿Era amigo suyo?

—Burton no tenía lo que usted llamaría amigos, pero supongo que yo era la persona más cercana. Nos conocíamos desde que empezamos nuestra carrera como fotógrafos, durante un tiempo fuimos socios: fotografiábamos espíritus y nos iba bastante bien.

—Creo que fue una modalidad muy rentable hace unos años —intervino Venetia.

—Lo fue, en efecto. —Swinden se puso melancólico—. Durante unos años pareció que todos querían una fotografía propia con un espíritu flotando al fondo. Burton y yo éramos muy buenos, nunca nos pillaron. Desafortunadamente, había demasiados fotógrafos inexpertos que se dedicaban a la fotografía de espíritus y muchos acabaron siendo acusados de fraude; dieron mala reputación al negocio y finalmente el público perdió la fe.

—Me interesaría conocer algunas de las técnicas que

usaba para producir fotografías de espíritus. He experimentado por mi cuenta con resultados interesantes, pero no estoy satisfecha del todo.

A Gabriel le pareció que aquello parecía más un intercambio de observaciones entre fotógrafos que un interrogatorio y dirigió a Venetia una mirada de advertencia, pero la joven no pareció darse cuenta.

—Hay varios modos de colocar a un espíritu en la fotografía —dijo Swinden, metamorfoseado en experto—. El truco es asegurarse de que el cliente no descubra que el resultado final es una ilusión. Burton y yo éramos lo bastante buenos como para impresionar incluso al más escéptico de los investigadores de lo sobrenatural. Algunos días llegaron a hacer cola ante nuestra puerta.

Gabriel avanzó un paso, interponiéndose entre Swinden y Venetia. Ambos dieron un respingo, como sorprendidos de que Gabriel siguiera allí.

—Oiga, yo sólo respondía a las preguntas de la señora —masculló Swinden, indignado.

—Pues yo prefiero que responda a las mías.

Swinden retrocedió, aplastándose contra la pared.

—Por supuesto, señor.

—¿Qué rompió su asociación con Burton? —preguntó Gabriel.

—El dinero. No nos poníamos de acuerdo en cómo ganarlo ni en cómo gastarlo. Discutíamos día y noche; era peor que estar casados. Entonces Burton desarrolló un pequeño problema con el juego. Aquello fue el fin, en lo que a mí concernía: él siguió su camino y yo el mío.

—Pero siguieron en contacto.

—Como he dicho, nos conocíamos desde hacía mucho tiempo.

—¿Conoce el nombre de la persona a la que seguía Burton?

—No —respondió Swinden rápidamente.

Demasiado rápidamente. Echó un vistazo a Venetia y luego apartó la mirada.

—Era la señora Jones, ¿verdad?

Venetia cambió su actitud hacia Swinden y le preguntó, furiosa:

—¿Sabía que Burton me hacía fotos clandestinas?

Swinden volvió a ponerse nervioso.

—Burton me lo insinuó. Nunca me dijo directamente su nombre, pero lo di por sobreentendido. Me temo que aquel trabajo le satisfacía; siento decirle que no la tenía en gran estima, señora Jones.

—Sí, ya lo había advertido —admitió Venetia.

—No es culpa suya, señora. Burton, en general, despreciaba a las mujeres. El desagrado que sentía por usted se disparó cuando se llevó el primer premio en una exposición en la que también participaba él.

—¿No se le ocurrió advertir a la señora Jones de que Burton la seguía y la fotografiaba con su cámara clandestina? —preguntó Gabriel.

—No quería involucrarme. No era asunto mío.

—¿Sabía que, además de tomar fotografías para su misterioso cliente, Burton también hizo otras para su uso personal? ¿Fotografías que utilizó para asustar a la señora Jones?

—Uh, bueno, ahora que lo dice... Creo que Burton me confesó que el encargo le había dado una idea para asustar a la señora Jones. Me dijo que había tomado unas fotografías de un cementerio, y que había retocado una en concreto que la pondría nerviosa. Pero estoy seguro de que era una broma por su parte.

—Pues vaya broma —murmuró Venetia.

—Como le he dicho, Burton estaba muy disgustado con usted, señora.

—¿Esas dos fotografías no tenían relación con el encargo de su cliente? —preguntó Gabriel.

Swinden negó con la cabeza.

—No lo creo. Por lo que entendí, era algo que Burton hacía para divertirse mientras seguía a la señora.

—Continúe con la historia, Swinden.

—No hay mucho más que contar. Al leer esta mañana en el periódico que Burton había muerto, he sabido de inmediato lo que había sucedido. Sin duda, Burton no se ha suicidado.

—¿Usted cree que le han asesinado? —preguntó Venetia.

—Es más que posible.

De pronto Venetia comprendió, indignada.

—Cree que he matado a Burton, ¿verdad?

—No, no, señora Jones; le juro que yo no... —balbuceó Swinden.

—Por el amor de Dios, yo no he matado a ese pobre hombre.

—Claro que no, señora Jones —replicó Swinden con rapidez—. No se preocupe, jamás se me ocurriría propagar ese tipo de rumor.

—Una sabia decisión; ese tipo de rumor puede hacer que una persona acabe cualquier noche en el fondo del río —intervino Gabriel.

Alarmado, Swinden dio un respingo.

—Como le he dicho, no tiene derecho a amenazarme.

—Puede que no, pero me parece sumamente divertido hacerlo —admitió Gabriel con gracia—. Sin embargo, le creo cuando dice que no considera a la señora Jones culpable del asesinato de Burton.

—Gracias, señor —respondió Swinden, claramente aliviado.

—Cree que fui yo quien le dio coñac envenenado con cianuro —dijo Gabriel.

Swinden se puso como la grana.

—Fue una mera conjetura por mi parte. Ni soñaría con mencionárselo a nadie.

—¡Será posible! —terció Venetia, furiosa—. Era a mí a quien seguía Burton con su cámara. ¿Por qué cree que el señor Jones lo asesinó?

—Yo puedo responderte a eso, cariño —dijo Gabriel, sin apartar los ojos de Swinden—. No era un secreto que yo acababa de regresar a Londres, a los brazos de mi adorada esposa. Swinden supuso, como es natural, que al verme en el portal te derrumbaste y me confesaste que un hombre llamado Burton te causaba problemas. De inmediato me dispuse a protegerte del potencial escándalo librándome de Burton a las primeras de cambio, que fue lo que sucedió la noche de la exposición de Farley.

—Como he dicho, tan sólo era una hipótesis —masculló Swinden.

—Entonces usted concluyó que tras administrar a Burton el cianuro, descubrí, de alguna forma, el nombre del misterioso cliente del finado.

—Una acción perfectamente razonable.

Venetia estaba perpleja.

—¿Por qué querría saber el señor Jones el nombre del cliente de Burton?

—Porque como yo no podía saber que se trataba del mismo que le había mandado seguirte, deseaba contactar con él para ofrecerle tus servicios. A fin de cuentas, formas parte del negocio de la fotografía, cariño. ¿Por qué no íbamos nosotros a sacar provecho del repentino fallecimiento de Burton para vender tus habilidades profesionales a su generoso nuevo cliente?

—¿Nosotros? —repitió Venetia, con tono ominoso.

Gabriel pasó por alto la alusión y se volvió a Swinden.

—Usted decidió que, si me espiaba, tarde o temprano lo llevaría hasta el cliente misterioso. Una vez conocida su identidad, planeaba ir a verlo y hacerle saber, a cambio de una pequeña remuneración, que probablemente yo había asesinado a Burton y que resultaría peligroso que llegara a enterarme de que cierta persona había contratado a Burton para que espiase a la señora Jones.

—¡Eso sería chantaje! —exclamó Venetia.

—Señora Jones, le aseguro que nunca ha sido mi intención chantajear a nadie —se protegió Swinden.

—No le creo, señor Swinden. Pero dejando de lado sus planes de dedicarse al negocio de la extorsión, ¿cómo se atreve a pensar que ahora que tengo un marido ya no soy capaz de manejar mis asuntos?

Swinden pasó de estar nervioso y alarmado a la perplejidad absoluta.

—Ahora que el señor Jones ha regresado, es lógico que él controle el negocio.

—Yo soy la propietaria de la Galería Jones y yo tomo todas las decisiones relacionadas con ella. Le aseguro que no tengo por qué acudir al señor Jones ni a ningún otro hombre para librarme de odiosos competidores —dijo Venetia con energía.

—No. No, por supuesto —musitó Swinden mientras retrocedía, para aumentar la distancia que lo separaba de Venetia.

Ésta le dirigió una sonrisa encantadora y amenazadora a un tiempo:

—Yo no maté a Burton; no obstante, si en algún momento futuro fuese necesario tomar una medida tan drástica contra un competidor, debe creerme si le digo que estoy bien dispuesta a encargarme yo misma del asunto. No hace falta un marido para ese tipo de cosas, señor.

—No considero que seamos competencia, señora Jones —replicó Swinden, muy pálido—. Nos movemos en círculos muy distintos del negocio fotográfico.

—Eso es cierto, caballero. Váyase de inmediato; no quiero verlo de nuevo cerca de mí o del señor Jones.

—Comprendido, señora. Comprendido.

Swinden se alejó a toda prisa del callejón. Venetia esperó a que hubiese doblado la esquina para volverse hacia Gabriel.

—Qué hombrecillo más odioso.

—Estuviste impresionante, cariño; de lo más impresionante. No creo que ese hombre te cause más problemas —dijo Gabriel.

—Dime la verdad: ¿crees que todos piensan que por haber adquirido accidentalmente un marido ya no dirijo mis asuntos? ¿Que ya no soy capaz de tomar decisiones importantes? ¿Que ahora necesito tu consejo para todo?

—En resumen, sí.

—Me lo temía.

Gabriel guardó la pistola en el bolsillo del abrigo.

—Siento decirte que, a ojos de la sociedad, ya no eres una viuda misteriosa e impresionante, sino una fiel esposa que, de la forma más natural, busca el consejo de su marido para cualquier asunto de importancia.

—No puedes ni imaginarte lo enloquecedor que es. La señora Fleming estaba en lo cierto, la viudedad tiene sus ventajas.

—Intenta recordar que soy un marido muy moderno —ironizó Gabriel.

—No tiene gracia, señor Jones.

—Tampoco la tiene lo que acaba de suceder —respondió Gabriel, poniéndose serio—. Ahora sabemos con seguridad que Burton no te seguía por cuenta propia, al menos no del todo. Alguien lo había contratado.

—¿El ladrón que robó la fórmula?

Gabriel la tomó del brazo y empezó a andar hacia la calle principal.

—Eso sospecho. Te recuerdo que no es tan sólo un ladrón. También es un asesino que ha matado, como mínimo, en dos ocasiones.

26

—Espere a ver a Venetia vestida de noche, señor. Se quedará de piedra.

Edward, que apenas podía contenerse, estaba entusiasmado. Gabriel contempló al muchacho a través del espejo del tocador. Tanto él como Amelia habían estado de lo más misteriosos durante la cena, intercambiando guiños furtivos y soltando risitas. Beatrice había intentado apaciguarlos con algunas miradas de advertencia, con escaso éxito.

Venetia había fingido no advertir lo que pasaba, pero tan pronto como la señora Trench se hubo llevado los postres, se excusó de la mesa para vestirse antes acudir al encuentro con el amigo de Harrow.

Entonces Edward y Amelia fueron a la salita a jugar a cartas, dejando a Beatrice a solas con Gabriel en el comedor. Beatrice había doblado primorosamente la servilleta antes de comentar:

—Quizá debamos discutir la situación harto inusual en que nos encontramos, señor Jones.

—Estará usted preocupada por Venetia, por supuesto. Le aseguro que haré cuanto esté en mi mano para que no corra peligro en este asunto de la fórmula —aclaró Gabriel.

—No es sólo el asunto de la fórmula perdida lo que me preocupa, señor.

—Lamento sinceramente haber traído problemas a esta casa, señora Sawyer.

—Soy muy consciente de que no ha sido usted quien ha creado esta desafortunada situación. A fin de cuentas, fue Venetia quien decidió utilizar su apellido.

—Ella no podía saber los riesgos que eso entrañaba. Le aseguro que estoy haciendo cuanto puedo por solucionar el problema, señora Sawyer.

—¿Y cuando lo haya solucionado, señor Jones? ¿Qué sucederá entonces?

Gabriel se puso en pie y se dirigió al otro extremo de la mesa para retirar la silla de Beatrice.

—No estoy seguro de haber comprendido la pregunta, señora. —Gabriel decía la verdad.

—Parece olvidar, señor, que a los ojos del mundo es usted el marido de mi sobrina.

—Soy muy consciente de ello, créame.

—Bien, ¿entonces cómo se propone solucionar ese pequeño problema cuando todo termine? —preguntó la tía Beatrice.

—Admito que mi destino no está claro del todo. Afortunadamente para mí, no hay muchas manadas de caballos salvajes recorriendo Londres. Aunque sigue existiendo el riesgo de que me acribille una banda de forajidos del salvaje Oeste, espero poder librarme también de tal desenlace.

—¿Y qué desenlace propone, señor Jones?

—Espero convencer a Venetia de convertir en auténtico nuestro matrimonio —dijo Gabriel con total naturalidad.

Beatrice, sorprendida, escrutó el rostro de Gabriel.

—¿Es usted sincero, señor?

—Sí. ¿Me desea suerte, señora? —preguntó Gabriel, con una leve sonrisa.

—Creo que sí —respondió finalmente Beatrice, tras contemplarlo largo rato—. La necesitará. Venetia tiende a desconfiar de los hombres. Culpa de su padre, siento decirlo. Venetia lo adoraba, y él a ella. Amaba a todos sus hijos. Pero es imposible olvidar que, fuera como fuera,

H. H. Milton vivió una doble vida. Y su familia ha pagado por su bigamia y sus mentiras.

—Lo comprendo.

Edward se acercó al tocador mientras Gabriel se abrochaba la corbata de lazo.

—Venetia nos ha dicho que no le contemos lo que se pondrá esta noche porque es una sorpresa. Pero no ha dicho que no pueda intentar adivinarlo.

Gabriel se puso un gemelo negro y oro en el puño de la manga.

—Veamos. ¿Ha decidido ponerse un color que no sea negro?

La pregunta pareció confundir a Edward. Después se le iluminó el rostro.

—Habrá algo de negro.

—¿Pero no será todo negro?

Edward meneó la cabeza.

—Habrá también otro color.

—¿Verde?

—No.

—¿Azul?

—No.

—¿Rojo?

Edward se echó en la cama, riendo.

—Nunca lo adivinaréis, señor.

—Entonces tal vez deba rendirme y prepararme para la sorpresa. —Gabriel recogió el frac y el sombrero—. ¿Listo?

—Sí, señor.

Edward voló hacia la puerta, la abrió y bajó la escalera a todo correr. Gabriel lo siguió a un paso más sosegado, saboreando la perspectiva de la noche que tenía ante sí. Venetia y él salían juntos con el único propósito de hablar de Rosalind Fleming con el desconocido amigo de Harrow y no podía engañarse respecto al hecho de que ambos se hallaban en una situación llena de misterios y peligros. No obstante, iba a estar a solas con ella en un carruaje durante un buen rato y Venetia había adquirido un vestido nuevo para la ocasión. Aquella idea hizo que se le acelerase el pulso.

Cuando llegó al pie de la escalera, Edward y Amelia esperaban en el vestíbulo. El ambiente rezumaba expectación y los hermanos lanzaban miradas furtivas en su dirección. Gabriel pensó, divertido, que aquella familia era una experta en guardar secretos, pero el misterio del nuevo vestido de Venetia era demasiado para los hermanos.

—El carruaje está en la puerta —gritó Beatrice desde el descansillo—. Venetia, querida, es hora de irse.

—Ya estoy lista, tía Beatrice.

Gabriel la oyó andar hacia la escalera. Apenas tuvo tiempo de registrar que había algo decididamente inusual en el sonido de sus pasos cuando la tuvo ante sí.

—Buenas noches, señor Jones. —Venetia lo estudió aprobatoriamente de la cabeza a los pies—. Debo felicitar a su sastre.

Jones era consciente de que Edward y Amelia esperaban, con la respiración contenida, su reacción de asombro ante la visión de Venetia.

Examinó el pantalón negro de corte excelente, la camisa blanca de lino, la corbata de lazo y el frac que vestía Venetia con la misma deliberación que ella había usado con él.

—Tiene que darme el nombre de su sastre, señora Jones; creo que es incluso mejor que el mío —halagó Gabriel.

Venetia se echó a reír.

—Salgamos, señor. La noche es joven.

La señora Trench apareció desde la cocina, limpiándose las manos con el delantal. Meneó la cabeza cuando vio a Venetia.

—Otra vez —dijo, resignada—. Pensaba que ahora, con un hombre en la casa, se habrían terminado estas tonterías.

Edward abrió la puerta de la calle. Venetia salió, bajó la escalera del portal y subió al carruaje.

—¿Os ha sorprendido, señor? —preguntó Edward a Gabriel, cuando éste se disponía a salir.

—Una de las cosas que más admiro de tu hermana es que nunca deja de sorprenderme.

La puerta se cerró tras él. Las risas apagadas de Edward y Amelia lo siguieron escalera abajo.

27

—Lo felicito, señor Jones. Ha reaccionado muy bien; me temo que Amelia y Edward estarán algo decepcionados porque no se ha desmayado ante la visión de una mujer vestida de hombre.

Apoyado en un extremo del carruaje, Gabriel observó a Venetia, que estaba sentada frente a él. Las lámparas de la cabina, a media luz, los envolvían a ambos en la penumbra.

—El disfraz es muy bueno; incluso has conseguido alterar la forma de andar y el cabello está bien escondido bajo la peluca. Sin embargo, no puedes camuflar tu aroma; lo reconocería en cualquier parte, en cualquier momento, en la más cerrada oscuridad.

—Pero llevo colonia de caballero.

Gabriel sonrió.

—No es tu colonia lo que guardo en la memoria, sino tu esencia; y se trata de una esencia muy, muy femenina.

—Estoy segura de que nadie ha notado que soy una mujer cuando he llevado estas prendas —comentó Venetia.

—¿Te vistes con frecuencia de hombre?

—Sólo lo he hecho un par de veces. La ropa es de Harrow; la ha modificado para mí. También él me compró una peluca a medida para que me encajara.

—El atuendo masculino te queda muy interesante, pero ¿por qué has creído necesario vestirte de hombre esta noche?

—Vamos a encontrarnos con Harrow y su amigo en su club. No me admitirían si llegase vestida de mujer. Ya sabes las normas de estos establecimientos de caballeros.

Gabriel no pareció conmocionado, pero sí algo sorprendido por tal información.

—¿Has estado antes en ese club de caballeros?

—En una ocasión. La segunda vez que me puse estas ropas, fui con Harrow al teatro y después cenamos tarde en un restaurante. El local era de esos en que ninguna dama respetable se dejaría ver. Fue una experiencia muy didáctica, te lo aseguro.

—¿Haces esto para divertirte? —curioseó Gabriel.

—Lo considero una aventura fascinante. ¿Tienes idea de lo distinto que parece el mundo cuando te mueves en él como hombre? —dijo Venetia.

—No he pensado mucho en el tema.

—Una mujer es mucho más libre si se mueve como caballero. No se trata únicamente de la ropa, aunque te aseguro que este traje es mucho menos incómodo y restrictivo que el más ligero de los vestidos de verano. Vestida así podría correr muy fácilmente. ¿Alguna vez has intentado correr con un vestido largo?

—No puedo afirmar haber pasado por tal experiencia.

—Es muy difícil, créeme. La falda y las enaguas son muy pesadas y suelen enredarse en los tobillos. No puedes ni imaginarte cuánto afecta al equilibrio un armazón si tienes que echarte a correr.

—¿Cuándo te has visto obligada a correr llevando un vestido?

—Hace unos tres meses, creo recordar —respondió Venetia con una sonrisa.

—Por supuesto. Cuando salimos de Arcane House por el túnel secreto —recordó Gabriel—. Perdóname, no caí en la cuenta de que tenías dificultades para correr. Sólo quería que fueras a mi ritmo; y eso lo hiciste bastante bien.

—Te concederé que entonces tenías otras cosas en la cabeza.

—Sí. —Gabriel observó de nuevo el atrevido atuendo de Venetia—. Te habrás dado cuenta de que estás exponiéndote al escándalo y al desastre. ¿Y si algún miembro de club descubre tu secreto?

Venetia le dirigió una sonrisa misteriosa.

—Mis secretos están a salvo en el Janus Club.

Poco después, el carruaje se detuvo en el patio de una hermosa mansión. Las ventanas aparecían cálidamente iluminadas y los extensos jardines ofrecían privacidad desde cualquier perspectiva.

Un lacayo vestido con librea descendió la escalera de mármol para abrir la portezuela del carruaje.

—¿Es éste el Janus Club? —preguntó Gabriel a Venetia.

—Sí. —Venetia recogió su sombrero y su bastón—. Será mejor que salga yo primero, por si en un despiste se te ocurre ayudarme a bajar. Tan sólo sígueme.

Gabriel sonrió. A pesar del grave motivo que les llevaba allí, era evidente que Venetia estaba disfrutando. No la había visto de tan buen humor desde los días que habían pasado juntos en Arcane House. La ropa y la aventura la habían transformado, al menos aquella noche.

El lacayo abrió la puerta del carruaje, pero no bajó la escalerilla.

—Buenas noches, caballeros. ¿En qué puedo servirles?

—Tenemos una cita con el señor Harrow —anunció Venetia con voz grave y gutural—. De parte de Jones.

—Sí, señor Jones. El señor Harrow me ha dicho que les esperaba a usted y a otro caballero.

Venetia bajó al suelo de un salto. Tenía razón, pensó Gabriel; la joven se movía con más facilidad vestida con pantalones.

Al verla subir la escalera de mármol, Gabriel concluyó que estaba encantadora vestida de hombre. Se preguntó si Venetia era consciente de cómo el frac le definía la estrecha cintura y realzaba sus caderas. Por alguna extraña razón, el atuendo masculino subrayaba su feminidad, al menos a ojos de Jones.

Cuando llegaron a lo alto de la escalera, otro lacayo abrió una enorme puerta verde y les hizo pasar a un vestíbulo iluminado por un gran candelabro.

De una sala situada a la izquierda llegaba una conversación apagada. Gabriel vio parte de una elegante biblioteca, en que caballeros vestidos de etiqueta tomaban oporto o coñac.

—El señor Harrow les espera arriba, señor Jones. Síganme, por favor.

Ascendieron una escalinata impresionante. Al llegar al descansillo, Gabriel distinguió el característico aroma del tabaco.

—El salón de fumar se encuentra al final de este pasillo, frente a la sala de juegos.

—Esto fue antes una residencia privada —comentó Gabriel, mirando a su alrededor.

—Sí. Creo que el propietario alquila el edificio a la dirección del Janus Club.

El lacayo los condujo a una puerta cerrada, que se hallaba al final de un largo pasillo, y llamó dos veces. Gabriel registró automáticamente el espacio entre ambos golpes. Un código sutil y distintivo a un tiempo, pensó.

—Entre.

El criado abrió la puerta. Gabriel vio a un hombre de pie ante el fuego, de espaldas a la puerta. Harrow estaba apoyado en un gran escritorio, con una pierna balanceándose a un lado. Al igual que el resto de caballeros, ambos hombres vestían de etiqueta en blanco y negro.

—El señor Jones y su acompañante —anunció el lacayo.

—Gracias, Albert. —Harrow sonrió a Venetia y Gabriel—. Adelante, caballeros. Permítanme que les presente al señor Pierce.

Pierce se volvió. Era de corta estatura, fornido y macizo, de cabello negro salpicado de canas. Escrutó a Gabriel con unos vívidos ojos de color azul oscuro.

—Señor Jones —dijo Pierce con una voz que sugería una dieta diaria de coñac y puros. Dirigió una mirada divertida a Venetia—. Y el señor Jones.

—Pierce —respondió Gabriel con una inclinación de cabeza.

—Gracias por acceder a vernos, señor Pierce —dijo Venetia.

—Siéntense, por favor.

Pierce señaló unas butacas y él también tomó asiento.

Venetia se acomodó en el tapizado de terciopelo. Gabriel advirtió que, inconscientemente, se sentaba muy tiesa, como si llevase un polisón que le impidiese arrellanarse con comodidad. Algunos hábitos eran difíciles de erradicar.

En lugar de aceptar la butaca, Gabriel se quedó de pie junto al fuego, con un brazo apoyado en el manto de la chimenea. Iba en contra de su naturaleza sentarse si se hallaba entre personas que no conocía bien. En caso de necesidad, era mucho más fácil moverse con rapidez si uno ya se encontraba de pie.

—¿Le ha explicado el señor Harrow por qué deseamos hablar con usted? —preguntó Venetia.

Pierce apoyó los codos en el brazo de la butaca y unió las yemas de los dedos.

—Desean cierta información acerca de Rosalind Fleming.

—Sí. Parece sentir una gran animadversión hacia mi persona, sin que haya una razón aparente. Siento curiosidad por saber el motivo.

Harrow se incorporó para dirigirse a la botella de coñac. Aclaró:

—En particular, señor Pierce, desean saber si Rosalind Fleming podría llegar a considerarse peligrosa.

—Puedo afirmar con casi total seguridad que la respuesta a esa pregunta es sí —respondió Pierce.

Gabriel sintió que se le aguzaban los sentidos paranormales. Venetia irradiaba tensión.

—Debo decirles que no tengo evidencia alguna que pruebe mis sospechas —continuó Pierce, sonriendo con amargura—. También admito que me gustaría encontrar pruebas que apoyasen mis conclusiones.

El fuego chisporroteó en el breve silencio que siguió a la declaración. Harrow distribuyó coñac sin mediar palabra. Gabriel aceptó el suyo y se dirigió a Pierce:

—Necesitamos más información, Pierce.

—Comprendo. Les diré lo que sé. Cuando reparé por vez primera en Rosalind Fleming no era aún la amante de Ackland; usaba otro nombre y se ganaba la vida promocionando sus poderes paranormales.

—¿Era una médium? —preguntó Venetia.

—Ofrecía varios servicios, entre ellos sesiones de espiritismo y demostraciones de escritura automática. Sin embargo, su especialidad era el asesoramiento privado. A cambio de una cierta cantidad de dinero, prometía consejo y orientación, basándose en la información que afirmaba recabar del «Otro Lado».

—¿Qué nombre utilizaba entonces? —dijo Venetia.

—Charlotte Bliss.

—¿Cómo ha obtenido esta información de ella? —preguntó Gabriel.

—Un amigo íntimo, muy cercano, oyó hablar de sus poderes sobrenaturales. Mi amigo no creía en tales cosas, pero pensó que sería divertido presenciar una de las demostraciones de Charlotte Bliss. Quedó muy impresionado por sus habilidades y de inmediato concertó una serie de consultas privadas.

—¿Cuál era el motivo de consulta de su amigo? —quiso saber Venetia.

—Me temo que es un asunto privado.

Pierce tomó un sorbo de coñac. Gabriel pensó que aquél era un hombre que guardaba bien los secretos y que cualquier asunto relacionado con él o sus conocidos constituiría probablemente un asunto privado. El hecho de que aquella noche estuviera dispuesto a hablar con extraños era una siniestra indicación de la intensidad de sus sentimientos hacia Charlotte Bliss.

—Déjeme adivinar. La señora Bliss cobró a su amigo una generosa cantidad de dinero y a cambio no le ofreció más que tonterías —dijo Gabriel.

Pierce lo miró. Gabriel examinó la ira que refulgía en sus intensos ojos azules y supo de inmediato que aquel hombre no tendría escrúpulo alguno en matar a la mujer que ahora se hacía llamar Rosalind Fleming.

—Mi amigo se quedó satisfecho con el asesoramiento recibido —dijo en un tono tan impersonal que sólo sirvió para intensificar la frialdad de su mirada— e hizo una inversión basándose en dicho consejo.

—¿Qué sucedió? —preguntó Venetia.

—Un mes después recibió la primera nota de chantaje.

Gabriel advirtió el temblor del vaso que sostenía Venetia. Harrow también; le arrebató suavemente el vaso de entre los dedos y lo dejó en la mesilla que había junto a la butaca. Venetia no pareció percatarse de lo sucedido, pues toda su atención estaba concentrada en Pierce.

—¿Cree que fue la señora Bliss quien envió la nota de extorsión a su amigo? —preguntó Venetia.

—Era la única sospechosa, en lo que a mí respecta. Pero admito que no entiendo cómo pudo llegar a conocer la información perjudicial. Verán, el chantaje aludía a ciertos hechos de mi amigo que sólo conocían otras dos personas, y una de ellas estaba muerta.

—¿Quién era el que seguía con vida? —dijo Gabriel.

Pierce tomó un trago de coñac y dejó el vaso a un lado.

—Yo.

—Asumo que no era usted el extorsionador —replicó Gabriel.

—No. Siento un gran aprecio por mi amigo. Jamás haría nada que pudiera perjudicarlo.

«Y haría cualquier cosa para protegerlo», pensó Jones.

—¿Qué le hace estar tan seguro de la culpabilidad de la señora Bliss? —quiso saber Venetia.

—El momento en que sucedió.

—¿Eso es todo?

—Es todo lo que tenía. Eso y mi... intuición.

«Una intuición afilada por cierta experiencia en asuntos peligrosos», se dijo Gabriel.

—¿Qué hizo su amigo cuando recibió la nota? —preguntó Venetia.

—Desafortunadamente, al principio no pude convencerlo de que la señora Bliss era probablemente la chantajista. Se negó a creerlo y, además, acudió a ella en busca de consejo.

—Y ella le dijo que pagase, ¿no es así? —intervino Gabriel.

—En efecto. Yo estaba indignado, pero también sabía que a mi amigo le aterrorizaba que se descubriese su secreto. Comprendí de inmediato que sólo teníamos dos opciones.

Gabriel removió el coñac que tenía en el vaso.

—Pagar el chantaje o librarse del supuesto chantajista.

El rostro de Harrow mostró una sutil sorpresa. Venetia abrió los ojos, asombrada.

Pierce, en cambio, observó a Gabriel con aprobación, e inclinó la cabeza en señal de respeto.

«De un depredador a otro», pensó Gabriel.

—Pero es evidente que no mandó a la señora Bliss de viaje al mundo espiritual —continuó Gabriel en voz alta—. ¿Significa eso que su amigo paga el chantaje?

—No.

—¿Qué le hizo cambiar de opinión?

Pierce bebió más coñac.

—Lord Ackland.

—¿Cómo se vio Ackland involucrado? —preguntó Venetia.

—Mi amigo y yo estábamos formulando un plan de acción cuando la señora Bliss desapareció súbitamente.

—Un buen truco. Por supuesto, ella afirmaba poseer dotes paranormales; ¿era la invisibilidad uno de ellos? —comentó Gabriel.

—Todo lo que puedo decirles es que su casa quedó vacía de la noche a la mañana. Nadie sabía adónde había ido. Llegué a pensar que otra de sus víctimas habría tomado medidas; también era posible que la señora Bliss temiese por su seguridad y decidiera largarse.

—¿Y las amenazas de chantaje? —dijo Venetia.

—No hubo más. Los problemas de mi amigo desaparecieron como por arte de magia —respondió Pierce, chasqueando los dedos.

—Pero al cabo de quince días, cierta viuda misteriosa y de aspecto acaudalado, llamada Rosalind Fleming, apareció en exclusivos círculos sociales del brazo de lord Ackland —intervino Harrow.

—Se habían producido algunos cambios —matizó Pierce—. El cabello era de un color distinto, por ejemplo. No obstante, la transformación más espectacular se produjo en su estilo. La señora Bliss vestía ropas modestas, algo insulsas, elaboradas con tejidos bastos; los vestidos que utilizaba la señora Fleming, en cambio, son de la última moda francesa. Y por, supuesto, no olvidemos los diamantes.

—Evidentemente lord Ackland es un hombre muy generoso —comentó Venetia.

Pierce soltó un bufido de desprecio.

—Ese hombre es un viejo chocho.

—Un viejo chocho muy rico —corrigió Harrow.

—Mi amigo y yo nos hallábamos en un dilema. A fin de cuentas, era muy posible que me hubiera equivocado en mis sospechas; tal vez la señora Bliss, o Fleming, como se hace llamar ahora, no fuese la chantajista.

—¿Qué sucedió a continuación? —preguntó Venetia.

—Nada. La señora Fleming apareció por primera vez en sociedad hace unos meses. Hasta la fecha, no ha habido más notas de extorsión. Pero debo confesar que mi amigo está sobre ascuas. La amenaza sigue presente, como comprenderán.

—Es terrible —murmuró Venetia.

—Mi amigo se ha cuidado de evitar a la señora Fleming en la medida de lo posible, pero se mueven en los mismos círculos sociales. Recientemente se la encontró cara a cara en el teatro.

—Debió de ser angustioso. ¿Qué hizo su amigo?

—Fingió no conocerla, por supuesto. —Pierce sonrió con frialdad—. Ayudó considerablemente que ella le devolviese el favor y fingiese no reconocerlo. A día de hoy, seguimos sin saber si su reacción fue una actuación excelente o si no lo identificó.

—¿Por qué no iba a reconocer a una de sus víctimas? —preguntó Gabriel.

—El contacto fue breve y la luz era tenue. Se cruzaron en un pasillo entre palcos. Aquella noche en concreto, mi amigo vestía de una forma algo distinta a la que usaba cuando acudía a su consulta. Ya saben lo que sucede a veces cuando encontramos a alguien fuera de contexto.

—Uno ve lo que espera ver —dijo Gabriel, mirando a Venetia con sus ropas de hombre.

Harrow volvió a apoyarse en la esquina del escritorio. Miró primero a Gabriel y después a Venetia.

—Parece que la señora Fleming os preocupa a ambos.

—Sí —respondió Venetia.

—¿Os importaría explicarnos el motivo? Es una lástima que a Ackland se le ocurriera encargarte un retrato de la señora Fleming, pero no me sorprende. Él está loco por su amante y tú estás de moda. Es natural que quisiera un retrato.

—Lo que no me parece natural en que la señora Fleming tenga un odio irracional hacia mi persona —dijo Venetia—. Mi tía opina que Fleming está celosa porque me he labrado una carrera profesional mientras ella se ve obligada a depender económicamente de lord Ackland. Pero creo que hay algo más.

—¿Qué le hace pensar así? —preguntó Pierce.

—No puedo ofrecerle una explicación lógica. Quizá me es difícil creer que pueda desagradar tanto a alguien a quien no he ofendido en modo alguno.

—A Burton le desagradabas profundamente —le recordó Harrow.

—Sí, pero en ese caso había una explicación. Al señor Burton le desagradaban todas las mujeres, y yo en particular porque tenía la misma profesión que él. Pero la reacción de la señora Fleming me parece absolutamente desmesurada.

—Comprendo a lo que se refiere. —Pierce unió de nuevo las yemas de los dedos y miró a Gabriel—. Les aconsejo que no bajen la guardia en ningún momento. En su anterior profesión, la señora Fleming era muy aficionada a desentrañar los secretos mejor guardados de una persona. Mi amigo sigue sin saber cómo conoció su secreto.

—Debe de tener alguna conjetura —dijo Gabriel.

Pierce suspiró pesadamente.

—No. En realidad, debo decirle que, aunque soy muy escéptico respecto a esos charlatanes y embaucadores que dicen poseer poderes paranormales, en ocasiones me he preguntado si Rosalind Fleming no tendrá algún don sobrenatural. Mi amigo jura que la única forma en que pudo sonsacarle era teniendo contacto con el Más allá. O...

—¿O qué? —preguntó Venetia.

—O leyéndole la mente.

28

Venetia observaba la noche desde la ventana del carruaje, mientras las luces del Janus Club desaparecían en la niebla. Gabriel apenas había hablado desde que se separaron de Harrow y Pierce. Sabía que Jones estaba meditando sobre la misma posibilidad que la tenía en vilo desde la perturbadora conversación.

—Es evidente que Pierce es un hombre lógico y racional, poco amigo de creer que Rosalind Fleming se beneficie de poderes paranormales; pero ambos sabemos que tales capacidades existen. ¿Cuál es tu opinión? —preguntó Venetia.

—Creo que lo que tenemos aquí es, o bien otra asombrosa coincidencia, o bien una auténtica pista.

—Adivino por cuál te inclinas —replicó Venetia, sonriendo.

Gabriel había bajado la luz del carruaje, dejando el interior del vehículo en la penumbra. Venetia sabía que Jones no quería arriesgarse a que alguien la reconociera vestida de hombre, aunque no era muy probable que eso sucediera. Las calles estaban tan invadidas por la niebla que le sorprendía que el cochero y los caballos adivinaran el camino hasta Sutton Lane.

De pronto, una idea le produjo un profundo escalofrío que le recorrió todo el cuerpo.

—Si la señora Fleming tiene en verdad poderes sobrenaturales, es posible que me leyera la mente.

—Cálmate. Lo de leer las mentes no es más que charlatanería —dijo Gabriel.

Venetia deseaba creerle desesperadamente.

—¿Cómo puedes estar tan seguro?

—Los archivos de Arcane House son muy extensos. Se remontan a unos doscientos años atrás y reflejan décadas de experimentos. Nunca ha habido indicación alguna de que una persona pueda leer la mente de otra.

—Pero sigue sabiéndose muy poco de temas paranormales.

—Supongo que deberíamos pensar que todo es posible. Sin embargo, en este caso creo que hay una explicación mucho más sencilla para la misteriosa habilidad de la señora Fleming a la hora de sonsacar secretos sin que su víctima se percate de ello.

—¿Cuál es?

—Puede que sea una buena hipnotizadora.

Venetia reflexionó unos instantes.

—Una idea interesante que, sin duda, explicaría muchas cosas. Si la señora Fleming hipnotiza a alguien y consigue que le revele cualquier secreto personal, el hipnotizado no recordará nada de lo sucedido cuando salga del trance.

—Los investigadores de Arcane House han dedicado muchas horas de estudio a la hipnosis, porque algunos la consideran un don paranormal. No obstante, por lo que he leído es un arte que tiene sus limitaciones. No todos son unos buenos receptores, por ejemplo. Hay algunas personas pueden caer fácilmente en trance, pero otras son impermeables a los poderes del hipnotizador.

—Tienes muchos conocimientos acerca de temas paranormales, Gabriel.

—Me crió un padre que ha dedicado toda su vida a ese campo y la mayoría de mis parientes trabajan en ese tema. Podría decirse que la investigación de fenómenos paranormales es el negocio familiar.

—Una línea de trabajo poco usual.

—Sí, lo es —replicó Gabriel, con una débil sonrisa.

—Si Fleming es una hipnotizadora, eso explicaría cómo sonsaca los secretos de sus víctimas, pero no la relaciona con el robo de la fórmula del alquimista.

—Admito que no veo una relación directa, a menos...

—¿A menos qué? —inquirió Venetia.

—Los miembros de la Sociedad Arcana investigan con frecuencia a aquellos que afirman tener poderes paranormales. Es posible que algún miembro de la Sociedad investigara a la señora Fleming.

Venetia se incorporó en el asiento tan pronto como comprendió lo que aquello implicaba.

—Y que, al entrar en trance, le revelase a Fleming información sobre la expedición para recuperar la fórmula.

—Es una posibilidad extremadamente remota. Incluso si la señora Fleming se las arreglase para robar la fórmula, eso no explica cómo espera descifrar el código del alquimista. Debes creerme cuando afirmo que nadie ajeno a la Sociedad tiene acceso a los escritos del fundador y que sólo a un puñado de miembros se les ha permitido estudiarlos.

Venetia escuchó, ausente, el rumor de las ruedas del carruaje y los cascos de los caballos. El vehículo avanzaba lentamente entre la espesa niebla.

—Si la señora Fleming está involucrada en el asunto de la fórmula robada, también es posible que le llamara la atención que yo tomase tu apellido, Gabriel.

—Sí.

—Ahora que has aparecido en escena, sus sospechas se habrían confirmado. Debe de saber quién eres y también que quieres hacerte con la fórmula.

—Pero tiene todos los motivos para creer que su identidad como instigadora del robo está encubierta. A fin de cuentas, no está relacionada con la Sociedad de ninguna forma evidente; pensará que no hay razón para que sospeche de ella.

—Puede que sea la ladrona, pero te aseguro que no es

la persona que salió huyendo del cuarto oscuro donde Burton fue asesinado. Percibí el aura de Fleming cuando le hice el retrato y no era la misma.

—¿Estás segura?

—Del todo.

Gabriel reflexionó unos instantes.

—No me sorprendería descubrir que está utilizando a otra persona para que mate por ella. Es un trabajo peligroso.

Venetia sintió otro escalofrío.

—Pobre señor Burton. Está muerto, en parte, por mi culpa. Si no hubiera aceptado el encargo de seguirme y fotografiarme...

Gabriel se movió muy rápido, tomándola por sorpresa. Se inclinó hacia delante y la agarró de las muñecas.

—Nunca —dijo con tono neutro— pienses ni por un instante que tienes alguna responsabilidad al respecto. Harold Burton está muerto porque aceptó un encargo de una persona muy peligrosa que lo contrató para invadir tu privacidad. Burton debía de saber, o sospechar, que su cliente no guardaba buenas intenciones hacia tu persona. No llegaría al extremo de afirmar que se merecía lo que le sucedió, pero me niego a que sientas el menor atisbo de culpabilidad.

—Gracias, Gabriel —respondió Venetia, con una sonrisa temblorosa.

En tono engañosamente casual, Gabriel añadió:

—Sabes, creo que es la tercera vez desde que hemos entrado en el carruaje que me has llamado por mi nombre. Me gusta cómo suena en tus labios.

La energía seductora que parecía circular en el ambiente cuando Venetia estaba con Gabriel se intensificó súbitamente. Ella era muy consciente de la fuerza de aquellas manos que le apresaban las muñecas, con firmeza y suavidad a un tiempo.

Gabriel tiró de las muñecas para aproximarla y la besó en la boca. Venetia creía conocer aquellos besos lo suficiente para no sorprenderse por su respuesta, pero estaba equivocada. Intentó controlar la excitación y el doloroso calor que amenazaba con derretirla por dentro. No lo logró.

Con la boca aún en la suya, Gabriel le soltó una muñeca para bajar las cortinas del carruaje. Después la liberó de la peluca y le quitó las horquillas con las que Venetia se había recogido el cabello.

La embriagadora intimidad del carruaje fue su perdición. De pronto el vehículo se convirtió en una embarcación que navegaba por un mar desconocido de noche y niebla.

Así había sido en Arcane House, pensó Venetia. Era temporalmente libre, no tenía que pensar en el pasado ni en el futuro. Amelia y Edward no podían toparse casualmente con la escandalosa escena y ver a su hermana en plena pasión ilícita. Tampoco había que preocuparse por alarmar a tía Beatrice o por hacer peligrar su carrera profesional.

Cuando el cabello le cayó sobre los hombros, Gabriel emitió un gemido ronco y la abrazó con más fuerza.

La besó intensamente, embriagándola de sensaciones. Cuando emergió brevemente de la deliciosa confusión, advirtió que Gabriel le había quitado el frac, que reposaba sobre el otro asiento.

Jones se libró de su propio frac con un par de ágiles movimientos y se dispuso a desanudar la corbata de lazo de Venetia. Al ver que los dedos de Gabriel temblaban levemente, Venetia supo que la deseaba de verdad. Aquello no era una seducción meditada. Ambos estaban consumidos por el fuego de una pasión mutua.

Gabriel le desanudó el lazo y deslizó la mano al primer botón de la camisa almidonada. Venetia lo sintió sonreír contra su boca.

—Sabes, nunca he tenido ocasión de desnudar a una mujer vestida de hombre. Es más difícil de lo que suponía; me encuentro haciéndolo todo a la inversa.

El comentario hizo que a ella se le escapase la risa y, envalentonada, tomó los extremos del lazo de Gabriel.

—Permite que te muestre —susurró.

En esta ocasión, Venetia le desanudó el lazo de la corbata con más habilidad que la demostrada en Arcane House, ya que tenía más práctica con la ropa de hombre gracias a sus aventuras con Harrow.

Gabriel respondió desnudándola más rápido. Venetia no advirtió que le había desabrochado la camisa hasta que sintió la mano de Gabriel en su pecho y tuvo que sujetarse a sus hombros para no perder el equilibrio. Gabriel inclinó la cabeza para besarla en el cuello. Todo el interior de Venetia se tensó. Subió la temperatura.

—Gabriel —susurró ella, deslizándole las manos por el interior de la camisa y apoyando las palmas en el torso.

Gabriel sentó a Venetia sobre sus muslos y le quitó los zapatos, que cayeron al suelo del carruaje. A continuación le desabrochó los pantalones; tanto éstos como la ropa interior desaparecieron también en las sombras del asiento opuesto.

Cuando Venetia sólo llevaba puesta la camisa desabrochada, Gabriel la besó como si sus vidas dependieran de ello. Después sintió la cálida mano de él en el interior del muslo y dio un respingo. Casi había olvidado lo excitante que era que la tocase así. Sólo casi.

Gabriel subió la mano. Venetia suspiró con fuerza, muy consciente de la humedad que sentía entre las piernas.

—Ya estás húmeda para mí —musitó Gabriel, entre sorprendido y exultante—. No sabes cuántas veces he imaginado, cuántas veces he soñado, que volvía a poseerte.

Su boca cubrió la de Venetia una vez más, invadiendo y exigiendo, mientras Venetia se dejaba arrastrar por aquel torbellino de deseo. Gabriel la sentó a horcajadas, de forma que las rodillas de Venetia quedasen apoyadas en la tapicería de terciopelo.

Sorprendida por la posición, Venetia se sujetó de sus hombros para recuperar el equilibrio. Gabriel la tomó de la cintura con una mano y le deslizó la otra entre las piernas, apartándolas.

Empezó a acariciarla, a probarla, a descubrir de nuevo sus secretos. Cada caricia parecía más íntima y más insoportablemente excitante que la anterior. Gabriel se concentró especialmente en el pequeño promontorio que coronaba el sexo de Venetia, acariciándolo con el pulgar hasta que ella creyó enloquecer por la tensión que se le acumulaba en el cuerpo. La sensación de apremio era abrumadora.

—No puedo más, es demasiado para mí —susurró Venetia.

—No he acabado todavía. Quiero sentir tu placer cuando llegues.

Venetia advirtió vagamente que Gabriel se estaba desabrochando los pantalones; luego sintió la dura evidencia de su erección contra el interior del muslo.

Cerró los dedos alrededor del sexo erecto. Gabriel le susurró algo apasionado y peligroso al oído. Venetia lo acarició con suavidad e, inclinándose, le mordisqueó los hombros desnudos.

Gabriel se estremeció.

—Dos pueden jugar a este juego —le advirtió.

Gabriel hizo cosas asombrosas con la mano. Venetia apenas podía respirar, aquella deliciosa tensión era insoportable.

Sin previo aviso, la tormenta que se acumulaba en su interior se liberó en prodigiosas oleadas de satisfacción.

Venetia habría gritado de placer, pero antes de que el sonido pudiera emerger de sus labios, Gabriel la empujó inexorablemente hacia su erección y la llenó en una única acometida.

Estaba preparada para un dolor similar al que había experimentado la primera vez, pero no lo hubo. Sólo una excitante tensión que intensificó los últimos latidos de su clímax.

Todos los sentidos de Venetia reaccionaron ante la gloriosa conexión física y psíquica. No tuvo que concentrarse para ver el aura oscura de Gabriel resplandeciendo en todo el carruaje. Llenaba el pequeño espacio, mezclada con la energía del aura de Venetia, creando una intimidad asombrosa y desgarradora.

Cuando Gabriel alcanzó el clímax poco después, aquel fuego invisible ardió con más intensidad si cabe. Más que oírlo, Venetia sintió el inicio del exultante rugido de Gabriel, que empezó con un grave rumor en el pecho.

Aunque el cochero careciese de los sentidos paranormales necesarios para percibir el aura, lo más probable es que su oído se hallase en perfectas condiciones, pensó Venetia.

Apenas logró cubrir la boca de Gabriel con la suya. El rugido se convirtió en un rumor apagado de triunfo y satisfacción masculina.

Algún tiempo después, Venetia se desperezó en los brazos de su amante. El sonido de las ruedas y el monótono golpear de los cascos de los caballos le aseguraron que seguían en el mundo mágico del carruaje.

Gabriel, que había estado reclinado en un rincón con aire de león satisfecho después de una buena caza, subió una cortinilla. Las luces de gas resplandecían en la niebla.

—Estamos pasando el cementerio; pronto llegaremos a Sutton Lane.

Venetia cayó en la cuenta de que sólo llevaba puesta la camisa. El pánico se apoderó de ella.

—Santo cielo, no podemos llegar al portal en este estado —exclamó mientras se zafaba de los brazos de Gabriel para zambullirse en el asiento contrario en busca de sus ropas.

No era fácil vestirse de hombre en la oscuridad del carruaje. Gabriel se puso la ropa con unos pocos movimientos prácticos y, acto seguido, pasó a observar con interés los forcejeos de Venetia con la suya.

Tras contemplar su pugna con la corbata de lazo, Gabriel tomó los extremos para anudarla.

—Permítame que la ayude, señora Jones.

El énfasis en su nombre ficticio hizo que Venetia alzara la cabeza.

—Gabriel... —empezó, sin tener ni idea de lo que pretendía decir a continuación.

—Hablaremos de esto por la mañana.

La voz de Gabriel era amable, pero sus palabras sonaban a orden, no a sugerencia. El enfado borró la ansiedad que Venetia había experimentado ante la idea de llegar a casa a medio vestir.

—Espero que no le des muchas vueltas a lo que ha ocurrido entre nosotros; lo estropearía todo —dijo ella, mientras se introducía el cabello bajo el sombrero.

—¿Qué?

Venetia suspiró.

—Debes saber que cuando estábamos en Arcane House hice todo lo que pude por seducirte.

—Sí, y estuviste brillante. Disfruté inmensamente de la experiencia.

Venetia supo que estaba poniéndose como la grana.

—Sí, bueno, lo que intento decir es que mientras estábamos juntos en Arcane House planeé arrastrarte a una noche de pasión ilícita.

—¿Y?

—Aquí las cosas son distintas.

—¿Distintas?

—Allí éramos dos personas solas en un lugar remoto y aislado.

—Excepto por los criados.

—Excepto por los criados, por supuesto. Pero ellos eran muy discretos. —Venetia empezaba a divagar—. Era como si hubiésemos llegado a la deriva a una isla tropical.

—No recuerdo ninguna palmera —fue el comentario de Gabriel.

Venetia hizo caso omiso de aquella observación.

—Te expliqué que durante aquel breve interludio fui libre por primera vez en la vida. No tenía que temer el escándalo, ni preocuparme por si incomodaba a mi tía o daba un mal ejemplo a mis hermanos. Arcane House estaba en un tiempo y un lugar que parecían existir en otra dimensión, ajena al mundo real. En aquel reino tú y yo éramos los únicos habitantes.

—A excepción de los criados.

—Bueno, sí.

—No acabo de recordar lo de las palmeras.

—No te tomas en serio lo que digo, ¿verdad?

—¿Debería?

—Sí, es muy importante. —Venetia estaba impacientándose por momentos—. Lo que intento decir es que esta noche ha sido una experiencia similar.

—No estoy seguro de eso. Para empezar, no había palmeras.

—Olvida las malditas palmeras —dijo Venetia—. Intento explicar que lo sucedido en Arcane House y lo de esta noche en el carruaje son los efímeros vapores de un sueño, que desaparecerán con el amanecer y no se recordarán a la luz del día.

—Todo eso suena muy poético, cariño ¿pero qué diantre significa?

—Significa que no discutiremos más este asunto. ¿Entendido?

El carruaje se detuvo. Venetia agarró su elegante bastón y se volvió para asomarse a la ventana.

Se oyó un golpe. Gabriel se aclaró la garganta.

—Podrías mirar dónde pones el bastón.

Venetia advirtió que, a causa de su nerviosismo, había golpeado a Gabriel en la pierna.

—Lo siento —murmuró, sumamente mortificada.

Gabriel se frotó la rodilla con una mano mientras abría la portezuela del carruaje con la otra.

—No te preocupes, dudo que sea algo peor que una leve cojera.

Ruborizada, Venetia lo siguió fuera del carruaje y subió a toda prisa la escalera del portal. Gabriel se detuvo para arrojar unas monedas al cochero.

Cuando abrió la puerta descubrió, aliviada, que todos los habitantes de la casa dormían. Lo último que deseaba aquella noche era enfrentarse a las preguntas de su familia sobre lo que había descubierto en el Janus Club. Necesitaba tiempo para recuperar la compostura. Una noche de descanso pondría las cosas en su sitio.

La luz de gas del recibidor estaba al mínimo. Venetia vio un sobre en la mesa y lo recogió. Era para Gabriel.

—Esto es para ti.

—Gracias. —Gabriel cerró la puerta, tomó el sobre y lo examinó—. Es de Montrose.

—Quizás haya descubierto algo de interés en el archivo de los miembros de la Sociedad.

Tras abrir el sobre y extraer la nota, Gabriel permaneció unos instantes en silencio.

—¿Y bien? —quiso saber Venetia.

—Está escrito en uno de los códigos privados que usan los miembros de la Sociedad Arcana en la correspondencia personal. Tardaré algo de tiempo en descifrarlo. Lo haré esta noche y te comunicaré el resultado durante el desayuno.

—Pero si está en clave debe de tratarse de un mensaje muy importante.

—No necesariamente —aclaró Gabriel—. Dada la naturaleza obsesivamente secretista de la mayoría de los miembros de la Sociedad, casi todos los mensajes que un miembro envía a otro están cifrados. Lo más probable es que Montrose sólo quiera que nos veamos mañana para charlar de sus progresos.

—Si es algo importante, me lo harás saber de inmediato, ¿verdad?

—Por supuesto. Pero creo que ahora deberíamos subir a acostarnos. Ha sido un día largo y plagado de acontecimientos.

—Sí, en efecto. —Venetia empezó a subir la escalera, mientras intentaba que se le ocurriese algo mundano que decir—. Me parece que la noche ha sido muy productiva, ¿no crees?

—En varios aspectos —admitió Gabriel.

La divertida sensualidad de Gabriel hizo que se le subieran los colores. Afortunadamente, la luz de gas del descansillo estaba apagada.

—Me refería a la información que hemos recogido acerca de la señora Fleming —aclaró Venetia.

—Ah, eso también.

—Es inevitable preguntarse cuál será el secreto del amigo del señor Pierce —insistió ella.

—Probablemente lo mejor es que nunca lo sepamos.

—Tal vez tengas razón. De todos modos, creo que sospecho de qué se trata —dijo Venetia.

—¿Crees que el secreto tiene algo que ver con el hecho de que Pierce y sus amigos pertenecen a un club cuyos miembros son mujeres que se visten de hombres?

Venetia dio media vuelta, muy sorprendida.

—¿Sabías lo del Janus Club?

—No hasta que llegamos allí. Pero, una vez dentro, no me fue difícil sentir algo fuera de lo habitual.

—¿Pero cómo...?

—Te lo he dicho, las mujeres huelen de otra forma, Venetia. Cualquier hombre que se encuentre rodeado de mujeres, independientemente de cómo se vistan, va a descubrirlo tarde o temprano. Sospecho que lo mismo puede decirse a la inversa.

—Humm... —Venetia reflexionó unos instantes—. ¿Sabías que Harrow era una mujer cuando la conociste en la exposición?

—Sí —dijo Gabriel.

—Eres más observador que la mayoría. Harrow lleva tiempo haciéndose pasar por hombre en sociedad.

—¿Cómo la conociste? ¿O debería decir «lo»?

—Siempre hablo de Harrow en masculino, así es más

fácil guardar su secreto. En cuanto a tu pregunta, me encargó un retrato al poco tiempo de haber abierto la galería. En realidad, fue uno de mis primeros clientes.

—Comprendo.

—Durante el proceso me di cuenta de que era una mujer. Harrow supo de inmediato que yo lo sabía; le di mi palabra de que guardaría su secreto. No creo que al principio me creyese del todo, pero acabamos por hacernos amigos.

—Harrow sabe que eres experta en guardar secretos.

—Sí. Parece muy intuitivo en ese aspecto.

—Comprendo —repitió Gabriel.

—¿Qué es lo que pasa? —preguntó Venetia, frunciendo el ceño.

—Me parece interesante que Harrow se tomara la molestia de buscar a una fotógrafa nueva y desconocida, que aún no había llamado la atención de la sociedad.

—Yo ya había expuesto, con éxito, en la galería del señor Farley —replicó Venetia, alarmada por la dirección de los razonamientos de Gabriel—. Allí es donde Harrow vio mi obra por primera vez. No puedes sospechar que esté involucrado en el asunto de la fórmula.

—En este momento, sospecho de cualquiera.

Venetia sintió un escalofrío.

—¿Incluso de mí?

—Corrijo lo dicho. De cualquiera, menos de ti —respondió Gabriel, sonriendo.

—Debes prometerme que si vuelves a encontrarte con Harrow, el señor Pierce o cualquier otro miembro del club, no les harás saber que conoces su mundo secreto —dijo Venetia, ya más relajada.

—Te aseguro, Venetia, que yo también sé guardar un secreto.

Algo en el tono suave de aquellas palabras hizo que Venetia sintiera otro escalofrío. «¿Una amenaza o una promesa?», se preguntó.

—Buenas noches.

—Buenas noches, Venetia. Que duermas bien.

Venetia se apresuró hacia el santuario de su dormitorio.

Poco después Venetia despertó súbitamente, como hace una mente dormida cuando registra un cambio en el entorno de la casa. Permaneció inmóvil y aguzó el oído.

Tal vez Amelia, Beatrice o Edward habían bajado a la cocina para picar algo durante la noche.

Sin saber la razón, Venetia apartó las mantas y cruzó el frío suelo de su habitación en dirección a la ventana, justo a tiempo de ver en el jardín la figura fantasmal de un hombre entre la niebla. Había salido la luna, pero la bruma era tan espesa que ni siquiera permitía vislumbrar la puerta de hierro que daba al callejón. No obstante, Venetia conocía su ubicación aproximada y supo que el hombre de ahí abajo caminaba hacia la puerta con toda confianza. «Se dirige hacia su objetivo como si poseyera el instinto cazador de un felino. Como si pudiese ver en la oscuridad.»

No tuvo necesidad de concentrarse para verle el aura. Sabía que era Gabriel.

Poco después Gabriel salió del jardín para desaparecer en la noche.

¿Adónde iría a esa hora y por qué había abandonado la casa con tanto sigilo? ¿Tendría relación con el mensaje de Montrose?

Recordó entonces las palabras de Gabriel: «Te aseguro, Venetia, que yo también sé guardar un secreto.»

29

Gabriel salió del cabriolé y pagó al cochero. Esperó a que el vehículo desapareciese en la niebla antes de retroceder a la esquina, entrar en el pequeño parque y detenerse entre la densa sombra de unos árboles.

Desde allí vigiló la calle. Era un vecindario tranquilo y apenas había movimiento a aquellas horas de la noche. Las lámparas de gas iluminaban círculos de niebla ante cada portal, pero la escasa luz que proporcionaban no era de mucha utilidad.

Una vez convencido de que nadie lo seguía, Gabriel salió del parque y se dirigió a la entrada del callejón.

Penetrar en aquel pasaje era como entrar en una misteriosa jungla a pequeña escala. La noche y la niebla eran más cerradas; se oían los sonidos de los pequeños depredadores y sus presas, y extraños olores impregnaban el ambiente.

Gabriel caminaba despacio, en parte para evitar el eco de sus botas pero también para no perder pie en la corrupta mezcla de basura podrida que sembraba el camino.

Contó mentalmente las verjas de hierro, hasta llegar a la que señalaba la dirección de Montrose.

Estudió las ventanas. Todas, menos una, estaban a oscuras. La única iluminada se encontraba en la planta superior, cubierta por una cortina. A no ser por la pequeña abertura entre las telas, también habría parecido sumida en la penumbra. Era el despacho de Montrose.

Mientras observaba, advirtió que la luz se movía levemente en el extremo de la cortina.

Pensó en el mensaje recibido. Había tardado unos minutos en descifrarlo en la intimidad de su habitación. Cuando hubo terminado, sus sentidos paranormales, ya alterados por el apasionado episodio del carruaje, se hallaban en plena actividad.

He encontrado una información perturbadora. Creo que es conveniente que nos veamos cuanto antes. Te ruego que acudas a mi casa en cuanto puedas, no importa la hora. Sería preferible que no te vieran en mi calle. Utiliza la entrada del jardín.

M.

Tanto mejor no haber descifrado la nota ante Venetia, pensó Gabriel. Era demasiado perspicaz. Aunque hubiese logrado ocultar los detalles, ella habría averiguado la naturaleza del mensaje y lo habría acribillado a preguntas. También se había asegurado de que ella dormía antes de salir por la puerta trasera.

Tanteó la parte superior de la verja, en busca de la falleba. Una energía inesperada le quemó la palma de la mano y salpicó sus sentidos paranormales. El impacto de la sensación le recorrió todo el cuerpo. El rastro era muy reciente.

Alguien con intenciones violentas había pasado poco antes por aquella puerta. Su instinto cazador se regocijó ante la perspectiva.

Cuando estaba relativamente seguro de que todos sus sentidos se hallaban bajo control, extrajo la pistola del bolsillo y tocó la falleba por segunda vez.

La puerta se abrió con un leve chirrido. Pistola en mano, Gabriel penetró en el jardín.

La luz volvió a moverse en la ventana. Gabriel alzó la vista justo a tiempo de ver que la lámpara se apagaba.

Si era el asesino quien se movía allá arriba, tal vez

Montrose ya estaba muerto. El criminal escaparía, sin duda, por la puerta trasera. Lo lógico era esperarlo a que saliese de la casa e intentar atraparlo por sorpresa.

Pero ¿y si el monstruo no había completado su misión? ¿Y si Montrose aún vivía? Quizá todavía estuviese a tiempo de salvarlo.

Gabriel se quitó las botas y se preparó para la descarga que iba a recibir. A continuación, puso cautelosamente la mano en el pomo de la puerta de la cocina.

Esta vez estaba preparado para la quemadura paranormal; el único efecto que tuvo en sus agudos sentidos fue el de excitarlos. El deseo de cazar era ahora intenso, como antes lo había sido hacerle el amor a Venetia.

La puerta no estaba cerrada con llave. Gabriel la abrió muy despacio, rogando que los goznes no chirriasen.

A pesar de sus esfuerzos, se produjo un chasquido; pero dudaba de que arriba se hubiesen percatado, si la persona que allí aguardaba tenía un oído normal.

Permaneció inmóvil unos instantes, escuchando. Arriba no se oían ruidos de pasos ni crujidos de la tarima. Más importante si cabe, no percibía la inconfundible emanación de una muerte reciente. Con suerte, aquello significaba que Montrose seguía vivo.

En un extremo del pasillo sólo había oscuridad, pero en el otro distinguió los estrechos paneles de cristal que bordeaban la puerta delantera, por donde se filtraba el pálido resplandor de las farolas de la calle. La escalera principal estaría en aquel extremo pero, para usarla, debía exponerse a la luz que irradiaba a través del cristal. Pensó que no tenía ningún sentido convertirse en un blanco tan fácil y evidente.

Gabriel sabía que también existía una escalera de servicio en la parte trasera de la casa, pues en una ocasión había visto al ama de llaves de Montrose utilizarla.

Gracias a su excelente visión nocturna, pudo distinguir la abertura que conducía a la escalera trasera. Tocó con cautela el marco de la puerta, temiendo otra descarga de energía, pero nada turbó sus sentidos. El asesino no había subido por allí. Si estaba arriba, habría usado la escalera principal. Tenía sentido, pensó Gabriel. ¿Por qué iba el criminal a molestarse en subir por la estrecha escalera concebida para los criados?

Empezó a subir, con el oído atento. Había alguien en la casa, alguien sin derecho a estar allí. Podía sentirlo, aunque nada indicase su presencia.

Cuando alcanzó lo alto de la escalera, se encontró en otro pasillo débilmente iluminado por la luna que se filtraba a través de las ventanas de la escalera. Si alguien esperaba en el corredor, no se movía ni respiraba.

Gabriel penetró en el pasillo, pistola en mano. Nadie se abalanzó sobre él. Probablemente aquello no era una buena señal, pensó. Allí había otro cazador; el villano estaba al acecho.

El despacho de Montrose, la habitación que estaba iluminada cuando había llegado al jardín, se hallaba a su derecha, en la parte trasera de la casa. Desde donde se encontraba, veía que la puerta de dicha habitación estaba cerrada.

No había más remedio. Tendría que abrirla.

Se deslizó por el pasillo y se detuvo unos instantes para recabar información de todos sus sentidos.

Había alguien dentro de la habitación. Tocó ligeramente el picaporte y recibió otra sacudida de energía.

El asesino había entrado en el despacho.

El picaporte giró con facilidad. Gabriel se aplastó contra la pared y abrió la puerta.

No se produjo disparo alguno. Nadie lo atacó con un cuchillo.

Pero había alguien en el despacho, de eso no le cabía la menor duda.

Se agachó para asomarse con cautela al umbral. No necesitó sus sentidos paranormales para identificar la silueta del hombre que estaba sentado ante la ventana.

Montrose se agitaba y emitía sonidos apagados. Gabriel

advirtió que el anciano estaba atado a la silla. Una mordaza ahogaba los sonidos que intentaba emitir.

—Mmppff.

Gabriel sintió un alivio inmenso. Montrose estaba vivo.

Echó un rápido vistazo a su alrededor. Montrose era el único ocupante de la habitación, pero el instinto cazador de Gabriel le decía que el asesino seguía en la casa.

Sin hacer caso de los desesperados sonidos que hacía Montrose, volvió su atención hacia el pasillo, donde distinguió el contorno de otras tres puertas. Al final del corredor había un objeto estrecho y rectangular apoyado en la pared. Una mesa con un par de candelabros encima, pensó Gabriel.

—¡Mmppff! —farfulló Montrose de nuevo.

Gabriel no respondió y se dirigió al pasillo con la espalda pegada a la pared. Cuando llegó a la primera puerta cerrada, puso la mano en el picaporte.

No sintió la horrible energía psíquica que había percibido en la puerta del despacho. El asesino no había entrado en aquella habitación.

Se desplazó a la pared opuesta y se dirigió a la siguiente puerta cerrada. Cuando tocó el pomo, recibió la ya familiar oleada de energía.

Abrió la puerta de una patada y simultáneamente se lanzó al suelo, sujetando la pistola con ambas manos.

Una sensación apenas perceptible a sus espaldas le dijo que había cometido un terrible error.

La puerta que había comprobado y desechado, por estar limpia de energía, acababa de abrirse.

Apenas había tenido tiempo de registrar su error de cálculo cuando oyó el silencioso rumor de la muerte que se avecinaba.

No tenía tiempo de ponerse en pie, ni siquiera de rodillas. Se volvió sobre el lado izquierdo, intentando dirigir su mano derecha y la pistola hacia el peligro que se aproximaba.

Era demasiado tarde. Como la amenaza sin rostro de

una pesadilla, una figura con la cara cubierta por una máscara negra surgió de las sombras de la otra habitación. La débil luz del pasillo resplandeció en la hoja de un cuchillo.

Gabriel no tenía tiempo de apuntar. Sabía, incluso antes de apretar el gatillo, que no daría en el blanco. Tan sólo le cabía esperar que el disparo distrajera a su atacante. Nada como un arma cerca para hacer que uno reconsidere su plan original.

Un estruendo ensordeció su agudo sentido auditivo. El olor acre y el humo de la pólvora llenaron la habitación.

El atacante no vaciló.

Entonces Gabriel cayó en la cuenta de que el criminal se le aproximaba con enorme precisión.

«Sabe que estoy aquí, en el suelo. Puede verme con tanta claridad como yo a él.»

No había tiempo para más reflexiones. El atacante lo golpeó violentamente con el pie.

Gabriel recibió la patada en el hombro; el brazo le quedó instantáneamente entumecido. Oyó que la pistola chocaba contra el suelo y resbalaba hacia el dormitorio.

De inmediato el criminal se abalanzó sobre él, blandiendo el cuchillo.

Gabriel se echó a un lado, rodando para evitar la afilada hoja, que se clavó en el suelo. El atacante tuvo que tirar con fuerza para extraerla de la madera, momento que aprovechó Gabriel para ponerse en pie.

Movió los dedos, para intentar desentumecerlos. El atacante desclavó el cuchillo y se lanzó sobre él.

Gabriel retrocedió para ganar cierta distancia mientras buscaba un arma. Por el rabillo del ojo vio la mesa que se hallaba al final del pasillo.

Utilizando la mano sana, agarró uno de los pesados candelabros de plata que decoraban la mesa.

El asesino seguía acercándose, con el objetivo de acorralarlo en la escalera.

Su única opción, pensó Gabriel, era hacer algo inesperado.

En lugar de retroceder, se arrojó un lado, golpeándose contra la pared. El atacante se volvió con una rapidez increíble, pero Gabriel logró golpearlo en el antebrazo con el pesado candelabro.

El hombre gruñó de dolor y el cuchillo rebotó en el suelo.

Gabriel blandió de nuevo el candelabro hacia la cabeza de su oponente. Éste esquivó el golpe, retrocediendo. Ahora era Gabriel quien dirigía la ofensiva.

El criminal dio media vuelta y se dirigió a la escalera principal. Gabriel soltó el candelabro, cogió el cuchillo y corrió tras él.

El asesino llevaba cuatro pasos de ventaja. Cuando alcanzó la escalera, se apresuró a bajar apoyándose en la barandilla para no perder el equilibrio.

Llegó al pie de la escalera, abrió la puerta y salió a la calle.

Todos los instintos de Gabriel le urgían a perseguirlo, pero la lógica y la razón imperaron sobre su sed de caza. Cuando llegó al pie de la escalera, se asomó a la calle para intentar determinar por dónde había huido el criminal. Pero la niebla y la noche se lo habían tragado sin dejar ni rastro.

Gabriel cerró la puerta y subió al despacho, donde encendió la luz y libró a Montrose de su mordaza.

Tras escupir pedazos de tela, el anciano le dirigió una mirada disgustada.

—He intentado avisarte, el malhechor ha entrado por la puerta que une ambas habitaciones. —Montrose indicó con la cabeza la pared lateral del despacho—. No salió al pasillo; te esperaba en el otro dormitorio.

Gabriel observó la puerta que había pasado por alto en su rápido examen del despacho. Pensó que había estado demasiado seguro de que sus poderes paranormales le indicarían el lugar donde se ocultaba el asesino.

—Me lo merezco por confiar tanto en mis capacidades especiales.

—Las capacidades paranormales no reemplazan la lógica ni el sentido común —gruñó Montrose.

—Cuando dice esas cosas, señor Montrose, me recuerda mucho a mi padre.

—Hay algo que deberías saber. Quienquiera que fuese, se ha apoderado de la fotografía de la caja fuerte que me diste. Vi que se la guardaba en la camisa mientras te esperaba. Pareció sorprenderse al encontrarla; y quedó muy complacido.

30

—¿Qué habéis explicado a la policía? —preguntó Venetia.

—La verdad. —Gabriel tomó un generoso trago de coñac—. En cierto modo.

Montrose se aclaró la garganta.

—Como es natural —dijo el anciano—, optamos por no complicar su pesquisa con un exceso de información ajena al asunto, que les habría sido del todo inútil. Les hemos explicado que un intruso entró en mi casa, me ató y amordazó y que buscaba objetos valiosos cuando llegó Gabriel y le hizo huir.

—En otras palabras, no ha mencionado la fórmula del alquimista —dijo Venetia, sin molestarse en ocultar su exasperación.

Montrose y Gabriel intercambiaron miradas.

—No hemos visto la necesidad, francamente —replicó Montrose con suavidad—. A fin de cuentas, es un asunto de la Sociedad Arcana; no hay mucho que la policía pueda hacer.

—¡No han visto la necesidad! Casi los han asesinado esta noche. ¿Cómo puede decirme que no era necesario hablar a la policía sobre el posible motivo?

Venetia pensó que sus nervios nunca volverían a ser los mismos. Cuando poco antes Gabriel había aparecido en el vestíbulo, desaliñado, lleno de golpes y con el fragor de la lucha aún en sus ojos, ella no había sabido si sollozar de alivio o increparlo. Sólo la presencia de Montrose había impedido que hiciese cualquiera de las dos cosas.

Un único vistazo fue suficiente para comprender la magnitud del desastre. Ya habría tiempo para los sermones, se dijo.

Todos los habitantes de la casa estaban despiertos y ocupaban la pequeña sala. Venetia iba en bata y zapatillas, al igual que Amelia y Beatrice. Al oír el ruido, Edward había bajado en pijama para enterarse de lo que pasaba.

Beatrice se había encargado de atender a Montrose y Gabriel. Para alivio de todos, anunció que las heridas no eran graves.

La señora Trench hizo varios viajes entre la sala y la cocina para saber si «los caballeros necesitaban algo más, quizás un pedazo de pastel de carne para recuperar fuerzas».

Después de agradecérselo, Venetia la convenció de que volviera a acostarse. Cuando la señora Trench se hubo marchado a regañadientes, Venetia sirvió té para todos, aunque Gabriel parecía más interesado en la copa de coñac que tenía en la mano.

—El caso es que no estamos seguros de los motivos del criminal; tan sólo podemos conjeturar. Si lo piensas bien, en realidad no era mucho lo que podíamos ofrecer a la policía —razonó Gabriel.

—¿Le dijo algo el intruso, señor Montrose? —preguntó Venetia.

—Muy poco. Ni siquiera sabía que estaba en la casa hasta que me sorprendió en el despacho. Al principio creí que era un ladrón vulgar; me ató y amordazó a la silla y empezó a registrar la habitación. Tan pronto como encontró la fotografía de la caja fuerte pareció satisfecho. No obstante, sabía que Gabriel estaba de camino.

—Debió de interceptar el mensaje que me había enviado usted —dijo Gabriel.

Montrose frunció el ceño.

—¿Qué mensaje?

Todos se lo quedaron mirando. Montrose estaba perplejo.

—¿No envió un mensaje al señor Jones? —preguntó Venetia.

—No. Lamentablemente, apenas he avanzado en mi investigación sobre los familiares de los miembros de la Sociedad. Cada vez que identifico a algún posible sospechoso, resulta que está muerto o vive en el extranjero.

Aterrorizada, Venetia se volvió hacia Gabriel. Dijo:

—El mensaje pretendía atraerte a la casa de Montrose para asesinarte.

Beatrice, Amelia y Edward miraron a Gabriel en silencio.

—En realidad, el criminal pretendía asesinar también al señor Montrose —corrigió Gabriel, como si el plan de un doble asesinato fuese una circunstancia atenuante.

Venetia sintió deseos de aporrearle el pecho.

—Uno de los escasos detalles que me explicó el intruso era que iba a incendiar la casa después de acabar con Gabriel —dijo Montrose—. Planeaba hacerlo con gas. Dudo que nadie hubiese dado más vueltas a la tragedia; habría sido imposible probar que se trataba de un asesinato, los accidentes a causa del gas son habituales —terció Montrose, a modo de disculpa.

—Eso es cierto —intervino Beatrice—. Muchas personas no toman las precauciones adecuadas en el mantenimiento. Bien, señor, debo decirle que ha tenido suerte de que el asesino no acabase con usted a sangre fría mientras esperaba la llegada del señor Jones.

—El individuo me explicó que no podía matarme.

—¿Acaso el criminal tenía escrúpulos, señor Montrose? —preguntó Amelia.

—Nada de eso —aseguró Montrose, divertido—. El villano dijo que Gabriel notaría el olor a sangre y muerte tan pronto como abriese la puerta de la casa. Creo que temía que, ante tal situación, Gabriel actuase de forma inteligente y llamase a la policía antes de entrar a investigar.

—Es muy improbable que el señor Jones hiciese algo tan inteligente —rezongó Venetia.

—¿Como lo que hiciste tú cuando entraste en el cuarto oscuro y descubriste el cadáver de Burton? —replicó Gabriel, sonriendo.

Venetia se ruborizó.

—Aquélla era una situación totalmente distinta.

—¿Ah, sí? ¿En qué sentido?

—No importa —zanjó Venetia.

Beatrice observó a Montrose por encima de la montura de sus gafas.

—Comprendo que el criminal pretendiera asesinarlo a usted y al señor Jones, pero ¿por qué planeaba incendiar la casa?

Venetia vio que Montrose y Gabriel intercambiaban lo que sólo podía describirse como una mirada velada. Decidió que ya estaba harta de los secretos de la Sociedad Arcana.

—¿Qué pasa aquí? —exigió.

Gabriel titubeó, hasta adoptar finalmente una actitud de resignación estoica.

—Una cosa es acabar con una persona sin relaciones importantes; otra muy distinta, y mucho más arriesgada, es asesinar a alguien con parientes o amigos poderosos.

—Ya entiendo. Si os hubiesen encontrado asesinados, la policía hubiese llevado a cabo una investigación exhaustiva. El asesino lo sabía y esperaba borrar sus huellas haciendo que los cadáveres de sus víctimas ardiesen en lo que parecía un incendio accidental.

Montrose contuvo la risa.

—¿Qué le parece tan divertido, señor? —preguntó Edward.

—Dudo que nadie hubiese prestado mucha atención al asesinato de un anciano que apenas salía ni gozaba de relaciones importantes. Pero hubiera sido muy distinto encontrar apuñalado a Gabriel Jones. En tal caso, el maldito culpable lo hubiese pagado muy caro, si me permiten la expresión.

Se produjo un breve y atónito silencio. Venetia miró a Gabriel, cuya expresión era más torva que un segundo antes.

—¿A qué se refiere, señor Montrose? —preguntó Beatrice, con deliberada lentitud.

—Nosotros apreciamos mucho al señor Jones, pero creo que nadie nos consideraría «amigos poderosos». Dudo que la policía nos prestara atención si insistiéramos en que se llevase a cabo una investigación extensiva —añadió Amelia.

Montrose estaba claramente asombrado por la reacción de la familia.

—Cuando hablaba de amigos poderosos me refería al Consejo de la Sociedad Arcana, por no hablar de su mismísimo Maestro. Les aseguro que si hubiera llegado a saberse que el heredero del Trono del Maestro había sido asesinado, la presión habría sido intolerable.

31

—Creo que debería explicarnos con exactitud quién es usted, señor Jones —dijo Venetia con frialdad.

Gabriel sabía que tendría que tratar el tema tarde o temprano.

Esperaba retrasar el momento, pero el destino había conspirado en su contra. Toda la familia lo observaba. Montrose, consciente de haber creado el problema, miraba fijamente su taza de té.

—¿Va a convertirse en el próximo Maestro de la Sociedad Arcana, señor? —preguntó Edward, que parecía encantado por la noticia.

—No hasta que mi padre decida retirarse. Me temo que es uno de esos anticuados cargos ceremoniales que se transmiten hereditariamente.

Montrose se atragantó con el té. Beatrice le tendió una servilleta.

—Gracias, señora Sawyer. Cargo ceremonial, ja. Espera que tu padre oiga ésa, Gabriel.

—¿Qué tiene que hacer como Maestro? ¿Llevará espada? —quiso saber Edward.

—No, afortunadamente no hay espadas involucradas. Por lo general, es un trabajo bastante aburrido.

Montrose abrió la boca, como para contradecir aquella afirmación. Gabriel le lanzó una mirada fulminante.

Montrose se concentró de nuevo en su té.

—Dirigiré alguna reunión ocasional, revisaré los nombres de las personas recomendadas para formar parte de la Sociedad, estableceré comités para supervisar las áreas de investigación y cosas así —aclaró Gabriel.

—Oh. Eso suena bastante aburrido —dijo Edward, sin disimular su decepción.

—Sí, en efecto —concedió Gabriel.

Venetia no parecía del todo convencida, pensó Gabriel. Pero ella había visto la colección de reliquias y objetos de Arcane House y había mostrado sensibilidad a la energía psíquica residual que emanaba de algunos de ellos.

Decidió que había llegado el momento de cambiar de tema.

—Debido a los acontecimientos de esta noche, la situación ha cambiado. Ya no puedo asumir que esta casa sea segura. El asesino ha demostrado que no le importa usar a terceros para lograr sus objetivos y yo no puedo estar aquí día y noche para protegeros. Debo seguir con la investigación. Por tanto, hay que tomar ciertas medidas.

—¿Qué clase de medidas? —preguntó Venetia con desconfianza.

—Mañana por la mañana todos los habitantes de esta casa harán las maletas para pasar una larga temporada en el campo —decidió Gabriel—. Tomaréis el tren de la tarde para Graymoor, una aldea junto al mar. Enviaré un telegrama y os recibirán unas personas que os llevarán a un lugar seguro.

Venetia lo observaba muda de asombro.

—¿A qué demonios se refiere, señor?

—¿Y qué pasa con la galería? —preguntó Amelia, llena de ansiedad—. Venetia tiene varios compromisos importantes esta semana.

—Maud, la encargada, se quedará al frente de la galería. Ella puede reorganizar los compromisos para más adelante —dijo Gabriel.

—Me encantan los trenes, viajamos en uno para venir a Londres —intervino Edward, saltando en la silla—. ¿Meto la cometa en la maleta, señor?

—Sí —respondió Gabriel, que miraba a Venetia por el rabillo del ojo, como se vigila a un volcán que está a punto de estallar.

—No, eso es imposible. O, mejor dicho, es imposible para mí. Beatrice, Amelia y Edward pueden marcharse, pero yo no puedo anular mis compromisos; los clientes exclusivos no aprecian que se les trate así. Además, tengo otra exposición el martes por la noche; es la más importante hasta la fecha.

Sabía que aquello no iba a ser fácil, se dijo Gabriel.

—No podemos correr más riesgos, Venetia. Tu seguridad y la de tu familia es nuestra principal prioridad.

—Aprecio mucho su preocupación, señor, y estoy totalmente de acuerdo en que Edward, Amelia y Beatrice necesitan protección. Pero hay otra prioridad que debe tenerse en cuenta.

—¿Cuál es?

—Mi futuro profesional.

—¿Dónde está tu sentido común, maldita sea? No puedes anteponer tus intereses profesionales a tu seguridad. —Gabriel se estaba irritando.

—No lo comprende, señor Jones. Esos compromisos que pretende hacerme cancelar, así como la exposición, son cruciales para la seguridad financiera de mi familia. No puede esperar que abandone mis deberes sin más. Hay demasiado en juego.

—Entiendo que tu carrera es esencial, pero tu vida es más importante.

—Apreciaría que tomase en consideración ciertos hechos, señor Jones.

Gabriel estaba a punto de perder la paciencia.

—¿Qué hechos?

—Cuando haya descubierto su fórmula perdida, probablemente desaparecerá de nuevo, señor Jones. Tía Beatrice, Amelia, Edward y yo tendremos que valernos por nosotros mismos. Con franqueza, los beneficios de mi fotografía son todo lo que nos separa de una vida de pobreza y privaciones. No puedo arriesgarme a ese futuro. No puede pedirme eso.

—Si es el dinero lo que te preocupa —apuntó Gabriel—, me cuidaré de que no paséis privaciones en el futuro.

—No aceptamos caridad, señor. Ni podemos permitirnos depender de un caballero que no tenga una firme relación con esta familia. Descubrimos la precariedad de esa situación después de la muerte de nuestro padre.

Gabriel sintió que se encolerizaba por momentos. «No soy tu padre», quiso gritar. Tuvo que echar mano de toda su fuerza de voluntad para controlar su enfado.

—Debo insistir en que vayas al campo con los demás, Venetia —dijo en un tono frío como la piedra.

Venetia se levantó y se puso frente a él, ante el fuego.

—Le recuerdo que no tiene derecho a insistir en nada, señor Jones. Usted es un invitado, no el señor de la casa.

Aquello era como una bofetada, pensó Gabriel. El dolor que le produjo se mezcló con el frío calor que conservaba de la lucha con el asesino.

No respondió. No confiaba en lo que pudiese decir.

Nadie se movía en la sala. Gabriel sabía que todos estaban perplejos por la confrontación y no sabían cómo reaccionar. Edward parecía asustado.

La silenciosa batalla duró una eternidad, aunque en realidad tan sólo fueron unos segundos.

Sin mediar palabra, Venetia dio media vuelta y salió de la habitación. Gabriel escuchó sus pasos. Cuando llegó a la escalera, ya estaba corriendo. Poco después, cerró de un portazo su habitación.

Todos los que estaban en la sala lo oyeron también. Y se volvieron hacia él.

—¿Señor? ¿Qué pasará con Venetia? —preguntó Edward con incertidumbre.

Visiblemente conmocionada, Amelia tragó saliva.

—La conozco muy bien, señor. Si ella cree que debe quedarse en Londres, no podrá convencerla de lo contrario.

—Ella es la responsable de esta familia, señor Jones —intervino Beatrice—. Me temo que nunca logrará disuadirla de lo que considera su deber, por mucho que su vida esté en juego.

Gabriel miró a los presentes uno por uno.

—Yo cuidaré de ella.

La tensión aminoró. Gabriel supo que habían aceptado aquella declaración como el juramento solemne que era.

—En tal caso, todo irá bien —dijo Edward.

32

Gabriel se puso el abrigo sobre los hombros, a modo de capa, y salió al jardín sumido en la niebla. Necesitaba moverse, caminar, hacer cualquier cosa que le librase del estado de alerta paranormal y de la inquietud que seguían hirviéndole en la sangre.

Era como si su cazador interior esperase que otro villano surgiese de las sombras, quizá deseaba incluso ese encuentro. Necesitaba librarse de aquella sensación mediante un acto de violencia o de pasión; sin embargo, ya que no podía acudir a ninguno de ellos, tendría que caminar.

La discusión con Venetia sólo había empeorado una situación ya complicada. Necesitaba la oscuridad y el silencio de la noche para ordenar sus pensamientos, amansar a su bestia salvaje y recuperar el control.

A su espalda, los habitantes de la casa dormían de nuevo. La vivienda estaba repleta: aquella noche, compartiría la habitación del desván con Montrose.

El anciano había insistido en que era perfectamente capaz de regresar a su casa pero, tras la prueba experimentada, Gabriel no quería exponerlo a nuevos peligros. No sabía cuál iba a ser el siguiente paso del asesino, ahora que había frustrado sus planes.

Gabriel salió de la pequeña terraza de piedra y tomó el sendero que conducía al jardín. Había sabido desde el principio que Venetia sería difícil de manejar, e incluso le había gustado el desafío femenino que representaba. No obstante, en el fondo había asumido que en una confrontación cara a cara podría imponer su voluntad sobre ella.

No era arrogancia masculina lo que le había hecho llegar a esa conclusión. No era por el simple hecho de que él era un hombre y ella una mujer y que, por tanto, finalmente Venetia acabaría cediendo. Muy al contrario, había considerado que en una crisis le obedecería por la simple razón de que Venetia era lo bastante inteligente para comprender que él intentaba protegerla.

Pero no había tenido en cuenta que ella tenía sus propias responsabilidades y obligaciones. Había cometido un gran error, y reconocerlo no mejoraba su estado de ánimo.

La puerta de la cocina chirrió levemente.

—¿Gabriel? —tanteó Venetia, como si temiera que él la fuese a morder—. ¿Te encuentras bien?

Gabriel se volvió para mirarla. Se preguntó si ella estaría viendo su aura, pues era imposible distinguirlo entre la espesa niebla.

—Sí.

—Te he visto desde la ventana de mi dormitorio y temí que volvieras a irte.

¿Aquella posibilidad la había preocupado de verdad?, se preguntó Gabriel.

—Necesitaba tomar el aire.

Venetia se aproximó despacio, sin titubear. Sabía exactamente dónde se dirigía. Gabriel supuso que estaría viendo su aura y la usaba como guía.

—Estaba preocupada. Desde que has regresado esta noche estás muy extraño. No pareces tú. Aunque es lógico, después de lo sucedido en casa del señor Montrose.

—Te equivocas, Venetia. Siento informarte que, en realidad, esta noche soy verdaderamente yo. Esencialmente yo, por desgracia.

—No te comprendo —reconoció Venetia, deteniéndose a escasa distancia.

—Será mejor que vuelvas a acostarte.

Ella se acercó un poco más. Aún llevaba la bata y cruzaba los brazos para abrigarse.

—Dime qué te sucede —dijo en un tono sorprendentemente dulce.

—Ya sabes lo que me sucede —dijo él.

—Estás molesto conmigo porque he decidido no marcharme mañana, pero creo que ése no es el único motivo de tu estado actual. ¿Son los nervios? ¿Están destrozados por el terrible episodio de esta noche?

Gabriel soltó una risa seca.

—Mis nervios. Sí. Sin duda es una explicación tan lógica como cualquier otra.

—Por favor, Gabriel. Dime por qué actúas así.

Su muro interior se derrumbó sin previo aviso. Quizás era porque la deseaba muchísimo, o bien porque su autocontrol había llegado al límite. Fuera cual fuera la razón, ya estaba harto de guardar ciertos secretos.

—Al maldito demonio. ¿Quieres la verdad? Pues la tendrás. —Venetia no respondió—. Lo que estás presenciando es un aspecto de mi naturaleza que llevo toda mi vida adulta intentando ocultar. La mayor parte del tiempo lo consigo. Pero esta noche, durante la pelea en casa de Montrose, la criatura ha escapado de su jaula y me llevará cierto tiempo encerrarla de nuevo bajo llave.

—¿Criatura? ¿De qué estás hablando?

—Dime, Venetia, ¿estás familiarizada con la obra del señor Darwin?

Hubo un momento de silencio. La niebla que rodeaba a Gabriel se enfrió.

—Un poco —respondió Venetia con cautela—. Mi padre estaba fascinado con la noción de la selección natural y hablaba de ello a todas horas, pero yo no soy científica.

—Tampoco yo, aunque he estudiado la obra de Darwin y los escritos de otros que hacen eco de lo que él denominó «descendencia con modificación». La teoría tiene una lógica y una sencillez arrebatadoras.

—Mi padre decía que eso es la marca de todas las grandes ideas.

—Muchos de los miembros de la Sociedad Arcana están convencidos de que los dones paranormales son sentidos latentes de la humanidad que deberían estudiarse, investigarse y fomentarse en nuestra especie. En casos como tu capacidad para ver auras, quizás estén en lo cierto. ¿Qué hay de malo en ver un aura?

—¿Adónde quieres ir a parar? —preguntó Venetia.

—Yo también poseo ciertos dones paranormales.

Esperó la reacción de Venetia. No tardó en llegar.

—Lo sospechaba. Percibí la energía en ti cuando estábamos... juntos en Arcane House y también esta noche, en el carruaje. También recuerdo que distinguiste a esos hombres en la espesura del bosque, hace tres meses, y he visto cómo salías del jardín por la noche. Es como si pudieras ver en la oscuridad.

—¿Has percibido mis capacidades paranormales?

—Sí. Te permiten moverte en la oscuridad con la facilidad de un felino cazador, ¿verdad?

Gabriel se quedó petrificado.

—El término felino cazador es más preciso de lo que crees. Animal de presa es más adecuado. Cuando utilizo mis sentidos paranormales, me convierto en otra criatura, Venetia.

—¿A qué te refieres?

—¿Y si los sentidos paranormales que poseo no son nuevos rasgos de la selección natural, sino todo lo contrario?

—No, Gabriel, no debes hablar así —dijo Venetia, acercándose.

—¿Y si mi capacidad para detectar el rastro psíquico de la violencia es un sentido atávico que, en realidad, está en proceso de erradicarse en nuestra especie gracias a las fuerzas de la selección natural? ¿Y si soy una especie de salto atrás, un retroceso a algo que no forma parte de la era moderna? ¿Y si soy un monstruo?

—Basta, ¿me oyes? —Con un solo paso, Venetia acabó con el espacio que les separaba—. No digas tonterías, no eres un monstruo. Eres un hombre. Si poseer capacidades paranormales convierte a las personas en bestias, entonces yo también soy infrahumana. ¿Lo crees así?

—No.

—Entonces algo falla en tu teoría, ¿verdad?

—No comprendes lo que me sucede cuando utilizo mis sentidos paranormales —dijo Gabriel.

—Admito que no pretendo comprender la naturaleza precisa de nuestras capacidades metafísicas, Gabriel. ¿Pero qué hay de extraño en ello? Yo tampoco entiendo cómo puedo ver, oír, degustar u oler, ni sé lo que sucede en mi cerebro cuando leo un libro o escucho música. Ni siquiera puedo explicar por qué la fotografía me causa placer. Aún más, ni científicos ni filósofos pueden darme la respuesta, al menos no de momento.

—Sí, pero todas las personas hacen esos actos que describes.

—No es cierto. Hay quien carece de uno o más sentidos y no hay dos personas que utilicen sus sentidos del mismo modo o con el mismo grado. Todos sabemos que dos personas pueden mirar el mismo cuadro, comer la misma comida u oler la misma flor y describir sensaciones diferentes.

—Yo soy diferente.

—Todos somos diferentes, en cierto modo. ¿Qué tiene de extraño el concepto de que algunos dones psíquicos sean versiones más aguzadas de los sentidos que ya poseemos?

Ella no entendía, pensó Gabriel.

—Dime, Venetia, cuando utilizas tus poderes paranormales, ¿pagas un precio?

Venetia reflexionó unos instantes.

—Nunca me lo había planteado de esta forma, pero sí, supongo que lo pago.

—¿Qué te cuesta?

—Cuando me concentro para ver el aura de una persona, mis otros sentidos se debilitan. El mundo que me rodea pierde el color; es como ver el negativo de una fotografía. Si intento moverme, me siento como si caminara por un paisaje donde las luces y las sombras se han invertido. Como mínimo, resulta desorientador.

—Lo que yo experimento es mucho más turbador.

—Explícame qué es lo que te tortura de tus sentidos paranormales —dijo Venetia con calma, como si discutieran sobre un caso de historia natural.

Gabriel se pasó una mano por el cabello, en busca de las palabras que necesitaba. Nunca había discutido aquello con nadie a excepción de Caleb, y sólo de un modo indirecto en que ambos se habían dejado muchos detalles en el tintero.

—Cuando encuentro un rastro reciente de violencia es como si consumiera una potente droga. Un deseo depredador se desata en mi interior, como si me sintiese obligado a cazar.

—¿Dices que es un rastro de violencia lo que despierta esta sensación?

Gabriel asintió con la cabeza.

—Puedo usar mis sentidos paranormales sin despertar el instinto de caza, pero cuando encuentro el rastro psíquico de otro ser con intenciones violentas, una negra pasión amenaza con consumirme. Si hubiese atrapado al hombre que entró en casa de Montrose, podría haberlo matado sin titubear. La única razón de que lo dejara con vida es que quería ciertas respuestas de él. No es lo correcto. En teoría soy un hombre moderno y civilizado.

—Él era la bestia, no tú. Peleaste por salvar tu vida y la de Montrose, no es extraño que eso despertara tus emociones más intensas.

—No son emociones civilizadas; se apoderan de mí de una forma indescifrable. ¿Y si un día soy incapaz de controlar la sensación? ¿Y si me convierto en algo similar al hombre que encontré en casa de Montrose?

—No tienes nada en común con él —replicó Venetia, con sorprendente fiereza.

—Me temo que estás del todo equivocada. Creo que él y yo tenemos mucho en común. Podía ver en la oscuridad y también era muy rápido de movimientos. Aún más: conocía tan bien mis habilidades que me tendió una trampa astuta, dejando un rastro falso en la casa. Somos de la misma calaña, Venetia.

—Dime, Gabriel, después de que ese hombre escapara, ¿sentiste la necesidad de matar a otra persona? —preguntó Venetia, tomándole la cara entre las manos.

Gabriel parecía no comprender.

—¿Cómo?

—Tu presa escapó. ¿Sentiste el impulso de encontrar otra víctima?

Perplejo, Gabriel negó con la cabeza.

—La caza había terminado.

—¿No temiste hacer daño al señor Montrose mientras seguías sometido al instinto depredador que has descrito?

—¿Por qué demonios iba a querer dañar a Montrose? Venetia sonrió en la oscuridad.

—Un animal salvaje no distinguiría entre sus víctimas mientras se encontrara sometido a la influencia de sus instintos más básicos. Eso sólo lo hace el hombre civilizado.

—Pero yo no me sentía civilizado; eso es lo que intento explicar, Venetia.

—¿Quieres que te cuente por qué ni se te pasó por la cabeza atacar a Montrose, o a cualquier otro, después de que escapara el criminal?

—¿Por qué? —preguntó Gabriel, impresionado.

—Te sientes impulsado a cazar porque sientes la obligación de proteger a quienes están a tu cargo. Por eso has ido esta noche a casa de Montrose. A veces eres muy tozudo y arrogante, Gabriel, pero nunca he dudado que arriesgarías tu vida para proteger la de otros.

Gabriel no sabía qué responder y sólo pudo decir:

—Sigue, por favor.

—Supe eso de ti en cuanto nos conocimos. Lo probaste la noche en que me enviaste, junto con tu ama de llaves, lejos del peligro que amenazaba Arcane House y lo probaste de nuevo cuando cometiste la estupidez de evitar todo contacto conmigo para no atraer el peligro hacia aquí. Cuando decidiste aparecer, fue porque te sentías obligado a protegerme. Y has dado nuevas pruebas de tu naturaleza esta noche, cuando has acudido al rescate del señor Montrose y cuando has decidido enviar a mi familia al campo.

—Venetia...

—Tus temores son infundados. No eres una bestia salvaje que sucumbe a sus instintos sanguinarios; eres un guardián nato. No llegaría al extremo de llamarte «ángel guardián», aunque te llames Gabriel, pero sin duda naciste para defender y proteger.

Gabriel le sujetó los hombros

—Si eso es cierto, ¿por qué quise abalanzarme sobre ti en cuanto crucé la puerta de tu casa esta noche? ¿Por qué apenas puedo contener el deseo de arrancarte esa bata, lanzarte al suelo y perderme en ti?

Venetia no retiró las manos de su cara.

—Antes no me has arrastrado a la cama porque no era el momento ni el lugar adecuado. Y ambos sabemos que no vas a hacerme el amor en el jardín esta noche. Controla usted sus pasiones, señor Jones.

—No puedes saberlo.

—Sí, lo sé. —Venetia se puso de puntillas y rozó la boca de Gabriel con la suya—. Buenas noches, Gabriel. Nos veremos por la mañana, intenta dormir.

Venetia dio media vuelta y se encaminó hacia la casa.

Como siempre, el cuerpo de Gabriel respondió al reto que ella le había lanzado.

—Una cosa más —dijo Gabriel con suavidad.

—¿Sí? —Se detuvo ella ante la puerta.

—Por pura curiosidad, ¿qué es lo que me impide echarte al suelo y hacerte el amor aquí mismo?

—El frío y la humedad. No sería cómodo ni mucho menos saludable. Sin duda despertaríamos por la mañana con un grave ataque de reumatismo o un buen resfriado.

Venetia abrió la puerta y desapareció en el pasillo. Su leve risa fue como un perfume exótico: permaneció en el aire mucho después de que ella se hubiese ido, ofreciendo a Gabriel su calor.

Algún tiempo después él subió a la pequeña habitación que se hallaba en lo más alto de la casa. Acostado en la penumbra, Montrose preguntó:

—¿Eres tú, Jones?

—Sí, señor.

Gabriel desdobló las sábanas que la señora Trench había dejado en una silla e improvisó una cama en el suelo.

—Sé que no es asunto mío, pero debo admitir que estoy algo confundido. ¿Puedo preguntarte por qué duermes en el desván?

—Es algo complicado de explicar, señor —respondió Gabriel mientras se desvestía.

—Eres un hombre casado, maldita sea, y debo decir que la señora Jones parece muy saludable. ¿Por qué no estás abajo con ella?

—Creo haberle explicado que la señora Jones y yo nos casamos apresuradamente en secreto y que tuvimos que separarnos de inmediato debido a los acontecimientos de Arcane House. No hemos tenido la oportunidad de acostumbrarnos el uno al otro como marido y mujer.

—Hum.

—La conmoción por todo lo sucedido ha afectado profundamente la delicada sensibilidad de la señora Jones.

—No te ofendas, pero a mí no me parece delicada. La veo bastante enérgica —dijo Montrose.

—Necesita tiempo para hacerse a la idea del matrimonio.

—Sigo pensando que la situación es muy extraña —insistió Montrose, acomodándose en la almohada—, pero supongo que serán asuntos de la modernidad. En mi época las cosas no se hacían así.

—Eso he oído, señor.

Gabriel se acostó en el suelo y cruzó los brazos detrás de la cabeza.

Se había pasado toda su vida adulta luchando por controlar la parte paranormal de su naturaleza, por el profundo temor de que fuese algo inhumano que acabara haciéndose peligroso.

Aquella noche, sin embargo, Venetia lo había liberado con tan sólo unas pocas palabras.

Había llegado el momento de empezar a utilizar todos sus talentos, pensó Gabriel.

33

Rosalind Fleming se miró más de cerca en el espejo dorado de su vestidor. Se sentía llena de rabia y ansiedad. No había duda: en el contorno de los ojos empezaban a insinuarse unas finas líneas.

Contempló su imagen, forzándose a enfrentarse con lo que veía en su futuro. Los polvos y el carmín servirían durante cierto tiempo; un par de años, como mucho. Luego su belleza empezaría a marchitarse.

Siempre había considerado que su físico era una de sus dos bazas. Cuando llegó a Londres, creyó ingenuamente que su belleza sería la más útil y había planeado su estrategia en consecuencia.

Pero pronto había descubierto que su plan tenía un defecto. Atraer la atención de caballeros de la alta sociedad había resultado mucho más difícil de lo que pensaba. Estos hombres tenían muchas mujeres hermosas para elegir. En las escasas ocasiones en que había tenido la suerte de atraer la atención de un hombre acaudalado, había descubierto rápidamente que eran como niños: se aburrían pronto de sus juguetes y se sentían fascinados por otros nuevos y más jóvenes.

Afortunadamente había logrado apoyarse en su segundo don, sus habilidades para el hipnotismo y el chantaje. Era un talento con el que se había ganado la vida como médium y vidente, pero hasta hacía poco no la había ayudado a obtener la fortuna y la posición social que deseaba.

Así como Londres estaba plagado de mujeres atractivas en todos los niveles de la sociedad, también lo estaba de charlatanes y timadores que afirmaban poseer poderes paranormales. La competencia era feroz en ambos campos y sólo una auténtica hipnotizadora podía conseguir ciertos resultados. El problema consistía en que era necesario renovar y reforzar las órdenes dadas a los sujetos para que hicieran lo convenido. Era un trabajo que requería sumo cuidado y que muchas veces se torcía.

En los últimos meses había empezado a pensar que su suerte, por fin, había cambiado. Parecía tenerlo todo: acceso a inmensas fuentes financieras y una posición en la sociedad.

Pero sus sueños dorados estaban a punto de hundirse en una pesadilla.

Y sabía quién era la culpable: Venetia Jones.

34

A pesar de que todos se habían acostado bastante tarde, el desayuno se sirvió temprano. En cuanto hubo terminado, Beatrice se levantó de la mesa.

—Hay que hacer las maletas. Vamos, Edward y Amelia. Hay mucho que hacer antes de llegar a la estación.

Todos salieron de la habitación entre un rechinar de sillas.

—Tengo que avisar a mi ama de llaves —dijo Montrose, poniéndose también de pie—. Habrá llegado a casa para trabajar y se preguntará dónde estoy. Le diré que me prepare el equipaje, lo recogeré de camino a la estación.

Venetia depositó su taza de té en la mesa.

—Puede utilizar mi despacho para escribir a su ama de llaves, señor.

—Gracias, señora Jones.

Montrose salió y Venetia se encontró a solas con Gabriel.

Se preparó para seguir con la discusión, pero Gabriel no deseaba iniciar una pelea. A pesar del ojo morado y las magulladuras, parecía encontrarse de un humor excelente.

—¿Cómo te sientes? —preguntó Venetia, sirviéndose una segunda taza de té.

—Como si me hubiera atropellado un carruaje. Por lo demás muy bien, gracias.

—Tal vez deberías pasar el día en la cama.

—Eso suena muy aburrido, a menos que pretendas pasarlo conmigo. Pero debo advertirte que no cabemos en la cama del desván, tendríamos que usar la tuya.

—Francamente, señor, ésa no es la clase de comentario que se hace en el desayuno.

—¿Tendría que haberlo reservado para la cena?

Venetia le dirigió una mirada fulminante.

—Para ser alguien que hace sólo unas horas temía estar a punto de convertirse en una bestia voraz, ahora pareces de un humor excelente.

Gabriel reflexionó mientras se comía la tostada.

—No recuerdo haber utilizado la palabra «voraz». Pero está en lo cierto, señora Jones, esta mañana me siento mucho mejor.

—Me alegro de ello. ¿Qué te propones hacer hoy? —preguntó Venetia.

—Entre otras cosas, pretendo llevar a cabo una exhaustiva investigación de Rosalind Fleming.

—¿Cómo lo conseguirás?

—Me gustaría tener una charla con uno de sus criados. Las doncellas y los lacayos siempre saben más de sus patrones de lo que se cree. Si es posible, intentaré entrar en su casa, quizá disfrazado de comerciante.

—¿Pretendes disfrazarte?

—A diferencia de ti, querida, no me importa utilizar la puerta de servicio —replicó Gabriel, sonriendo.

Venetia dejó la tetera en la mesa con excesivo ímpetu.

—Es muy peligroso.

—Tendré cuidado —aseguró Gabriel.

Venetia reflexionó sobre el plan.

—Has dicho que la persona con quien te enfrentaste en casa de Montrose era un hombre.

—Sin duda. Soy capaz de notar la diferencia. Pero estoy convencido de que Rosalind Fleming está involucrada.

—Dados los recientes sucesos, me sorprende que estés tan jovial esta mañana. Cualquiera diría que has estado bebiéndote la ginebra de la señora Trench.

Gabriel sonrió misteriosamente y tomó un poco de café.

Venetia se recordó que había asuntos más urgentes que tratar y decidió cambiar de tema.

—Has sugerido la posibilidad de que Rosalind Fleming haya utilizado a alguien para que mate por ella. Debe de tratarse de la persona con quien luchaste anoche.

—Con un poco de suerte, intentará acabar la tarea encomendada.

—Gabriel, no debes hacer de cebo deliberadamente —dijo Venetia, muy alarmada—. Has dicho que ese criminal tenía unos poderes paranormales similares a los tuyos.

El buen humor de Gabriel desapareció, reemplazado por una fría anticipación.

—Sí. Y en caso de que haga uso de las mismas cualidades paranormales que yo poseo, puedo hacer algunas suposiciones.

—¿Como cuáles?

—Desconozco si recibe dinero de Rosalind Fleming, pero en cualquier caso estoy convencido de que tiene sus propios objetivos y estrategias. Es poco probable que mate para otros, a menos que también sirva a sus propósitos. Tampoco me parece posible que acepte órdenes de nadie, a no ser que sirva a sus fines.

—Pareces muy seguro de lo que dices, Gabriel.

—También sé que no se ha tomado muy bien la derrota de anoche. Sospecho que ahora me ve no sólo como alguien a quien hay que eliminar porque estoy complicando las cosas, sino más bien como un oponente. Un competidor. Él y yo somos, según su punto de vista, dos depredadores rivales que se han encontrado. Sólo uno puede sobrevivir.

Venetia sintió que se le erizaba el cabello.

—No hables así —le reprochó con dulzura—. Ya te dije anoche que no eres un depredador, Gabriel.

—No entraré en otra discusión sobre si soy o no un voraz animal de presa, pero de una cosa sí que estoy seguro.

—¿Qué es?

—Que puedo pensar como si lo fuera.

35

Gabriel todavía miraba el rostro de Venetia, esperando su reacción a lo que acababa de decir, cuando oyeron que un carruaje se detenía ante el portal. Poco después alguien aporreó la puerta y los pesados pasos de la señora Trench cruzaron el vestíbulo.

—Me pregunto quién será a esta hora.

Oyeron que la puerta se abría y una atronadora voz masculina exclamó:

—¿Dónde diantre está nuestra nueva nuera?

Venetia se quedó paralizada, mientras Gabriel miraba fijamente la puerta del comedor, resignado a lo inevitable.

—Mi vida era tan simple y ordenada —le dijo a Venetia—. Antes me pasaba mañanas enteras a solas con mis libros.

—¿Es tu padre quien está en el recibidor? —exclamó Venetia.

—Eso temo. Mi madre estará con él, son inseparables.

—¿Qué hacen tus padres aquí?

—Supongo que alguna persona bienintencionada les enviaría un telegrama.

La señora Trench apareció en el umbral profundamente asombrada.

—Unos tales señor y señora Jones desean verla, señora.

—No hacen falta tantas formalidades, todos somos familia —rugió Hippolyte Jones a sus espaldas.

El ama de llaves desapareció. Gabriel se levantó para recibir a su madre, que fue la primera en entrar. Atractiva y menuda, Marjorie Jones iba elegantemente ataviada con un vestido azul que realzaba su cabello negro y plateado.

Hippolyte entró tras ella. Con sus rasgos pétreos, ojos verdes y cabello blanco que le llegaba hasta los hombros, siempre causaba una impresión formidable.

Por el rabillo del ojo, Gabriel miró la expresión de Venetia. Parecía que había visto entrar a dos fantasmas.

—Buenos días, madre —dijo Gabriel. A continuación se volvió hacia su padre—. Señor.

—¿Pero qué te ha pasado? —preguntó Marjorie al verle la cara—. Parece que te hubieras metido en una pelea.

—Me golpeé contra una puerta en la oscuridad.

—Pero tú puedes ver muy bien en la oscuridad —replicó Marjorie.

—Te lo explicaré más tarde, madre. —Gabriel hizo rápidamente las presentaciones, sin dar tiempo a Venetia para que hablase—. Esto es una sorpresa, no os esperábamos.

Marjorie lo miró con expresión de reproche.

—¿Qué íbamos a hacer cuando recibimos el telegrama de tu tía Elizabeth diciendo que te habías fugado para casarte? Sé que estás muy ocupado con el asunto de la fórmula, pero podrías haber encontrado tiempo para enviar a tus padres una nota o un telegrama.

—¿Qué hizo pensar a la tía Elizabeth que me había fugado?

—Tu primo Caleb le mencionó algo acerca de que planeabas casarte con la fotógrafa que fue a Arcane House para hacer las fotografías de las antigüedades —dijo Hippolyte con una sonrisa sospechosamente orgullosa—. Como parecía haber cierta confusión sobre el momento en que el matrimonio tendría lugar, decidimos venir a Londres a comprobar qué sucedía.

—Imagina nuestra sorpresa cuando descubrimos que tú y tu encantadora prometida ya os habíais instalado como matrimonio —añadió Marjorie con alegría.

—Caleb. Oh, claro, tendría que haberlo imaginado. Madre, creo que ha habido cierta confusión respecto a la fuga...

—Bienvenida a la familia, querida —dijo Marjorie, dirigiendo una cálida sonrisa a Venetia—. No puedes imaginar cuánto deseaba que Gabriel encontrase a la mujer adecuada. Ya casi habíamos perdido la esperanza, ¿no es así, Hippolyte?

Hippolyte soltó una risita.

—Ya te dije que la señorita Milton era la mujer perfecta para él.

—Es verdad, querido.

—Y tú respondiste que no debía entrometerme en los asuntos personales de nuestro hijo. ¿Dónde crees que estaríamos ahora si no hubiera hecho precisamente eso?

Venetia parecía hallarse en un estado de trance. Estaba de pie, pero se apoyaba en el extremo de una mesa como si temiese que le flaqueasen las rodillas.

—Tienes toda la razón, Hippolyte —concedió Marjorie. Después se volvió hacia Gabriel—. Pero debo protestar por este matrimonio secreto, tenía previsto haceros una boda adecuada. Ahora que me habéis privado de eso, supongo que me dejaréis organizar una recepción decente. No podemos permitir que la gente piense que no estamos encantados con nuestra nueva hija política.

Venetia emitió un extraño ruidito. Tenía la vista fija en Hippolyte.

—Yo lo conozco, señor. Usted me compró varias fotografías en Bath.

—En efecto, eran unas fotos maravillosas. Tan pronto como te vi y contemplé tu obra, supe que eras la mujer para Gabriel. Aunque tuve que maquinar un poco para organizar que fotografiases la colección, no creas. El Consejo puede ser muy anticuado en lo que respecta al empleo de invenciones modernas..., pero soy el Maestro, a fin de cuentas.

—El personal está preparando nuestra casa de Londres —anunció Marjorie—. No la hemos utilizado durante años, pero no tardaremos en organizarla y hacerla confortable.

—Tu madre se ha traído un pequeño ejército de sirvientes en el tren de la mañana —explicó Hippolyte.

Se oyeron pasos en la escalera y en el vestíbulo. Edward llegó el primero, ansioso por descubrir lo que sucedía. Amelia apareció detrás, con el rostro resplandeciente de curiosidad. Beatrice, con aspecto preocupado, cerraba la comitiva.

—No sabía que teníamos visita —dijo.

Marjorie se volvió hacia ella.

—Acepte mis disculpas por irrumpir así a una hora tan temprana. Al ser familia, nos hemos tomado la libertad; espero que no les importe.

—¿Familia? Creo que se han equivocado de dirección —respondió Beatrice, escudriñando por encima de las gafas.

—Sí, una dirección equivocada, de eso se trata. De un terrible malentendido —musitó Venetia.

Nadie le hizo caso.

—Sólo somos cuatro, mis hermanas, mi tía y yo, no tenemos otra familia. —Tras dirigir una rápida ojeada a Gabriel, Edward añadió—: Otra familia de verdad, claro está.

Hippolyte le despeinó el cabello con un gesto cariñoso.

—Tengo una noticia para ti, muchachito. Ahora tienes mucha más familia, y te aseguro que somos muy de verdad.

36

—Tenemos un desastre entre manos. —Venetia cruzó su pequeño despacho a grandes zancadas. Cuando casi se topó de bruces con una estantería, dio media vuelta y retrocedió sobre sus pasos—. Un absoluto desastre.

Gabriel la observaba desde una silla situada junto a la ventana, mientras calculaba cómo encarar la situación. La casa estaba más tranquila ahora que sus padres se habían marchado a su mansión de Londres, pero Venetia se hallaba en un peligroso estado de ánimo. Gabriel optó por la razón y la lógica.

—Mira el lado positivo.

Venetia lo fulminó con la mirada.

—No hay un lado positivo.

—Piensa un poco, cariño. Ya no es necesario enviar a Beatrice, Amelia, Edward y Montrose fuera de la ciudad. He hablado con mi padre y le he explicado lo sucedido. Hemos acordado mudarnos todos a la casa de Londres hasta que este asunto de la fórmula haya concluido.

—¿Pretendes que vayamos todos a casa de tus padres? —preguntó Venetia, horrorizada.

—Estaremos muy seguros, te lo prometo. Como ha dicho mi padre, han venido con numerosos criados que podrán vigilar la situación. Llevan toda la vida al servicio de mis padres, son leales y están bien aleccionados. No podrías pedir unos mejores guardianes.

Aquello hizo vacilar a Venetia. Gabriel no estaba sorprendido, pues sabía lo importante que era para ella la seguridad de su familia.

—Pero ¿y nosotros? —Venetia cruzó las manos a la espalda y siguió caminando—. Tus padres creen que estamos casados, ya has oído a tu madre. Quiere organizar una recepción, nada menos.

Gabriel estiró las piernas y miró la punta de sus botas.

—Esta tarde les diré la verdad. Comprenderán que la estrategia de fingir que estamos casados era necesaria.

—No estoy tan segura de eso —dijo Venetia.

—Créeme, mi padre desea recuperar la fórmula perdida y aceptará cualquier táctica que sea necesaria.

—También parecía desear que te casaras. Y también tu madre.

—Ya me las arreglaré —apuntó Gabriel.

Venetia hizo otro recorrido por la habitación y después se dejó caer en la silla del escritorio.

—Como si no tuviésemos bastantes complicaciones.

Gabriel sonrió.

—Afortunadamente, tu familia y la mía son grandes expertas en eso de guardar secretos.

—¿A qué demonios te refieres, con eso de que no estás casado con la señora Jones? —Hippolyte se detuvo en el parque y se volvió para encararse con Gabriel—. Vives en su casa como su marido y a tu madre y a mí se nos ha dicho que os movéis en sociedad como una pareja casada.

A pesar de la tranquilidad que había mostrado ante Venetia, Gabriel sabía que aquello no iba a ser fácil.

Había invitado a Hippolyte a dar un paseo por el parque para charlar. Conocía lo bastante a su padre para esperar una explosión de fuegos artificiales cuando le comunicase la falsedad del matrimonio, e Hippolyte no lo decepcionó: parecía que iba a estallar de un momento a otro.

—Soy consciente de lo extraño de la situación, señor.

—Exijo saber lo que sucede, Gabriel. Tu madre se quedará de piedra cuando descubra que estás fingiendo ser el marido de la señora Jones.

—Esperaba haber zanjado este asunto antes de que regresarais de Italia.

—¿Ah, sí?

—Deja que te explique, padre.

Gabriel hizo un rápido resumen de lo sucedido. El rostro de su padre pasó por una amplia variedad de expresiones, que iban de la indignación al asombro.

—Santo cielo —musitó Hippolyte, fascinado muy a

su pesar—. No creía que tu ojo morado se debiese a haber chocado contra una puerta en la oscuridad.

—Bueno, estaba bastante oscuro y había algunas puertas.

Hippolyte se sentó en un banco cercano y apoyó las manos en la empuñadura de su bastón. Preguntó:

—¿Crees que esa señora Fleming y un desconocido con aptitudes similares a las tuyas están involucrados en el robo de la fórmula?

—Sí. No he logrado deducir cómo se enteraron de la existencia de la fórmula, ni por qué alguien envió a dos hombres a robar la caja fuerte. Pretendo seguir con mis investigaciones, pero entretanto debo asegurarme de que Venetia, su familia y Montrose se encuentran a salvo.

—No necesitas preocuparte por eso. Nuestra casa será tan segura como una fortaleza en cuanto la hayamos organizado.

—También me podrías ser de utilidad, padre.

—¿Qué quieres que haga? —preguntó Hippolyte, visiblemente ilusionado.

—La señora Fleming debe de saber quién soy, pero es poco probable que os hayáis conocido. Hoy pensaba recabar información acerca de ella, tal vez entrando en su casa para echar un vistazo.

A Hippolyte le resplandecieron los ojos de entusiasmo.

—Ah, ¿quieres que haga de espía?

—De este modo yo podría dedicarme a investigar en otra dirección.

—¿En cuál?

—He reflexionado mucho desde mi encuentro con el intruso, anoche en casa de Montrose. ¿Qué sabes de lord Ackland?

—No mucho. Se introdujo en sociedad hace muchos años, cuando yo cortejaba a tu madre. Nos encontrábamos en bailes y veladas, y pertenecíamos a los mismos clubes. No creo que se casara.

—¿Hay alguna posibilidad de que haya sido miembro

de la Sociedad Arcana o que tenga una relación cercana con algún miembro?

—No, Dios mío. Ese hombre no era del tipo erudito. En sus años mozos tenía fama de jugador y juerguista. Últimamente se comentaba que estaba senil y moribundo.

—Eso me dicen todos.

38

—¿Por qué ese repentino interés en lord Ackland? —preguntó Venetia.

Estaba sentada frente a Gabriel en un carruaje a oscuras, vigilando la mansión de Ackland desde la calle. Había luz en las ventanas de la planta baja, pero las cortinas estaban corridas. En el exterior, la espesa niebla que se reflejaba en las farolas de la calle creaba un ambiente espectral, como de otro mundo.

Venetia vestía el atuendo masculino que había llevado al Janus Club. Ella y Gabriel llevaban casi una hora sentados en el carruaje. Venetia estaba segura de que tanto el caballo como el cochero dormían desde hacía tiempo.

—Hemos asumido que su único papel en este asunto es el de víctima inconsciente de la señora Fleming, una fuente de dinero y un pasaje a la alta sociedad. Pero tanto Harrow como mi padre me han dicho que hace unos meses Ackland no estaba sólo senil, sino también gravemente enfermo.

—¿En qué estás pensando?

—Cuando charlaba con mi padre en el parque, se me ocurrió que el renovado vigor de Ackland tal vez se deba a algo más que a la influencia terapéutica de la señora Fleming.

Venetia sintió un escalofrío.

—¿Estás insinuando que alguien se hace pasar por lord Ackland?

—Si lo piensas, hacerse pasar por un viejo chocho esclavizado por una encantadora intrigante es un excelente camuflaje, ¿verdad?

—Pero si él no es el verdadero lord Ackland, ¿quién es y cómo ha logrado reemplazar al anciano?

—Una pregunta tras otra. No sabemos con certeza si el hombre que vive en esa casa es un impostor; de eso quiero asegurarme esta noche. Con un poco de suerte, saldrá a visitar a la encantadora señora Fleming o irá a su club. En tal caso, espero que consigas ver su aura.

—¿Crees que la he visto antes? —preguntó Venetia.

—Sí.

—¿Uno de mis clientes, tal vez?

—Chist —susurró Gabriel—. Se han apagado las luces. O bien Ackland va a acostarse o ha decidido salir.

Venetia se volvió hacia la mansión. La puerta principal se había abierto y la única iluminación era la proporcionada por la lamparilla del vestíbulo. La silueta de Ackland se recortó brevemente contra la débil luz; después apagó la lámpara y bajó con paso vacilante la escalera del portal, bastón en mano. Se detuvo para cerrar la puerta antes de dirigirse lentamente hacia la calle.

Sopló un silbato y un cabriolé dobló la esquina para recogerlo.

Venetia comprendió que en pocos segundos el vehículo se interpondría entre ellos y no le permitiría ver a Ackland.

Se concentró, aquietando su interior. Aquel oscuro mundo rodeado de niebla se convirtió en una imagen en negativo. Frente a ella palpitaba el aura poderosa y controlada de Gabriel. Venetia también era vagamente consciente del aura del cochero del cabriolé; su carácter errático le hizo sospechar que el conductor había bebido.

Dirigió su atención a la figura encorvada de Ackland, que se apoyaba en el bastón mientras esperaba la llegada del cabriolé.

Una energía fantasmal se agitaba a su alrededor. Eran

unas sombras oscuras, intensas y turbadoras que le helaron la sangre en las venas.

—¿Venetia? —musitó Gabriel.

Venetia parpadeó, tomó aliento y regresó a su visión normal. El cabriolé se había detenido ante Ackland. Éste subió pesadamente y el vehículo emprendió la marcha calle abajo.

Gabriel se inclinó y la tomó por la cintura.

—¿Te encuentras bien?

—Sí. Sí, estoy bien —consiguió responder. Estaba temblando.

—Es el asesino, ¿verdad? —preguntó Gabriel. En cada palabra se advertía la seguridad del cazador que ha avistado su presa—. Es quien viste escapar del cuarto oscuro donde Harold Burton bebió el coñac envenenado con cianuro.

Venetia se retorcía las manos.

—Sí.

—Aquella noche, Ackland estaba en la exposición con Rosalind Fleming. Ambos se marcharon de la sala antes de que Burton desapareciera, pero Ackland pudo regresar fácilmente por la escalera del callejón lateral del edificio.

—Habría organizado una cita con Burton en el cuarto oscuro.

—Sospecho que Ackland, o quien haya tomado su lugar, era el misterioso cliente de Burton, que le pagaba para que te vigilase y le informase de tus contactos.

—¿Qué vamos a hacer? No tenemos ninguna prueba.

Gabriel la soltó, se apoyó en el asiento y estudió la mansión con expresión reflexiva.

—No hay criados.

—¿Perdona?

—Tenemos aquí una gran mansión con un anciano obviamente enfermo viviendo en ella; un anciano rico, para colmo. Sin embargo, nadie lo ha acompañado hasta la calle, ni ha apagado las luces ni ha llamado al vehículo.

—Tal vez el personal tenga la noche libre.

—Es más probable que no permita a los criados que permanezcan en la casa durante la noche, porque teme que descubran su secreto —dijo Gabriel, que acto seguido abrió la portezuela del carruaje.

—¿Pero qué haces? —preguntó Venetia, sujetándole por el brazo.

Gabriel se miró la manga, como si le sorprendiera que ella lo tocase.

—Voy a ver si puedo entrar en la casa y echar un vistazo.

—No lo hagas.

—Nunca habrá una oportunidad mejor. Diré al cochero que te lleve a casa de mis padres y no se marche hasta que hayas entrado.

—No me gusta esto, Gabriel.

—Este asunto debe zanjarse lo antes posible.

Gabriel la besó en la boca y saltó con agilidad a la calle. Tras cerrar la puerta, habló brevemente con el cochero y se internó en la oscuridad.

Venetia se volvió mientras el carruaje se alejaba calle abajo. No vio ni rastro de Gabriel, ni siquiera su aura. Había desaparecido como por arte de magia.

39

Para entrar en la mansión tuvo que romper un pequeño panel de cristal de la puerta trasera. Gabriel sabía que, al ver los pedazos, el hombre que se hacía llamar lord Ackland advertiría que lo había visitado un intruso, pero aquello era inevitable.

El interior de la casa estaba sumido en la oscuridad, pero virtualmente en todas las superficies, los pomos de las puertas y las barandillas, había el rastro de alguien capaz de matar.

Las turbadoras pulsiones psíquicas excitaron sus capacidades paranormales y estimularon sus sentidos. Gabriel era cada vez más sensible a lo que lo rodeaba. Su vista y su oído se agudizaron a medida que avanzaba por el vestíbulo.

También el olfato, más sensible, captó un fuerte olor a humedad superpuesto al de plantas en estado de putrefacción. La mansión olía a pantano. El olor no provenía de la cocina; quizás uno de los cuartos de baño estuviese abandonado y mohoso.

Gabriel echó un rápido vistazo a la cocina, pero ni allí ni en la despensa había nada de interés. Siguió por el pasillo principal y llegó al salón. Todos los muebles estaban cubiertos con sábanas.

Poco después descubrió que la biblioteca se hallaba en similar estado. Sólo quedaba un puñado de libros en los estantes y los cajones del escritorio estaban vacíos.

Parecía que Ackland vivía allí como un fantasma.

Gracias a la débil luz que se filtraba por las ventanas y su visión estimulada, no necesitó encender una lámpara para subir la escalera.

La desagradable humedad y el olor a podrido aumentaron cuando llegó al descansillo, donde también percibió algo más: olor a pez muerto.

Siguió la pestilencia con gran curiosidad, hasta llegar ante una puerta cerrada. Sin duda el olor, que le resultaba vagamente familiar, provenía del otro lado. Entonces le vino a la cabeza un recuerdo de su juventud.

El lugar olía como un gigantesco acuario abandonado.

Abrió la puerta despacio y entró en lo que antes había sido el dormitorio principal de la casa.

La habitación estaba llena de terrarios colocados sobre mesas de trabajo. Sus paredes de cristal permitían contemplar una gran diversidad de paisajes en miniatura, cuya principal forma de vida vegetal era el helecho.

Pero había más vida en los terrarios.

Algo se movió rápidamente al otro lado del cristal. Al acercarse, Gabriel se enfrentó al frío resplandor de unos ojos inhumanos.

Era evidente que el falso Ackland se las daba de naturalista.

Gabriel observó de nuevo el acuario. Era el más grande que había visto, parecía un pequeño vivero.

El tanque reforzado tenía un lado de cristal, pero ni siquiera la visión psíquica le permitió entrever sus profundidades. Encendió una lamparilla y la acercó al acuario. Dos pequeños peces flotaban justo por debajo de la superficie.

Aunque cambió el ángulo de la luz, no logró vislumbrar más que unos centímetros bajo el agua porque el tanque estaba anegado de plantas acuáticas. Formaban una verdadera jungla que cubría la superficie del agua.

Gabriel apagó la luz y miró a su alrededor. Había una mesa junto a la ventana, así como una estantería llena de libros. A diferencia de los volúmenes de la planta baja, en éstos no había polvo y, sin duda, se utilizaban. Se acercó para leer los títulos de los lomos; reconoció varios textos de historia natural y *El origen de las especies,* de Darwin.

«Si Ackland guarda otros secretos, estarán en esta habitación», pensó Gabriel, que inició una búsqueda metódica de una caja fuerte u otro posible escondrijo.

Acababa de levantar el extremo de una alfombra que se hallaba en una posición sospechosa cuando oyó un débil sonido en la planta baja.

Alguien había abierto una puerta.

40

Venetia cruzó la puerta trasera de la mansión dando traspiés. Tenía las muñecas doloridas atadas a la espalda y le era difícil controlar el pánico causado por la mordaza, que amenazaba con ahogarla.

El hombre que la había secuestrado a punta de pistola en el carruaje se había identificado como John Stilwell, pero aún llevaba la peluca blanca, los falsos bigotes y la vestimenta anticuada que formaban su disfraz de lord Ackland.

A diferencia de Ackland, Stilwell era un hombre fuerte y vigoroso. Había detenido al cochero con su pistola, pero Venetia también había vislumbrado un cuchillo oculto bajo el abrigo.

Stilwell empujó a Venetia hacia el pasillo. Ella tropezó y cayó de bruces al suelo.

—Le pido disculpas, señora Jones. He olvidado que no puede ver en la oscuridad, como su estimado esposo y yo mismo.

Stilwell encendió uno de los candelabros de la pared y ayudó a Venetia a ponerse en pie.

—Creo que ahora ya podemos prescindir de la mordaza. Esta casa es de construcción maciza y dudo mucho que nadie lograse oírla en caso de que gritara. No obstante, si lo intenta le rebanaré el pescuezo. ¿Ha comprendido?

Venetia asintió furiosamente con la cabeza. Stilwell le

desató la mordaza y Venetia la escupió, ansiosa por aspirar aire.

—Tienes compañía, Jones —gritó Stilwell—. He traído a tu encantadora esposa; debo reconocer que su sastre es excelente. —Sólo respondió el silencio—. ¡Sal antes de que pierda la paciencia y la destripe como a un pez!

Su voz retumbó en la gran casa. No hubo respuesta.

—Ha llegado tarde. Sin duda, el señor Jones ha encontrado la fórmula y se ha marchado —dijo Venetia.

Stilwell la sujetó por el brazo y la empujó al vestíbulo.

—Imposible. No puede haberla localizado en tan poco tiempo.

—Entonces ha abandonado la búsqueda y se habrá marchado —replicó Venetia con falsa despreocupación.

—¡Vamos, Jones! —chilló Stilwell—. Cuando todo está dicho y hecho, esto se reduce a un mero asunto de negocios. Quiero una copia de la fotografía original que la señora Jones tomó de la caja fuerte. En cuanto examiné la fotografía que me llevé de casa de Montrose, supe que estaba retocada. ¿Creías que me engañarías tan fácilmente?

—Si me mata, perderá la única baza que tiene para negociar —dijo Venetia, esforzándose en aparentar tranquilidad—. El señor Jones lo perseguirá como a la bestia enloquecida que es usted.

—Silencio —susurró Stilwell.

Estaba claro que no le importaba que lo llamasen bestia, pensó Venetia.

—Sé que Jones está aquí —prosiguió Stilwell, empujando a Venetia hacia la escalera—. Lo vi salir del carruaje y rodear la casa. Le vigilaba; sabía que tarde o temprano descubriría que no soy lord Ackland.

—Gabriel estaba aquí, pero ya se ha ido —dijo Venetia.

—No. No se marchará hasta que encuentre lo que ha venido a buscar. Sé cómo piensa; somos iguales.

—No. No se parecen en nada.

—Se equivoca, señora Jones. Quizá, dadas las circunstancias, se alegre de su error; a fin de cuentas, pronto ocuparé el lugar de su marido en su cama. —Stilwell soltó una carcajada—. Puede que en la oscuridad no advierta la diferencia.

Venetia estaba tan perpleja que no supo qué responder. Aquel hombre estaba loco.

Cuando llegaron a lo alto de la escalera, la oscuridad volvió a rodear a Venetia, que se detuvo en seco.

—¿Qué es este horrible olor a moho? Debería decir a su criada que limpie los desagües más a menudo.

Stilwell la obligó a avanzar y se detuvo ante una puerta, que Venetia apenas pudo distinguir en la penumbra del pasillo.

Cuando Stilwell la abrió, el fétido olor a humedad se hizo más intenso. Empujó a Venetia al interior de la habitación y encendió el candelabro de pared más cercano.

—Bienvenida a mi laboratorio, señora Jones.

La luz sólo penetró débilmente en la oscuridad. Los extremos más alejados de la estancia siguieron sumidos en la penumbra, pero Venetia pudo ver lo bastante para saber que Gabriel no se encontraba allí.

Quizás había encontrado la fórmula y se había marchado, pensó la joven.

—Maldito hijo de perra. Me niego a creer que la haya encontrado. No tan rápido, imposible. Está en el último lugar donde uno buscaría.

Venetia miró temerosa a su alrededor. Un enorme acuario atestado de plantas, del que emanaban gran parte de los desagradables olores, ocupaba el centro de la habitación. No obstante, era la disposición de los terrarios contra la pared lo que le erizó el pescuezo. Aunque había creído imposible sentir más frío y temor, en aquel preciso instante supo que se había equivocado.

—¿Qué hay en esas cajas?

—Una interesante variedad de pequeños depredadores. Puede aprenderse mucho de las criaturas que no han sido constreñidas por las ataduras de la civilización.

Pasaron ante uno de los terrarios de mayor tamaño, que descansaba sobre un pie de hierro. En su interior, Venetia vio helechos exóticos y un par de ojos malévolos que la observaban desde el otro lado del cristal.

Al aproximarse al acuario, Venetia bajó la vista y contempló la cortina de vegetación, así como un par de peces muertos que flotaban por debajo de la superficie. El agua estaba tan turbia que no pudo ver nada más.

—Es difícil de creer, pero parece que la situación ha cambiado, señora Jones. Tendré que ocultarme durante una temporada; usted me acompañará, por supuesto. Necesito que convenza a Jones de que me entregue la fotografía sin retocar de la caja fuerte.

—¿Qué hay de importante en ella? —preguntó Venetia.

—Contiene la lista de ingredientes del antídoto —respondió Stilwell con una mezcla de frustración e ira.

—¿A qué se refiere?

—Según las notas del alquimista, la fórmula funciona, pero sólo durante un breve período de tiempo. En realidad, es un veneno lento. El fundador de la Sociedad Arcana era un maldito bribón, de eso no hay duda. Inscribió los nombres de los ingredientes del antídoto en la caja fuerte, a sabiendas de que quien robase la fórmula no decidiría cargar también con la caja.

Un leve movimiento en el agua hizo que Venetia bajase la vista de nuevo. La alfombra de plantas acuáticas se agitó; algo de gran tamaño se movía bajo la superficie.

Quiso gritar, pero no tuvo tiempo. Una criatura monstruosa envuelta en plantas y lo que parecía cieno primordial surgió de las profundidades del acuario.

El falso Ackland fue sorprendentemente rápido, pero aquella aparición lo había tomado desprevenido. Se volvía para enfrentarse a la criatura del acuario cuando ésta ya se abalanzaba sobre él.

Stilwell cayó al suelo, su arma se disparó y rompió el cristal de uno de los terrarios.

Venetia se apartó a un lado y chocó contra el acuario. Vio cómo Gabriel sujetaba el brazo armado de Stilwell y lo golpeaba contra el pesado armazón de madera, hasta obligarlo a soltar la pistola.

El arma cayó al suelo y resbaló bajo el terrario roto.

Entonces Stilwell introdujo el brazo bajo su chaqueta.

—¡Tiene un cuchillo! —gritó Venetia.

Ninguno de los hombres, enzarzados en una lucha salvaje, pareció oírla. El terrible sonido de puños golpeando la carne reverberaba en la habitación. Los fríos ojos que observaban detrás de los terrarios resplandecían.

Venetia rodeó el acuario para hacerse con el arma.

Cuando se agachaba para recuperar la pistola, algo se movió en el terrario roto y Venetia se apartó instintivamente.

Una serpiente se deslizó entre los pedazos de cristal hasta llegar al suelo. Siguiendo sus instintos elementales, se refugió debajo del terrario y, al topar con el arma, se enroscó a ella en busca de protección.

Venetia retrocedió, algo temblorosa, intentando dar con un objeto que le permitiese alejar a la serpiente de la pistola.

Entretanto, Stilwell había logrado levantarse y, cuchillo en mano, se abalanzó sobre Gabriel, que yacía en el suelo.

Venetia observó la escena, horrorizada. Estaba demasiado lejos para poder actuar.

Pero Gabriel rodó rápidamente y se puso en pie. La hoja del cuchillo cortó el aire a un centímetro de sus costillas.

Al fallar su objetivo, el falso Ackland perdió el equilibrio un instante, lo que Gabriel aprovechó para propinarle una patada en el muslo.

Stilwell gritó antes de caer de rodillas. El cuchillo resbaló por el suelo. Gabriel se agachó para recogerlo.

El falso Ackland se arrastró de espaldas hacia el terrario roto y alargó la mano para recuperar la pistola.

Venetia no vio el ataque de la serpiente. Todo sucedió demasiado rápidamente, entre las sombras del pie del terrario. Pero el grito de horror de Stilwell y su movimiento brusco le hizo comprender que la serpiente lo había mordido.

John Stilwell sacó la mano de debajo del terrario, moviendo los dedos frenéticamente.

Gabriel se detuvo, cuchillo en mano.

—No, no es posible —murmuró Stilwell—. ¿Cuál? ¿Cuál?

Venetia advirtió que Stilwell había golpeado a la serpiente con uno de sus frenéticos movimientos y que ésta se retorcía de un modo extraño.

Gabriel se aproximó a la serpiente. Con un movimiento tan rápido como el ataque de una víbora, la sujetó con la punta de la bota y le cortó la cabeza de una limpia cuchillada.

La habitación quedó en absoluto silencio. Stilwell, sentado a escasa distancia y sujetándose la mano herida, estaba muy pálido.

—Estoy muerto —dijo con voz indiferente—. Has ganado. Después de toda mi cuidadosa estrategia, de mis minuciosos planes, has ganado. Esto no debía acabar así. Yo era el más apto. Era yo quien merecía sobrevivir.

—Voy a buscar un médico —murmuró Venetia.

—No malgaste el tiempo —replicó Stilwell con sarcasmo—. El veneno no tiene antídoto.

Acto seguido sufrió una convulsión violenta y cayó de espaldas.

No volvió a moverse.

Gabriel se agachó para intentar buscarle el pulso. Cuando se levantó, ella supo por la expresión de su cara que no tenía.

Poco después, Gabriel se calzó un par de guantes gruesos que había encontrado en una de las mesas y abrió con cautela el panel inferior del terrario que antes guardaba la serpiente venenosa.

—Por si acaso hay más sorpresas —explicó a Venetia.

Metió la mano y extrajo un viejo cuaderno de piel.

—¿La fórmula? —preguntó ella.

—Sí.

41

La mañana siguiente, todos se reunieron en la biblioteca de los padres de Gabriel para hablar de los acontecimientos de los últimos días.

Ahora que los vestigios del ansia cazadora habían desaparecido, Gabriel era consciente de la segunda tanda de golpes que había recibido. No obstante, lo que le impedía conciliar el sueño era haber permitido que Stilwell se hubiese acercado a Venetia lo bastante para hacerle daño. Ya llevaba tres tazas de café.

—Además de la fórmula del alquimista, Venetia y yo encontramos el diario de los experimentos de Stilwell. Era naturalista y poseía también ciertos dones paranormales similares a los míos.

Disgustada, Venetia frunció el ceño.

—Como he señalado en más de una ocasión, esa similitud no significa nada. Los dos sois tan distintos como la noche y el día.

—Bien dicho, querida —dijo Marjorie, dirigiéndole una cálida sonrisa de aprobación.

—¿Qué relación tenía Stilwell con la Sociedad Arcana? —preguntó Edward—. ¿Cómo sabía lo de la fórmula?

Montrose se aclaró la garganta.

—Creo poder responder a esta pregunta, jovencito. Cuando oí el nombre Stilwell, ciertos hechos encajaron. ¿No es así, Hippolyte?

El padre de Gabriel asintió con expresión sombría.

—El padre de John Stilwell era Ogden Stilwell. Ogden fue miembro del Consejo de la Sociedad Arcana durante cierto tiempo, hasta que renunció al cargo por motivos que nunca nos explicó. Poseía unas dotes paranormales similares a las de su hijo. Además, estaba obsesionado con los códigos privados del fundador de la Sociedad.

—¿Qué le sucedió? —preguntó Amelia.

—Siento decir que Ogden Stilwell era considerado un excéntrico en una Sociedad llena de excéntricos. Hacia el final de su vida se volvió cada vez más solitario y paranoico, hasta llegar a perder el contacto con todos sus conocidos de la Sociedad. Finalmente, nos enteramos de su muerte y lo registramos como fallecido en nuestros archivos.

—¿Y qué se sabe de su hijo, John Stilwell? —quiso saber Beatrice.

—Aquí es donde el relato se complica —replicó Montrose—. Los archivos dicen que Ogden tenía un hijo, llamado John, que murió de tuberculosis hace un año.

—Poco antes de que siguiera a Caleb y a mí al laboratorio del alquimista y robase la fórmula —dijo Gabriel—. Se ocultó muy bien. Caleb y yo buscábamos un sospechoso relacionado con la Sociedad Arcana que estuviese vivo.

—Stilwell borró aún más sus huellas asesinando a lord Ackland para asumir su identidad —continuó Montrose.

—¿Por qué lo hizo? —preguntó Amelia.

—En parte porque necesitaba una identidad ajena a la suya; la consiguió haciéndose pasar por un anciano. Pero había otra razón de que eligiese a Ackland como víctima —respondió Hippolyte.

—La razón más antigua del mundo —intervino Marjorie—: dinero. Cuando Stilwell se convirtió en lord Ackland, accedió a la fortuna del anciano.

—Necesitaba dinero para sus experimentos, aunque

también le encantaba moverse entre la sociedad sin ser descubierto —añadió Gabriel—. Se veía como un lobo con piel de cordero. Un cazador que merodeaba inadvertido entre sus presas.

—¿Por qué se relacionó con Rosalind Fleming? —preguntó Beatrice.

Gabriel había estado temiéndose esa pregunta. Sorbió un poco más de café, dejó la taza en el plato y respondió sin mirar a Venetia:

—Stilwell se consideraba un hombre superior, más evolucionado. Sentía que era su deber procrear una descendencia que también mostrase dotes paranormales, por lo que buscó una pareja adecuada.

—Algo del todo natural, creo yo —dijo Hippolyte. Gabriel lo fulminó con la mirada. Hippolyte parpadeó un par de veces antes de ruborizarse—. Ese hombre estaba loco, por supuesto —se corrigió de inmediato.

Gabriel suspiró y se acomodó en la silla. Explicó:

—Stilwell salió a la caza de una pareja adecuada entre las cientos de mujeres londinenses que afirmaban tener poderes paranormales. En el transcurso de la búsqueda, conoció a la mujer que se hace llamar Rosalind Fleming. A la sazón, se llamaba Charlotte Bliss.

—¿La señora Fleming también tiene poderes? —preguntó Edward, con ojos como platos.

—No lo sabemos con certeza, como tampoco lo sabía Stilwell —respondió Gabriel—. No obstante, él escribió que era una hipnotizadora excelente.

—Finalmente —dijo Hippolyte—, Stilwell llegó a la conclusión de que ella poseía algunos poderes rudimentarios que le permitían incrementar los trances hipnóticos que provocaba, aunque consideraba tales dones bastante débiles.

—En cualquier caso —prosiguió Gabriel—, Fleming convenció a Stilwell de sus poderes, al menos durante cierto tiempo. Impresionado por algunas demostraciones de su talento para leer el pensamiento, decidió que sería una compañera ideal. La señora Fleming, por su parte, estaba encantada de haber conseguido un amante adinerado, aunque tuviese que fingir ante la sociedad que era un viejo senil.

—Por desgracia para la Fleming, Stilwell sospechó de la veracidad de los sentidos paranormales que afirmaba poseer —dijo Hippolyte—. Aproximadamente al mismo tiempo que empezó a desencantarse de ella, logró descifrar la fórmula.

—Y descubrió un párrafo al final del texto que advertía que el elixir era, en realidad, un veneno lento que enloquecería a la persona que lo consumiese si no tomaba un antídoto al mismo tiempo —explicó Gabriel.

—En el mismo párrafo se explicaba que la composición del antídoto estaba inscrita en la puerta de la caja fuerte, por lo que Stilwell envió a dos hombres para que la robasen de Arcane House —añadió Hippolyte.

Montrose asintió con gravedad:

—Stilwell conocía la situación de Arcane House y la localización precisa del museo porque su padre, como miembro del Consejo, lo sabía y se lo había dicho a su hijo.

—Pude evitar el robo de la caja fuerte —explicó Gabriel—, pero supe de inmediato que el ladrón estaba muy decidido a cumplir sus objetivos y que debíamos detenerlo. Por eso trasladé la caja fuerte a la cámara acorazada de Arcane House e hice correr la voz de que la caja había sido destruida y que yo mismo había muerto en un incendio. Creí que el villano bajaría la guardia y saldría de su escondrijo, pero no fue así.

—En sus notas, Stilwell escribe que aunque sospechaba de la veracidad del fallecimiento de Gabriel, probablemente porque él había fingido su propia muerte y sabía lo fácil que era, creía, no obstante, que había fracasado en la búsqueda del antídoto y decidió abandonar —dijo Hippolyte.

—Y entonces una cierta señora Jones aparece en la escena londinense, una viuda que resulta ser fotógrafa —intervino Venetia—. Aquello levantó de inmediato las sospechas de Stilwell, no sólo porque yo utilizaba el apellido Jones, sino porque él sabía que una fotógrafa había registrado recientemente la colección de antigüedades de Arcane House. También consideró la supuesta muerte de Gabriel y que yo me hacía pasar por viuda.

—La combinación de coincidencias despertó el instinto cazador de Stilwell y también el mío —siguió Gabriel—. Stilwell pensó que si Venetia era la persona que había fotografiado la colección, existiría una fotografía de la caja fuerte que él podría usar para descifrar el antídoto. Pero también sabía que la Sociedad Arcana jamás hubiera permitido que la fotógrafa guardase copias de las instantáneas, ni mucho menos de los negativos. De todos modos, llegó a la conclusión de que valía la pena mantener vigilada a Venetia.

—Por lo que contrató a Harold Burton para que la siguiera —concluyó Amelia.

—¿Cómo supo que la Sociedad Arcana había contratado a una fotógrafa? —preguntó Beatrice.

—Recuerde que Stilwell conocía el emplazamiento de Arcane House —respondió Gabriel—. Los dos hombres que envió para que robasen la caja fuerte vigilaron la abadía, todo el día, desde una colina cercana. Con la ayuda de un catalejo, vieron a Venetia sacar fotos de algunas reliquias en la terraza.

—Me gusta usar la luz natural siempre que es posible —matizó Venetia, algo incómoda.

—En cualquier caso, el intruso que logró escapar aquella noche le dijo a Stilwell que había una fotógrafa en el edificio —concluyó Gabriel.

Disgustado, Hippolyte meneó la cabeza.

—John Stilwell se consideraba un moderno hombre de ciencia. Estaba fascinado con las teorías del señor Darwin, porque creía que confirmaban la idea de que él era un ser superior. Estaba equivocado.

—Sin duda, basta fijarse en su destino —terció Edward alegremente—. Al final, el poderoso señor Stilwell fue derrotado por una humilde serpiente.

Todos se lo quedaron mirando. Gabriel se echó a reír.

—Bien dicho, Edward. Muy bien dicho.

—Al fin y al cabo, es un ejemplo interesante del delicado equilibrio natural —reflexionó Beatrice—. Parece que este asunto de la evolución es mucho más complejo de lo que creía John Stilwell.

—¿Qué les pasará a los insectos y los peces que Stilwell tenía en su laboratorio? —preguntó Edward con expresión preocupada.

—Puedo decirte, por lo que he visto, que había pocos peces vivos en el acuario, si es que quedaba alguno —respondió Gabriel.

—Afortunadamente para ti —añadió Venetia con un estremecimiento—. A saber qué criaturas peligrosas había puesto Stilwell en ese tanque.

—En cuanto a los insectos y las serpientes, he contactado con un conocido mío que es naturalista. Se ha hecho cargo de las criaturas, supongo que la mayoría acabará en su colección —explicó Gabriel.

—Bien, entonces este asunto está casi concluido, ¿no es así? —anunció Marjorie con satisfacción—. El criminal ha muerto y se ha recuperado la fórmula. El único problema pendiente es Rosalind Fleming.

—Si se piensa bien, ella no fue más que otra víctima de John Stilwell, aunque sigo preguntándome por qué me odiaba tanto —dijo Venetia.

Gabriel se cruzó de brazos en la mesa del despacho.

—Puedo responderte a eso; está en el diario de Stilwell.

—¿Y bien?

—Creo haber mencionado que Stilwell había empezado a dudar de los poderes de la señora Fleming. Asimismo, cuanto más sabía de una cierta señora Jones, más convencido estaba de que ella sí poseía genuinos dones paranormales.

—¿Escribió sobre mí?

—¿Entonces el señor Stilwell decidió que quería casarse con Venetia en lugar de con la señora Fleming? —preguntó Edward.

—Se lo empezaba a plantear cuando resucité de mi terrible accidente del acantilado, recuperé la memoria y regresé a casa, a los brazos de mi querida esposa.

—Comprendo —comentó Venetia—. Rosalind Fleming me odiaba porque temía perder el afecto de Stilwell. Sabía que él estaba planteándose reemplazarla por mí. Estaba celosa.

—Te dije que una mujer en su posición siempre tiene presente que su futuro pende de un hilo —le recordó Beatrice.

—¿Pero qué hizo pensar a John Stilwell que yo tenía poderes paranormales?

Gabriel miró fijamente a su padre.

—Creo que le permitiré responder a esa pregunta de Venetia, señor.

A Hippolyte se le iluminaron los ojos.

—Por supuesto. Stilwell pensó que si estabas casada con Gabriel era muy probable que tuvieras verdaderos poderes paranormales.

Venetia estaba perpleja.

—No alcanzo a comprender por qué llegó automáticamente a esa conclusión.

—Porque todos en el Consejo, incluido Ogden Stilwell, sabían que es tradición en la Sociedad que el heredero del Maestro busque como esposa a una mujer que posea también poderes paranormales. Mi querida Marjorie es un buen ejemplo. —Hippolyte le dedicó una sonrisa cariñosa—. No juegues nunca a cartas con ella, puede leer lo que tienes en la mano como si estuviera escrito en el reverso.

—Debo admitir que fue un don muy útil en mi juventud. Me sirvió para atraer tu interés, Hippolyte.

—Perdí una fortuna antes de enterarme —replicó Hippolyte afectuosamente.

—¿Qué? —Venetia estaba asombrada—. ¿Me está diciendo que me eligió como esposa de su hijo simplemente porque puedo ver auras, señor Jones?

—No estaba seguro de la naturaleza de tus poderes, pero sabía que estabas dotada de ciertas dotes paranormales que complementarían las de Gabriel.

—Comprendo —dijo Venetia con expresión sombría.

Hippolyte pareció percatarse de que quizás había metido la pata y se volvió hacia Marjorie en busca de apoyo.

—Malinterpretas los objetivos de mi marido, querida. Hippolyte sólo deseaba la felicidad de Gabriel. Nuestro hijo llevaba años profundamente angustiado a causa de sus poderes; cada vez se lo veía más ausente y aislado, pasaba más y más tiempo con sus libros. Mi esposo y yo nos temíamos que, si no encontraba una mujer que entendiera y aceptase los aspectos paranormales de su naturaleza, quizá Gabriel nunca llegase a conocer el verdadero amor.

—Era evidente que Gabriel no encontraba a la mujer adecuada, así que decidí buscarla yo —intervino Hippolyte.

Nadie habló.

—Creo que lo mejor es que Gabriel y Venetia discutan esto en privado —dijo Marjorie, poniéndose en pie.

Salió de la biblioteca con elegancia y soltura. Sin mediar palabra, todos la siguieron, a excepción de Venetia.

Aquello era una retirada apresurada, advirtió Gabriel. Tanto que le sorprendía que no hubiesen tropezado entre sí de camino a la puerta.

42

Gabriel la miró desde el otro lado del escritorio.

—¿Te casarás conmigo?

Venetia se quedó muda de asombro. Se había preparado para recitar un sermón que enumerase todos los desafueros de Gabriel, pero la simple pregunta la dejó descolocada.

—Antes de que me des tu respuesta, escúchame —prosiguió Gabriel—. Sé que nuestro encuentro en Arcane House fue un arreglo de mi padre, pero tengo que decir en mi defensa que al principio no sabía nada. No lo deduje hasta que empecé a sospechar que poseías poderes paranormales. Mi padre lo supo de inmediato, cuando te conoció y adquirió algunas de tus fotografías.

—¿Por qué dices que lo supo de inmediato? —preguntó Venetia, momentáneamente distraída.

—Ése es su talento particular —respondió Gabriel, sonriendo—. Puede sentir los poderes paranormales de otros.

—Comprendo.

—Es cierto que es un gran defensor de las ideas del señor Darwin y también que en la Sociedad Arcana es tradicional que el Maestro se despose con una mujer que también tenga poderes paranormales. No obstante, yo dejé claro desde el principio que no me veía obligado a seguir dicha tradición.

—¿Lo hiciste?

—Sí. E, incluso, mis padres apoyaron mi decisión. Pero entonces mi padre te encontró y tú me sedujiste en una noche de pasión que recordaré mientras viva.

Venetia desvió la mirada.

—No tenía derecho a hacerlo, pero estaba convencida de que eras el hombre adecuado y que Arcane House era el lugar adecuado.

—Sí, lo sé. Ya me has explicado el tema de la isla tropical —recordó Gabriel.

—Esto es muy embarazoso —dijo Venetia, consciente de que estaba ruborizándose.

—El asunto es, Venetia, que aunque el plan de mi padre me tomó por sorpresa, he llegado a la conclusión de que él estaba en lo cierto.

Venetia se levantó como impulsada por un resorte.

—¿Qué? ¡Quieres casarte conmigo por mis dotes paranormales! ¿Estás diciendo que somos como un par de ovejas que deben criar porque tienen una lana singular que podrían transmitir a sus descendientes?

Gabriel también se puso en pie y se encaró con ella desde el otro lado de la mesa.

—No, me has malinterpretado. Deja que te explique.

—¿Qué hay que explicar?

—No quiero casarme contigo, porque puedas ver auras. Diablos, ¿qué base sería eso para un matrimonio?

—Una muy endeble, creo yo —apuntó Venetia.

—En lo que a mí respecta, tu capacidad para ver auras es como el color de tu cabello. Interesante, sin duda, pero no un motivo para desposarte.

—¿Entonces? ¿Por qué quieres casarte conmigo?

—Hay muchas razones —reconoció Gabriel.

—Di una.

—Existe el hecho evidente de que a ojos del mundo ya estamos casados.

—En otras palabras, sería conveniente para ambos convertir la ficción en realidad —dijo Venetia, desanimada.

—He dicho que había muchas razones. Compartimos una admiración y un respeto mutuos. Además, ambos nos encontramos... estimulantes.

—¿Estimulantes?

—Es un término suyo, señora Jones. Le recuerdo que decidió seducirme porque me encontraba estimulante. ¿Ha cambiado ese aspecto de mi naturaleza?

—No —admitió Venetia.

Gabriel rodeó el escritorio y la tomó por los hombros.

—Venetia: yo también te encuentro estimulante. Creo que ya lo sabes.

—Gabriel...

—Intelectualmente, físicamente y metafísicamente.

—Baja la voz, Gabriel —susurró Venetia, poniéndole un dedo en los labios—. Te creo cuando dices que no me pides en matrimonio para complacer a tu padre o para seguir la tradición de la Sociedad Arcana.

—Entonces estamos haciendo progresos —replicó Gabriel, sonriendo.

—Sospecho que me has pedido que me case contigo porque te sientes responsable de lo sucedido.

Gabriel dejó de sonreír.

—¿De qué hablas?

—De que, incluso aunque yo te seduje primero, a fin de cuentas era virgen. Además, te sientes responsable del peligro que hemos corrido yo y mi familia porque fotografié la colección de Arcane House. Eres un hombre honorable, Gabriel. Un hombre íntegro. Es perfectamente natural que te sientas obligado hacia mí porque te culpas de lo sucedido.

Sorprendida, Venetia le vio sonreír misteriosamente.

—Lo has entendido todo al revés, cariño.

—¿Cómo?

—Permití que me sedujeras porque yo ya había llegado a la conclusión de que eras la única mujer para mí. Me enamoré de ti en cuanto te vi aparecer en Arcane House con tu preciosa cámara.

—¿De verdad? —preguntó Venetia, atónita.

—Cuando decidiste seducirme, vi que sentías atracción por mí, pero que no te planteabas nada a largo plazo. Me dije que si era listo y esperaba el momento oportuno, si dejaba la seducción en tus manos, quizá conseguiría que te enamorases de mí.

—Oh, Gabriel.

—Yo tenía una estrategia. Una estrategia de caza, si quieres llamarlo así —reconoció Gabriel—. Entonces aparecieron esos dos intrusos y todo se volvió caótico, al menos durante un tiempo. Pero ahora parece que las cosas han vuelto a su cauce. Por eso te pregunto una vez más: ¿te casarás conmigo?

—Entiendes que Amelia, Edward y Beatrice entran en el paquete, ¿verdad Gabriel?

—Claro, son tu familia. Creo que les caigo bien, ¿no?

—Te tienen mucho cariño —respondió Venetia, sonriendo.

Gabriel le tomó la mano y la besó.

—¿Y tú, mi amor? ¿También me tienes cariño?

Venetia sintió una gran liviandad interior. Le sorprendió que los pies no le flotasen en el aire.

—Te amo con todo mi corazón —le susurró.

Oyó la puerta de la biblioteca en el preciso instante en que Gabriel la tomaba entre sus brazos. Al volverse vio a Beatrice, Amelia, Edward, Marjorie, Hippolyte y al señor Montrose apiñados en el umbral.

—Sentimos interrumpir —dijo Hippolyte—. Nos pareció conveniente comprobar si había progresos.

—Me alegra comunicaros que pronto dejaré la habitación del desván —anunció Gabriel.

43

Al día siguiente, Venetia estaba organizando una sesión fotográfica en su soleado estudio, en la parte trasera de la galería, cuando apareció Gabriel y soltó:

—Parece que Rosalind Fleming, utilizando un nombre falso, compró un billete de barco con destino a Estados Unidos que zarpaba esta mañana.

—Dios mío. ¿Estás seguro?

—He hablado con el empleado que le vendió el billete. Ha confirmado la descripción de la señora Fleming. También me he entrevistado con dos trabajadores de los muelles que ayudaron a una mujer, que respondía a la descripción de Fleming, a cargar una gran cantidad de equipaje. Mi padre ha ido hoy a su casa; estaba vacía. Los criados le han dicho que su señora ha emprendido un largo viaje a Norteamérica y no saben cuándo volverá.

—Huir a Norteamérica es una opción lógica para ella. Con la muerte de Stilwell ha perdido mucho: ya no recibirá dinero ni regalos caros, tampoco podrá seguir moviéndose en la alta sociedad. Su única opción era cambiar su nombre de nuevo y volver a ejercer de médium chantajista.

—Mientras que en Norteamérica podrá empezar de cero como médium chantajista —añadió Gabriel secamente.

—Sin duda. Algo me dice que Rosalind Fleming puede cuidar muy bien de sí misma.

44

La tarde siguiente, Venetia recorrió su camino habitual ante el cementerio para llegar a la galería. Llevaba una sombrilla en una mano y su agenda bajo el otro brazo. El mensaje de Maud había llegado poco después del mediodía.

Sra. Jones:
Una persona muy importante ha solicitado una cita con usted a las cuatro en la galería. Ha concertado una serie de retratos de sus hijas y desea discutir el tema de las fotografías. Parece agradarle tomar como motivo a las grandes damas de la historia.
Por favor, avíseme si la hora no le parece conveniente.

La hora le parecía conveniente. El instinto de Maud para identificar a «personas muy importantes» era infalible.

Se detuvo, sorprendida, al ver que las persianas de la Galería Jones estaban del todo bajadas y un pequeño cartel que rezaba «Cerrado» colgaba del otro lado de la puerta de cristal.

Aún no eran las cuatro. Seguramente Maud había salido unos minutos a tomar una taza de té y un bocado antes de que llegase el nuevo cliente.

Venetia escogió una llave del llavero que le colgaba de la cintura del vestido.

Su intranquilidad se intensificó al abrir la puerta de la tienda y penetrar en su interior. El silencio tendría que haberle parecido normal pero, por alguna oscura razón, la inquietaba.

—¿Maud? ¿Estás aquí?

Algo se movió en el cuarto trasero. Venetia, aliviada, se dirigió hacia allí.

—¿Eres tú, Maud?

Descorrió la cortina que separaba la habitación delantera de la trasera.

Maud estaba en una esquina del suelo, atada y amordazada. Le dirigió una mirada aterrorizada.

—Santo cielo —susurró Venetia.

Avanzó unos pasos. Maud meneó violentamente la cabeza y murmuró algo ininteligible. Venetia comprendió demasiado tarde que intentaba advertirla.

Se produjo un movimiento a la derecha. Rosalind Fleming surgió de entre unas cajas que contenían copias impresas de la serie «Hombres de Shakespeare».

Vestía de luto de pies a cabeza, lo que le proporcionaba un disfraz muy eficaz. Rosalind se había subido el velo negro de red sobre el ala del sombrero.

Tenía una pequeña pistola en su mano enguantada de negro.

—Formamos un interesante par de viudas —dijo Venetia.

—He estado esperándola, señora Jones. No quería dejar la ciudad sin mi retrato. Espero que haya salido bien.

Una invisible brisa metafísica le erizó los cabellos a Venetia. No era sólo la pistola lo que le turbaba los sentidos. Había algo extraño en la mirada de Rosalind; sus ojos tenían un brillo excesivo, apremiante.

—Supuestamente usted subió a un barco que zarpaba ayer rumbo a Nueva York —dijo Venetia para ganar tiempo.

Rosalind sonrió con frialdad.

—En efecto, adquirí un billete. Pero es para otro barco que zarpa mañana. Fue muy fácil convencer al empleado de la otra compañía de que me había vendido un billete para ayer.

—Dos estibadores la ayudaron a cargar el equipaje.

—No, simplemente creyeron que lo hacían.

—Los hipnotizó a los tres y plantó recuerdos en su memoria. Dios mío, Rosalind, sin duda ha progresado mucho desde sus días de modesta médium.

Rosalind dejó de sonreír.

—No soy una hipnotizadora de feria; nunca lo he sido. Tengo un don extraordinario para la hipnosis.

—Un talento muy rudimentario, según las notas de Stilwell.

—¡Eso no es cierto! —La mano que sujetaba la pistola le tembló a causa de la ira—. Iba a casarse conmigo hasta que apareciste tú.

—¿Segura?

—Sí. Yo era la pareja perfecta para él, y nunca lo dudó hasta que apareciste como la señora Jones. Sólo te quería porque estaba convencido de que Gabriel Jones te había elegido como esposa. Creía que Jones sólo se casaría con una mujer de grandes poderes paranormales.

—¿Pero no preferías el estado de viuda? —recordó Venetia—. Recuerdo que, en una ocasión, me señalaste todas sus ventajas.

—Con John Stilwell habría sido distinto.

—Porque al hacerse pasar por lord Ackland te ofrecía dos cosas a las que sólo podías acceder mediante el matrimonio: un lugar seguro en la sociedad y acceso a una fortuna.

—Merecía una buena posición social. Mi padre era lord Bencher; tendría que haber sido una heredera, tendría que haberme criado con sus hijas y haberme educado en las mejores escuelas. Merecía casarme en los mejores círculos sociales.

—Pero naciste fuera del matrimonio y eso lo cambia todo, ¿no es así? Comprendo tu posición, créeme. ¿Qué harás ahora que tu plan de convertirte en lady Ackland se ha evaporado como el humo?

—Tú has arruinado mi plan, tú y Gabriel Jones. Pero ya he luchado una vez para ascender en la escala social y volveré a hacerlo. Esta vez, no obstante, probaré suerte en Norteamérica, donde me será fácil hacerme pasar por la viuda de un rico lord británico. Me han dicho que allí los títulos nobiliarios son muy populares.

—Sé razonable. Si te marchas ahora, podrás escapar sin problemas. Pero si me matas, te aseguro que Gabriel te perseguirá y te encontrará, por muy lejos que vayas o muchos nombres falsos que adoptes. Gabriel es un cazador excelente, mejor que John Stilwell. Te habrás percatado de cuál de ellos ha sobrevivido.

—Sí, lo sé. —El rostro de Rosalind se retorció y su mirada febril se hizo más intensa—. John sospechaba que él y Gabriel Jones tenían unos poderes paranormales similares. Te aseguro que no deseo pasar el resto de mi vida sintiéndome perseguida, por lo que voy a asegurarme de que tu muerte y la de tu empleada parezca un desafortunado accidente relacionado con la fotografía. Por lo que sé, son habituales.

Maud emitió un sonido angustiado.

Rosalind ni la miró e hizo un gesto con la pistola.

—Métase en el cuarto oscuro, señora Jones.

—¿Por qué?

—Allí encontrarás un botellín de éter; todo el mundo sabe lo peligroso que es. Se producen muchos incendios y explosiones en los cuartos oscuros cuando esa sustancia química está presente.

—Yo no uso éter. Se utilizaba con las antiguas placas de colodión, pero no ahora con las placas secas.

—Nadie sabrá qué sustancia química provocó el incendio —dijo Rosalind con impaciencia.

—El éter es altamente explosivo e inflamable. Si intentas prenderlo, morirás con nosotras —le advirtió Venetia.

La sonrisa de Rosalind era terrorífica.

—Comprendo que iniciar un incendio en un cuarto oscuro es una actividad sumamente arriesgada, por lo que lo harás por mí, señora Jones.

—No creerás que voy a ayudarte a llevar a cabo algo que provocará mi muerte y la de Maud. No, señora Fleming; tendrás que hacerlo tú misma.

—Al contrario. Puedo lograr que hagas todo lo que quiera. E incluso lo harás encantada.

—Tengo entendido que la hipnosis no funciona en situaciones en que el sujeto es reticente, y te aseguro que me siento de lo más reticente —aseguró Venetia.

—Te equivocas, señora Jones. Verás, he bebido la fórmula.

A Venetia se le secó la boca.

—¿De qué hablas?

—Del elixir del alquimista, por supuesto. John lo preparó siguiendo la receta del viejo cuaderno, pero desconocía que yo lo sabía. Le vi guardar cierta cantidad en el armario de su laboratorio. Cuando comprendí que estaba decidido a conseguirte, fui a la mansión durante su ausencia y me lo bebí. Tenía un sabor asqueroso, pero esta mañana he sabido que funcionaba.

—¿No sabes por qué Stilwell no lo probó?

—Sospecho que se puso algo nervioso; tenía miedo a experimentar con él mismo.

—No bebió la fórmula porque descubrió que era un veneno de acción lenta. Quería asegurarse de tener el antídoto antes de tomar el elixir —dijo Venetia.

—Mientes.

—¿Por qué mentiría sobre algo así?

—Porque crees poder convencerme de que no te mate si me prometes darme el antídoto. Una jugada muy inteligente, señora Jones, pero ya he dejado claro que no soy idiota.

Venetia no tuvo piedad:

—Santo cielo, parece que Stilwell era un hombre de

secretos. Ni siquiera te lo dijo a ti. Supongo que era de esperar, dada su naturaleza.

—Eso no es verdad, él confiaba en mí. Iba a casarse conmigo.

—Stilwell no confiaba en nadie. Escúchame, Rosalind. Te estoy diciendo la verdad. Puede que el brebaje del alquimista funcione durante cierto tiempo, pero pronto te enloquecerá.

—No te creo —dijo Rosalind. Sus ojos parecían carbones al rojo vivo—. Intentas manipularme, pero no funcionará. Te obligaré a que admitas la verdad.

—¿Cómo?

Rosalind le dirigió una sonrisa gélida.

—Así.

La energía golpeó los sentidos de Venetia con tal velocidad y fuerza que cayó de rodillas. Sentía un dolor que no se parecía a ningún otro que hubiera experimentado antes. Era como si sus nervios estuviesen galvanizados. Si aquella sensación proseguía mucho más tiempo, se volvería loca.

—Ahora sólo podrás decir la verdad. Me dirás todo lo que quiera saber.

Venetia buscó refugio en el único lugar que se le ocurrió, el plano paranormal. Aún de rodillas, luchando contra el dolor, se obligó a mirar a Rosalind Fleming como a través del lente de una cámara.

«Concéntrate.»

El mundo que la rodeaba se transformó en una imagen en negativo. Ahora el dolor era distinto; seguía siendo intenso, pero se había transformado en una energía más familiar, que podía controlar.

Apareció un aura alrededor de la figura de Rosalind. Era más nítida y poderosa de la que Venetia recordaba. En los extremos había una nueva tonalidad, un color metafísico que mostraba un aspecto malsano. El veneno empezaba a afectar a Rosalind.

—¿Es la fórmula del alquimista un veneno? —preguntó Rosalind.

—No.

—Ya me lo imaginaba. Es todo lo que quería saber. Ahora ponte de pie y dirígete al cuarto oscuro.

Venetia se puso de pie muy despacio, pues le costaba mantener el equilibrio. Siempre le resultaba difícil moverse en el mundo real cuando lo veía desde su otra dimensión.

Mantener la concentración mientras intentaba desplazarse y hablar con normalidad era casi imposible. Sólo esperaba que Rosalind atribuyese su falta de coordinación y sus breves respuestas a la fuerza del trance hipnótico.

Abrió despacio la puerta del cuarto oscuro. Rosalind la siguió, cuidándose de guardar una considerable distancia entre ambas.

—Lo estás haciendo muy bien, señora Jones. No falta mucho para que todo haya acabado. He dejado una vela sin encender en la mesa de trabajo, junto al botellín de éter. Enciéndela.

Venetia miró el botellín. Estaba sellado.

Cuando hizo ademán de sujetar la vela, consiguió tirarla al suelo.

—Recógela, rápido —ordenó Rosalind desde el umbral.

Venetia se agachó para recoger la vela y le propinó un empujoncito que la envió rodando bajo el mostrador donde estaba el fregadero.

—¡Recoge la vela, maldita seas!

Venetia se arrastró bajo el mostrador. Desde aquella posición, Rosalind sólo alcanzaba a verle el vuelo de la falda. Recogió la vela y se puso en pie, sujetándose al extremo del fregadero para recuperar el equilibrio. El recipiente de cristal que usaba para medir algunos de sus productos químicos estaba cerca del fregadero.

En el extraño mundo inverso en que se movía era casi invisible; de no saber de antemano que estaba allí, no lo habría distinguido.

Lo ocultó bajo los pliegues del vestido con una mano

y, sujetando la vela en la otra, regresó lentamente a la mesa de trabajo.

—Enciende la vela, rápido —dijo Rosalind con urgencia—. Quiero asegurarme de que está encendida antes de irme. No permitiré más errores.

El impacto de energía psíquica que acompañó a la orden arrasó las defensas mentales de Venetia. Por un instante perdió la concentración y el mundo recuperó su apariencia habitual. Sintió que el dolor le atenazaba los nervios.

Tuvo que hacer acopio de toda su fuerza de voluntad para regresar a la imagen invertida del mundo. El corazón le latía con tal fuerza que le sorprendía que Rosalind no lo oyese.

Manteniéndose de espaldas a la puerta, Venetia dejó el recipiente de cristal en el mostrador, junto al botellín de éter. Rosalind no podía verlo desde donde se encontraba.

Venetia encendió la vela sin darse la vuelta.

—Muy bien, señora Jones. —Una excitación antinatural vibraba en la voz de Rosalind—. Ahora escúchame con mucha atención. Esperarás hasta oír que la puerta de la tienda se abre y se cierra, y después abrirás el botellín de éter. ¿Entendido?

—Sí —respondió Venetia con tono neutro.

—Derramarás el éter en el suelo y le aplicarás la llama.

—Sí.

—Pero no tienes que abrir el botellín hasta que yo esté en la calle —recalcó Rosalind—. No queremos que se produzca un desafortunado accidente, ¿verdad?

—No.

Aún de espaldas a Rosalind, Venetia arrojó el recipiente de medición al suelo. El cristal se rompió en mil pedazos.

La falda de Venetia ocultó las esquirlas, pero el sonido había sido inconfundible.

—¿Qué ha sido eso? ¿Qué se ha roto? —chilló Rosalind.

—El botellín de éter —dijo Venetia con calma—. ¿No

hueles los vapores? Son muy fuertes. —Se volvió, con la vela encendida en la mano, y miró a Rosalind a través de la llama—. ¿Lo prendo ahora?

—¡No! —chilló Rosalind, retrocediendo—. Aún no, espera a que me haya ido.

La tormenta de energía que subyugaba a Venetia cesó repentinamente. Rosalind había perdido el control.

Venetia se agachó junto a la puerta y bajó la vela.

—¡Alto, estúpida! ¡Espera a que salga!

Venetia siguió bajando la llama al suelo.

—Dicen que los vapores son muy potentes y explosivos. No llevará mucho tiempo —comentó con el mismo tono impersonal.

—¡No! —exclamó Rosalind, furiosa, alzando el arma.

Venetia comprendió que Rosalind iba a disparar y se arrojó a un lado. La pistola emitió un sonido ensordecedor.

Venetia sintió un dolor frío en el brazo y cayó al suelo, intentando sostener instintivamente la vela.

Rosalind dio media vuelta y retiró la cortina para salir. Poco después Venetia oyó que la puerta de la tienda se abría.

—No se vaya por mí —dijo Gabriel desde la otra habitación.

—Suélteme —chilló Rosalind, presa del pánico—. Este lugar estallará de un momento a otro.

Gabriel descorrió la cortina. Sujetaba a Rosalind por el cuello y le había arrebatado la pistola.

—Estás sangrando —le dijo a Venetia.

Soltó a Rosalind y avanzó, mientras extraía un pequeño cuchillo y un pañuelo cuadrado del bolsillo.

Venetia se miró el brazo. La manga estaba empapada de sangre. Sorprendida, hizo lo único que le pareció lógico. Apagó la vela.

—No estás en trance —musitó Rosalind, estremeciéndose.

—No.

Gabriel se agachó junto a Venetia y le rasgó la manga con el cuchillo.

—El éter —murmuró Rosalind.

—Nunca abriría un botellín de éter cerca de una llama —dijo Venetia.

Rosalind echó a correr. Gabriel se volvió brevemente; Venetia sintió la sed depredadora que emanaba.

—Tu presa escapa —le dijo.

Gabriel centró de nuevo su atención en el brazo herido.

—De momento tengo otras prioridades.

—Sí —respondió Venetia, sonriendo a pesar del dolor—, ante todo eres un protector de quienes tienes a tu cargo.

Los ojos de Gabriel se encontraron con los suyos.

—Tú eres lo más importante para mí.

Lo sentía de verdad, pensó Venetia. Sentía cada una de sus palabras.

Deseaba decirle que el sentimiento era mutuo, pero estaba mareándose. Esperaba no desmayarse.

—Es bastante superficial, gracias a Dios —dijo Gabriel tras examinar la herida—. De todos modos, tengo que llevarte a un médico para que la limpie y la vende.

Aquella información la tranquilizó. De pronto recordó algo.

—Gabriel, Rosalind Fleming ha bebido la fórmula del alquimista.

—Es una lástima —murmuró Jones, concentrado en vendar la herida con el pañuelo.

—¿Y el antídoto?

—Demasiado tarde. Acabo de descifrar el último párrafo del cuaderno y dice que el antídoto sólo funciona si se mezcla con la fórmula y se beben juntos.

45

Al cabo de seis días, Venetia y Gabriel se vieron con Harrow en el parque. Harrow, que llevaba un ejemplar de *The Flying Observer* bajo el brazo, miró a Venetia con preocupación.

—¿Te encuentras bien?

—Sí —respondió Venetia, con una sonrisa tranquilizadora—. No hay signos de infección y el médico ha dicho que el brazo se curará rápidamente.

—¿Habéis leído la noticia?

—Sí —asintió Gabriel.

—Hace dos días sacaron el cuerpo de la señora Fleming del río. Suicidio. Parece que se arrojó desde un puente.

—Esperemos que las autoridades estén en lo cierto y no se trate de otro de sus trucos hipnóticos —dijo Venetia.

—No es ningún truco.

La absoluta convicción de Harrow llamó la atención de Venetia.

—¿Cómo estás tan seguro?

—El señor Pierce consiguió ver el cadáver personalmente. Quería asegurarse de que no se trataba de un error.

—Comprendo.

—Hablando del señor Pierce —continuó Harrow—, me pidió que os transmitiese su gratitud y me dijo que está en deuda con vosotros. Si hay algo que necesitéis y esté en su mano obtenerlo, será vuestro.

Venetia miró a Gabriel algo incómoda.

—Transmítale nuestro agradecimiento al señor Pierce —respondió Gabriel.

Harrow le dedicó una de sus etéreas sonrisas.

—Lo haré. Entretanto, espero veros en la próxima exposición. Buenos días a los dos.

Con una elegante inclinación, Harrow se alejó por el parque.

Gabriel se quedó observando a Harrow con expresión reflexiva.

—¿En qué piensas? —preguntó Venetia.

—Creo que el brebaje venenoso del alquimista trabajó muy deprisa. Según el cuaderno, la locura y la melancolía sólo aparecían al cabo de varios días.

—Dada la naturaleza del brebaje, dudo que el alquimista pudiese llevar a cabo muchos experimentos. El período que tardaba la poción en hacer efecto debía de ser estimativo.

—Quizá —replicó Gabriel, sin despegar los ojos de Harrow.

Venetia siguió su mirada. Harrow casi había desaparecido detrás de una arboleda, pero logró captar destellos de su aura. Sintió un escalofrío.

—Gabriel, ¿crees que el señor Harrow es el buen amigo de Pierce? ¿La persona a quien Rosalind Fleming intentó chantajear?

—Me parece una teoría fascinante, pero no tengo interés alguno en comprobarla. —La sonrisa de Gabriel era muy fría—. Desconozco si Pierce posee dotes paranormales, pero mi cazador interior me dice que es muy capaz de proteger aquello que valora. Creo posible asumir que hay una explicación plausible de la rapidez con que actuó la fórmula del alquimista en la señora Fleming.

—¿Insinúas lo que creo que insinúas?

—Dejémoslo en que no me sorprendería que el señor Pierce hubiese tomado medidas para asegurarse de que una tal Rosalind Fleming saltaba de ese puente.

46

Dos días después, Hippolyte entró en la biblioteca de su casa de Londres agitando una baraja de cartas en la mano.

—¡Acabo de perder casi veinte libras jugando con la señorita Amelia y con Edward!

Gabriel levantó la vista del periódico.

—Te advertí que no jugaras a cartas con esos dos.

Hippolyte sonrió, sumamente satisfecho.

—¿Por qué no me dijiste que ambos mostraban signos de capacidad paranormal?

—Supe que no tardarías en advertirlo —dijo Gabriel.

—Me he dado cuenta tan pronto me he sentado a jugar con ellos, por supuesto. Sentía la energía circular alrededor de la mesa, ha sido asombroso. En la señorita Amelia ya es muy fuerte, el joven Edward está empezando a manejar la suya. Aún no sé qué clase de poderes posee, pero será interesante descubrirlo.

—Guiarlos en el desarrollo de sus capacidades especiales te dará algo en que ocupar el tiempo, ahora que ya has acabado con tus labores de casamentero —dijo Gabriel, volviendo su atención al periódico.

Venetia entró en la biblioteca con una fotografía en la mano.

—Buenas tardes, caballeros. ¿Les gustaría ver la última novedad de la serie «Hombres de Shakespeare»? Creo que César se hará muy popular.

Gabriel se levantó para recibirla y miró la fotografía de César. El hombre de la imagen era rubio y mostraba los rasgos que las mujeres suelen admirar en los hombres. El modelo tenía una musculatura excelente; gran parte de ella estaba al descubierto.

—¿Qué demonios viste?

—Una toga, claro está. ¿Qué llevaría César si no?

—Dios mío, Venetia, este hombre va medio desnudo.

—Es como se vestía en la Roma clásica.

—Maldición. ¿De verdad has fotografiado a un hombre que no llevaba más que una ínfima toga?

—Recuerda que la fotografía es un arte, querido —dijo Venetia—. Y en el arte es normal encontrar gente semi-desnuda e incluso desnuda del todo.

—¡Pues no va a ser normal encontrarlo en tu arte!

—Vamos, Gabriel...

Hippolyte se aclaró la garganta.

—Creo que os dejaré discutir a solas las sutilezas del arte de la fotografía. El joven Edward y yo nos llevamos la cometa al parque.

Pasaron la noche de bodas solos, en la casita de Sutton Lane. Tras declarar que los recién casados necesitaban privacidad, Marjorie invitó a Beatrice, Amelia y Edward a que pasaran la noche en su casa de Londres.

Venetia esperaba a su esposo en la cama, moderadamente vestida con un camisón largo hasta los tobillos. Se notaba tímida y bastante nerviosa. Era ridículo, habían estado juntos antes. ¿Por qué sentía aquella turbación?

Se sobresaltó un poco cuando Gabriel abrió la puerta de la habitación y entró. Vestía una bata oscura y aún tenía el cabello húmedo del baño.

Su marido, pensó. Ahora ella era una esposa. Gabriel se detuvo a medio camino y la miró con ojos de brujo.

—¿Y ahora qué pasa?

—Me cuesta creer que estamos casados —confesó Venetia—. Hubo una época en que creí que nunca volvería a verte, al menos no en esta vida.

Gabriel sonrió. Había llegado junto a la cama.

—Qué extraño. Yo supe desde el principio que estaríamos juntos.

—¿Es cierto?

—¿Recuerdas la noche que hicimos el amor en Arcane House? —preguntó Gabriel mientras se desataba el cinturón.

—Creo que nunca lograré olvidarla.

—¿Recuerdas cuando me dijiste que eras mía?

Venetia se ruborizó.

—Sí.

Gabriel se desprendió de la bata y se metió en la cama con ella.

—En lo que a mí respecta, aquélla fue nuestra verdadera noche de bodas, señora Jones.

Era verdad, pensó ella. Aquella noche se había sellado el vínculo que los unía.

Sus nervios de recién casada se evaporaron y abrió los brazos a su esposo.

—Sabía que eras el hombre adecuado —susurró.

—Ah, pero pensabas en una sola noche, mientras que yo planeé una estrategia que durase toda la vida.

Al principio hicieron el amor despacio y minuciosamente. Gabriel la tocó de un modo que la hubiera turbado a la luz del día pero, en la penumbra de la habitación, Venetia gozó sin reparos de aquella intimidad sensual.

La ternura se transformó gradualmente en una lucha sensual. Venetia ganó seguridad y atrevimiento, hasta llegar a apresarlo con la boca.

—Ya es suficiente, cariño —dijo Gabriel con la respiración entrecortada debido a su esfuerzo por mantener el control.

—No veo razones para parar.

Inesperadamente, Gabriel cambió las posiciones y se colocó encima de ella. Venetia le clavó las uñas en la espalda como venganza.

Él se echó a reír, mientras le sujetaba las muñecas a ambos lados de la cabeza.

—Las marcas que me dejaste aquella primera noche en Arcane House me duraron dos días.

Venetia le sonrió en la oscuridad, consciente de que él podía verla claramente.

—¿Ah, sí?

—Recuerdo haberte dicho que pagarías por ello.

—Promesas, promesas.

Lo siguiente que Venetia supo era que Gabriel la había soltado y se deslizaba por su cuerpo hacia su punto de fusión.

Cuando la besó allí, sintió un espasmo de excitación. Gabriel la cubrió de nuevo y se hundió profundamente en su interior.

Juntos navegaron sobre las olas de su clímax, perdiéndose en una pasión compartida de energía psíquica, pasión sexual y amor.

Mucho tiempo después, Gabriel yacía de espaldas en la cama y abrazó a Venetia para acercarla a él. Feliz y satisfecho. Amado y enamorado.

—¿Crees que te gustará no ser viuda?

Venetia se echó a reír y le acarició el rostro con ternura.

—Parece que estar casada también tiene sus ventajas, después de todo...